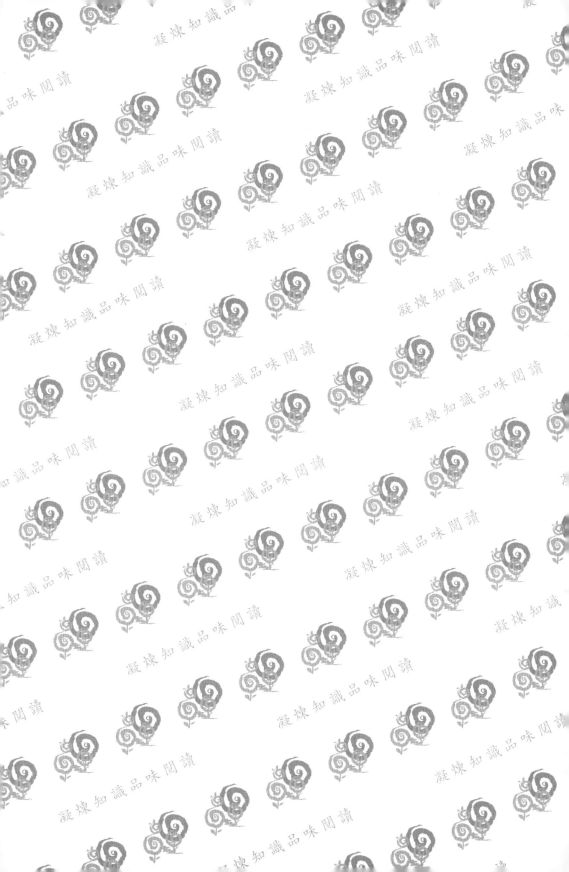

紅樓夢與戲曲

蔡孟珍 著

五南圖書出版公司 印行

周序

蔡孟珍先生新作《紅樓夢與戲曲》即將出版問世，我獲先睹之快，忍不住要先説幾句感想。

《紅樓夢》是古典小説第一異書。內容蘊藏豐厚，作者才情爛漫。它像一座文化古鎮，巷陌縱橫，河流蜿蜒。觀光者從不同的街巷走進去，會有不同的觀感。一旦敲開住家的門戶，會驚歎別有洞天。近百年來，研究《紅樓夢》的學者成群結隊，在"紅學"的田地裡精耕細作，收穫已成洋洋大觀。蔡孟珍先生是貫通文學與戲曲兩界的學者，研究《紅樓夢》有其獨特的發現與發明。

本書的主要內容包括兩個部分。一是闡釋《紅樓夢》所蘊含的演劇文化，一是研究以《紅樓夢》為題材的戲曲創作。基於蔡先生獨具的學養，這兩部分的論説顯示出獨屬於蔡先生的特色。

蔡先生眼界開闊，閱讀廣泛，於戲曲學的學術積累尤其豐富。她把眼光蕩開去，先從曹氏的烜赫家世著眼，由探究豪門演劇的一般風尚而導入《紅樓夢》的演劇描寫。再論說《紅樓夢》的演劇，也不限於《紅樓夢》。蔡先生把《金瓶梅》和《儒林外史》中有關戲曲活動的描述和《紅樓夢》做比較，以論證《紅樓夢》之戲曲描寫非同尋常。蔡先生對賈府的戲曲活動做了全面的研究，從戲台之設計，到演劇的全部規程——從演員的參場與參堂、點戲的規矩與禁忌、開場之吉慶戲文、正場之主軸戲，到戲畢之封賞，一一與明清戲曲搬演的格範相對照，旁徵博引，頭頭是道，竟似一段戲曲史的生動篇章。蔡先生對紅樓人物點戲重要作用之發掘與推論，尤其深刻而透徹。比如，單是對鳳姐所點的小戲《劉二扣當》的考證，涉及的文獻就不下十種。莫論全書，即以點戲一事之論述，已堪稱大學問、大手筆、大塊文章。

蔡孟珍先生是有著”升氍毹“的舞台表演經驗的藝術家，諳熟戲場三昧，所以能從脂硯齋的批語揣摩出《紅樓夢》筆法的諸多奧秘，發現其”戲場章法“。諸如元雜劇的”楔子“、南戲傳奇”副末開場“、腳色出場之程式、特殊的舞台時空觀念、冷熱排場的調節等等，無不在《紅樓夢》裡找到對應的表現。對賈府梨香院”十二官“感情生活、行當釐定、女優命運結局的論說，亦堪稱解析明清家樂的一件優良的標本。

論說《紅樓夢》與戲曲的關係，蔡孟珍先生不是第一家，也不是唯一的一家，已發表的諸家見解也並非一致。蔡先生心平氣和地討論，明確地闡釋了自己的觀點，使讀者大開眼界。上海的徐扶明先生在一九八四年出版了《紅樓夢與戲曲比較研究》一書，對這個問題頗多發明，在學界有重大的影響。蔡孟珍先生在本書中，和徐扶明先生的商榷有二十五處之多。徐先生是一位好客而健談的前輩，我曾有登門就教的機緣。很可惜，徐先生已仙逝多年，否則必定會和蔡先生把盞品茗於滬上。條分縷析，娓娓商談，那將是多麼動人的學人論道求是的場景！

以《紅樓夢》為題材的戲曲舞台劇的研究，則是一個具有戲曲創作實踐意義的話題。從清朝嘉慶年間到現代，由《紅樓夢》故事改編的戲曲劇作，數以百種計。但是，清人的劇作在舞台上一本也沒留下來，現代中國各戲曲劇種上演的紅樓戲也多屬短命。能在舞台上保留下來而差強人意者，實在是屈指可數。一部輝煌的《紅樓夢》從小說到戲曲為何如此困難？蔡孟珍先生從小說與戲曲文體之差異，《紅樓夢》本身事繁人眾枝節多，寶、黛、釵愛情主線缺乏戲劇性，戲曲的腳色制與紅樓戲之扞格等諸多方面給以分析解釋，有相當的說服力。就像一位有經驗的醫者，望聞問診，略施針灸，精準地點定穴位，有效地貫通了經絡，打通了任督二脈。

至於對襲人和尤氏姐妹的論説，是《紅樓夢與戲曲》論題的餘韻，也有關當代舞台紅樓戲的得失評價，不乏精到的見解。

讀罷此書，不禁掩卷感歎：噫吁嚱！《紅樓夢》之學問大矣哉！它是一座文化的高山，吸引著無數的人探險和遊賞。《紅樓夢與戲曲》是蔡孟珍先生攀登和觀賞過程中記錄下的寶貴心得。讀讀此書，治"紅學"者可以別開一種思路，寫紅樓劇者也可獲得有益的借鑒。我為此書鼓掌。

周育德

甲辰清明於北京陶然亭西半步橋

自序

備記風月繁華之盛的奇書《紅樓夢》，工於敘事，善寫性骨，在清代竹枝詞中即有「開談不說《紅樓夢》，讀盡詩書是枉然」的盛景，其地位被譽為稗官野史中的盲左、腐遷，而今愛《紅》熱潮未減，中外研究纘述日盛，「紅學」已蔚為世界顯學，令人油然一發不勝觀止之歎！

滴淚為墨、研血成字的一本《紅樓》，其內容閎博奧衍，清代點評家王希廉云其「翰墨則詩詞歌賦、制藝尺牘，爰書戲曲以及對聯匾額，酒令燈謎、說書笑話，無不精善」，論技藝鉅細無遺，寫人物色色俱有，述事迹事事皆全，「可謂包羅萬象，囊括無遺，豈別部小說所能望見項背？」其筆法變幻多姿，戚蓼生〈石頭記序〉說像絳樹兩歌、黃華二牘在歌唱、書法方面那般的神乎其技他雖未見，卻在《紅樓夢》中看到「注彼而寫此，目送而手揮，似譎而正，似則而淫，如《春秋》之有微詞，史家之多曲筆。」這等恢詭奇譎的筆致，再加上小說作者、主題、回數、人數、批注者、人物結局、遺稿……種種疑雲至今纏訟未休，越發增加了這部小說的神秘性與論辯性，因而每個讀者心中各有一部《紅樓》，魯迅說：「單是命意，就因讀者的眼光而有種種：經學家看見《易》，道學家看見淫，才子看見纏綿，革命家看見排滿，流言家看見宮闈秘事……」為了追求真相，於是紅學各派專家開始就作者家世、創作旨趣、版本、脂評、續書諸問題，開展文學批評、考證、索隱、探佚等不同面向的深耕細耘。分鑣並驅的結果，各執己見，遞相是非的現象雖依舊存在，但由於新證迭出，使得自一九一七年蔡元培揭櫫的「反清復明派」迄今殆已聲銷氣沉。

在紛然衍派的紅學取徑中，戲曲領域的探討相對較少受到關注。雖是學人專業有別，然因《紅樓夢》作者負不世之才，義理詞章靡不淹貫，而在逐回翻檢脂批時，驀然驚見與作者最為知契的脂硯齋竟披露「作者當日發願不作此書，卻立意要作傳奇」，此一發現為我帶來莫大振奮（此則脂批，治紅學者縱然發現或限於專業而未遑重視），恍知創作戲曲方是作者初衷而非小說，《紅樓夢》雖是小說，然其中隨處可見作者借戲巧喻的藝術匠心，小至書中人物日常言談笑語，大則通部書之大過節、大關鍵，每與戲曲密然相關。作者何以對戲曲情有獨鍾又獨具此異稟？為知人論世，本書開首特振葉尋根就曹氏家族戲曲胎息淵厚談起，「呼吸會能通帝座」的烜赫家世每藉戲曲妝點排場，平日結納名流乃至接駕大典，端賴聽曲觀戲以鋪排風雅；而織造、鹽政兼管戲曲以及親族迷戲家風，皆為小說中之戲曲書寫奠下豐實基礎。

也正因為作者有此特殊戲曲根柢，《紅樓夢》中的演劇文化寫來較《儒林外史》更具曲致且氣韻天成，而《金瓶梅》雖是較早將戲曲寫入小說中，但它原是民間藝人說唱的「詞話」，就小說摹寫技巧與思想品地而言，皆不如《紅樓》遠甚。而《紅樓夢》鋪展出說部中別具一格的「戲場章法」，允為全書諸多秘法之最，它緊扣的正是宋元明以來南戲、雜劇、傳奇相沿近千載的創作格範與搬演程式，曹雪芹薰沐既久，不論寫豪門演劇風尚、點戲多重作用與家樂戲班風華，皆能深入肯綮并新人眼目。而才調出騷壇、時演劇以為樂的他，原想寫一部傳奇，為何半折心始地改作小說？與小說相比，戲曲的創作究竟有何難度？本書〈《紅樓夢》重構之難〉中嘗試探討了箇中緣由，也梳理了從清代迄今為何紅樓戲總不易出彩的原因，除文體差異，小說本身的亮色一搬上氍毹驟然減色——原來著色繁麗、斐亹動人的文本經典，竟未必能重構成舞台經典藝術！

至於小說中原本就存在爭議性的人物，如曹公用春秋筆法寫襲人，清代紅樓戲更讓她成了丑角；尤三姐因脂、程版本不同而形象丕變，曹公筆下鐵中錚錚、庸中佼佼的「絕無僅有之人」，偏又不符傳統戲曲的審美意趣，而這從案頭到場上，竟是小說、戲曲永不消歇的亙古話題。

紅學考辨偶或繁瑣，而精熟文本洵是研治學術之根本，所幸《紅樓》筆致令人感心嫮目，閒情品讀更覺賞心樂事。沁芳橋一帶柳垂金線，桃吐丹霞；瀟湘館竹影參差，苔痕濃淡；蘆雪庵的琉璃世界，暖香塢外雪下折梅，無一不是詩境畫景。偶爾幾句婉轉流麗、清峭柔遠的崑腔吹入耳內，彷若天籟仙樂。其中齡官畫薔，晴雯撕扇，香菱學詩，平兒理妝，鶯兒編柳條花籃，湘雲醉眠芍葯裀，滴翠亭寶釵撲蝶，荇葉渚撐舡賞秋；黛倚欄垂釣，釵掐桂蕊引游魚唼喋，探、紈、惜於垂柳陰中看鷗鷺，皆是大觀園中花晨月夕的日常韻事和佳趣。而共看《西廂》，靜日玉生香編故典，俏語謔嬌音，春困發幽情，葬花訴情衷，瀟湘夜雨故人來……更是寶黛不盡的旖旎纏綿之情，直教人忻慕不已。

「劇場一世界，世界只一情」，在生死流遷人似驛的生命旅程中，「更有情癡抱恨長」的曹公當如賈寶玉有著弱水三千只取一瓢的執著，而在浩瀚無垠的紅學滄海中，我也僅能以多年習曲爨演的經歷而單就戲曲專業略表芻蕘。回顧所來徑，多年前得益於徐扶明先生的大作《紅樓夢與戲曲比較研究》給予莫大啓導，二〇一二年我赴北京師大匯演崑曲，博古淹雅、丰神機趣的戲曲前輩周育德先生提及皇皇一部《紅樓》至今仍難覓好戲，短短數語讓我縈思久之，蘊蓄多年廼有《紅樓夢與戲曲》本書之闡論就教海內外博雅方家，拙稿付梓前夕，又蒙　先生慨然作序，曷勝感禱，更期待戲曲研究緜此也成為紅學的一塊熱土。

蔡孟珍二〇二四年初夏
於臺北・度曲樓

目次

周序 01

自序 05

曹氏家族戲曲胎息淵厚 001

一、呼吸會能通帝座——從龍勛佐的烜赫家世 002

二、織造、鹽政兼管戲曲 008

三、親族迷戲——蓄樂、撰劇、孌演以爲樂 011

《紅樓夢》中的演劇文化 017

一、換新眼目的戲曲書寫 018

較《儒林外史》尤見曲致／得《金瓶》壼奧而青出於藍

二、藉聆曲演劇妝點風雅與豪門品味 030

戲台數量／垂簾看戲／觀劇品味

三、明清戲曲搬演之格範 038

參場／點戲禁忌／吉祥戲／正場戲／封賞

四、點戲之多重作用
——預示結局．襯顯人物．引發情節…… 052

元妃點的戲／清虛觀三劇／《西遊》／〈山門〉／〈劉二扣當〉／〈男祭〉／續書得失

從脂批看《紅樓夢》中的「戲場章法」 077

一、《紅樓》筆法諸秘紛呈．雪芹立意作傳奇 078

二、元雜劇楔子之借用 082
三、南戲傳奇「副末開場」之活用 085
四、腳色出場程式之參用 090
五、化用舞台時空．調劑排場冷熱 095
六、戲場科諢之妙用 100

家樂戲班風華——梨香院的「十二官」 111

一、明清家樂戲班風尚之體現 112
享樂奢緣／蘇州買伶／家班形制
二、十二官之丰采與情戀 123
芳官亮彩／齡薔之戀／假鳳虛凰
三、十二官之藝名風尚與腳色爭議 137
以「官」爲尚／旦角家門／文官腳色

四、遺散之後——女優的結局 147

從小說到戲曲——《紅樓夢》重構之難 151

一、小說與戲曲文體之差異 153
敘事代言／當下藝術／腳色制／音律舞台

二、《紅樓夢》本身重構爲戲曲之難 162
事繁人衆／愛情主線乏戲劇性／腳色制之扞格

三、紅樓戲之繁興與侷限 170
清代之興衰／遜色原因／近現代得失

襲人為何是丑角？——從清代紅樓戲談起 185

一、清代紅樓戲之侷限 186
腳色配置／「丑」之特質

二、襲人性格之爭議——從小說原著、脂批、續書筆法觀之 196
命名寓意／告密事件／掣花籤／嫁優
三、近現代紅樓戲中襲人形象之遷變 210
梅派／荀派／越劇

尤三姐形象之爭議——兼談二尤於紅樓戲中的重構問題 217

一、小說原著尤三姐形象之爭議 218
由淫奔女到貞烈女——脂程本比較／改塑之原因與破綻／正邪兩賦
二、清代紅樓戲中尤、柳形象之重構問題 240
補恨成贅筆／宗教色彩／腳色商榷
三、近現代紅樓戲中二尤形象之遷變 252
淨化簡化二尤／戲曲教化觀／臉譜化爭議

曹氏家族戲曲胎息淵厚

清代康、乾盛世孕育出戲曲藝術的繁昌榮景，文壇雙璧南洪北孔熠耀詞林，流風所及，竟使曹雪芹當日發願不寫小說，「卻立意要作傳奇」①。後來雖夙志未酬，作者蓄藏豐贍之戲曲底蘊仍不時體現於《紅樓夢》中，而這番立意，自然與其家族戲曲素養淵厚有關。至於作者之烜赫家世，從龍勛佐如何需要戲曲？且曹氏家族擔任的織造、鹽政品級不高，爲何能顯貴尊榮？這類職務與戲曲有何關連？皆頗值得探討。而耽迷戲曲的親族藉撰劇、蓄樂、虆演以爲樂，戲曲元素的豐沛灌注，也從而成就《紅樓夢》爲小說第一異書之經典價值。

一、呼吸會能通帝座——從龍勛佐的烜赫家世

曹雪芹誕生在一個自清代定鼎以來，功名奕世，富貴傳流，「赫赫揚揚，已將百載」的家族。祖籍遼陽，北宋名將曹彬之後，祖先原是明代世襲官吏，直至努爾哈赤攻下瀋陽，高祖父曹振彥被俘而降後金，後撥入滿洲正白旗任包衣漢人佐領，因機敏善戰，受多爾袞提拔，從龍勛佐，立下汗馬功勞。曾祖父曹璽「少好學，沉深有大志」，「讀書洞徹古今，負經濟才，兼藝能，射必貫札」。隨多爾袞出征，平亂有功，「撥入內廷二等侍衛，管鑾儀事，升內工部。」康熙二年，「特簡督理江寧織造」，「織局繁劇，璽至，積弊一清。」②此時江寧織造之職係專差久任，曹家自此開始定居江南。

由此可見曹家資歷之老，歸旗之早，滿化程度之深。而曹家之所以有六、七十年之久的烜赫家史，曹振彥以軍功起家固然重要，但關鍵還在於曹璽之妻孫氏當了康熙的保母，所以康熙一上台，從曹璽到曹寅備受寵遇，且澤及曹顒、曹頫。③康熙派遣其心腹家奴曹璽以特殊身分坐鎮江南，不僅令其爲皇室織造綢帛綾緞供奉山珍海味和文物古董，更有令其監視江南官場、考察南方民情、溝通滿漢民族情感、籠絡南方漢族士大夫等多方面的作用。曹璽赴南京履任後，於織造府西園書房外特意手栽楝樹，作爲課子讀書、以文會友之所。江南人文薈萃，曹璽夤緣時會，藉淵厚的文化底蘊廣交社會名流，就連恥事異族、操霜履潔的明末遺老顧炎武，其外甥徐乾學、徐元文也都成了與曹璽互通聲氣的座上賓。江南連年災荒，曹璽「捐俸以賑，倡導協濟，全活無數，郡人立生祠碑頌焉。」（康熙二十三年未刊《江寧府志》卷十七〈曹璽傳〉）種種政績自然博得康熙「賜蟒服，加正一品，御書『敬慎』匾額」的殊榮。而孫氏嫻熟文史，按清初規章，其年齡（二十三歲）已超過當玄燁乳母之規定，據其文化程度則以任保母爲宜，凡飲食言語、行步禮節皆教之。

---

① 見《紅樓夢》第二十二回庚辰本與戚序本脂硯齋夾批云：「試思作者當日發願不作此書，卻立意要作傳奇，則又不知有如何詞曲矣。」

② 據康熙六十年刊《上元縣志》卷十六〈曹璽傳〉。

③ 馮其庸〈曹雪芹家世史料的新發現〉，收入余英時・周策縱等著《曹雪芹與紅樓夢》頁五三八～五六七，台北：里仁書局，一九八五年。

康熙三十八年（一六九九），聖駕第三次南巡，回馭途中，止蹕於江寧織造府，親自接見封一品夫人的孫氏，問其年，答已六十八，宸衷益加欣悅，勞之曰：「此吾家老人也。」當時庭中萱花盛開，康熙即景揮毫，御書「萱瑞堂」三大字以賜，賞賚甚厚。據史冊所載，大臣母高年召見者，但給扶稱老福而已，親賜宸翰，前所未有。④

雪芹祖父曹寅承父蔭而與康熙帝的關係更爲相契親密。首先，嫡母孫夫人對玄燁有著教養之恩，又享高年（康熙四十五年初才去世），與曹家三代得康熙寵信具一定關係。其次，曹寅少年時曾經做過康熙帝的伴讀，按《禮記．文王世子》云：

成王幼，不能涖阼。周公相，踐阼而治，抗世子法於伯禽，欲成王之知父子、君臣、長幼之道也。成王有過，則撻伯禽，所以示成王世子之道也。

鄭注：「抗，猶舉也。謂舉以世子之法，使與成王居而學之。以成王之過擊伯禽，則足以感喻焉。」周公的兒子伯禽實際上是成王的伴讀，成王犯了錯周公就責打伯禽，能代替成王受撻，這是伯禽的「光榮」，此即所謂「抗世子法」。設立伴讀旨在提高皇帝的學習興趣，康熙帝八歲登基，惕勵學習益發重要，其伴讀不只一人，納蘭容若就曾當過，而這代帝受撻的「光榮」任務也部分落到曹寅身上，寅又長年與帝朝夕相處，人們總難忘自己的童年小友，如溥儀回憶錄《我的前半生》說：「伴讀者還有一種榮譽，是代書房裡的皇帝受責。『成王有過，則撻伯禽』，即有此古例。因此在我念書不好的時候，老師便要教訓伴讀的人。」康熙日後對曹寅特別寵信，主要原因在此。⑤

此外，另有認爲曹寅之所以與清初明遺民如馬鑾、杜濬、顧景星、錢秉鐙（飲光）、惲壽平、余懷、杜岕、姚潛、石濤……等特別交好，原因在於顧景星係曹寅之舅⑥，可備一說。

而曹寅繼承父業，廣交名流，籠絡士族以弭合漢滿之間民族隔閡，原與曹氏父子文采風度、風流儒雅之人格魅力密不可分。尤其曹寅係「束髮即以詩詞經藝驚動長者」之神童，顧景星〈荔軒草序〉（作於一六七九）讚賞他：「其詩清深老成，鋒穎芒角，篇必有法，語必有源。」「晤子清，如臨風玉樹，談若粲花；甫曼倩待詔之年，腹郷嬛二酉之秘，貝多金碧，象數藝術，無所不窺；弧騎劍槊，彈棋擘阮，悉造精詣。」可見當時才二十二歲的青年曹寅博能多藝，已是頗有成績的詩人兼藝術家，又於繪畫書法多有題詠，張伯行〈祭織造曹荔軒文〉稱其「比冠而書法精工」，曹寅在〈病起弄筆戲書〉（《楝亭詩鈔》卷四）中自稱「不恨不如王右軍，但恨羲之不見我」。雖係戲語，亦可想見其素以書法自負。家中經史子集藏書萬卷，曾奉旨刊刻《全唐詩》與《佩文韻府》，文化影響既深且鉅。人格特質方面，查嗣瑮〈真州使院層樓與瑮軒夜話〉詩稱他：「乃於脂膏地，

④ 見馮景《解春集文鈔》卷四〈御書萱瑞堂記〉與毛際可《安序堂文鈔》卷十七〈萱瑞堂記〉。有關孫氏爲康熙保母而非奶媽之論證，詳參朱淡文《紅樓夢研究》頁二二六～二二七，台北：貫雅文化公司，一九九一年。

⑤ 參朱淡文《紅樓夢研究》頁二三三～二三五。

⑥ 見朱淡文《紅樓夢研究》頁二三八～二四二。

獨闢冰雪府」，貞隱之士屈復的〈曹荔軒織造〉詩也說「詩書家計俱冰雪」，謂其身居江南金窟之中，卻一塵不染如冰雪之清，此詩小序更指出曹寅「頗禮賢下士，當時稱之，所著有《楝亭詩集》。」法式善（一七五三～一八一三）的《梧門詩話》云：「曹楝亭性豪放，縱飲徵歌，殆無虛日。酷嗜風雅，東南人士多歸之。」襟抱風雅、贏得優渥聖眷的曹寅在〈詠紅述事〉中，不免流露出「小窗通日影」的快意詩句，而同時代的文士也奉承他「呼吸會能通帝座」。⑦

而從龍勛佐的烜赫世家每藉戲曲來妝點排場。為結納名流、鋪排風雅，懷柔遺民文士以完成特殊的文化任務，曹寅府裡平日總是履聲車轍盈戶，縱飲徵歌，聽曲觀戲殆無虛日，或「開廣筵而命樂，或清闋之閒奏，樂中宵以未央」⑧，足見家中戲樂演出之頻繁。若遇上南巡大典，作為包衣老奴、世受國恩的親臣世臣理當接駕，康熙出於對內務府包衣親族的信賴與行動方便考量，南巡時駐蹕於織造府，習以為常。曹寅在任期間就連續接駕四次，排場之豪奢，聲勢之烜赫，《紅樓夢》第十六回即有反映，趙嬤嬤對王熙鳳說：「噯喲喲，好勢派！獨他家接駕四次，若不是我們親眼看見，告訴誰誰也不信的。別講銀子成了土泥，憑是世上所有的，沒有不是堆山塞海的，『罪過可惜』四個字竟顧不得了。」第十六回至十八回寫曹府為慶祝元妃歸省而奉旨鋪排的一切富貴風流景象，脂硯齋深有所感地批云：「眞有是事，經過見過」、「非經歷過，如何寫得出」，庚辰本在元妃鑾駕將至，太監拍手處，脂硯側批：「難得他（寫）的出，是經過之人也。」甲戌本十六回前脂批並強調「借省親事寫南巡，出脫心中多少憶昔感今」，而這「金錢濫用比泥沙」的支出裡，戲曲是其中的重要項目，單是赴蘇州買伶新組戲班，採購樂器行頭，加上聘請教習，一次花費竟高達五萬兩銀子。佚名《聖駕五幸江南恭錄》載，康熙四十四年（一七〇五）三月十八日，玄燁南巡到蘇州，「親點《太平樂》全本慶賀萬壽」。《太平樂》可能就是曹寅所撰《太平樂事》，歌舞燈戲場面繽紛，很能彰顯康熙年間的太平氣象，而御前獻藝的也可能是曹寅的家班。

曹寅妻兄李煦與康熙是嬤嬤兄弟，玄燁又是李煦的舅表妹夫，李煦和曹寅同是「呼吸會能通帝座」的人物，煦曾任蘇州織造整三十年，後又晉銜「大理寺卿」與「戶部右侍郎」，備蒙曠典奇恩。⑨康熙六下江南，李煦在蘇州織造任內就曾四度負責接待事務，其中安排接駕演劇是其工作要項，《聖駕五幸江南恭錄》同樣記載李煦爲康熙第五次南巡安排的演劇活動是：「三月十七日午刻，進蘇州閶門，泊舟。織造李奏准，……沿途河邊一帶數里，設戲台演戲恭迎。過街五彩天篷，張燈結綵，由大街至蘇州織造府內，備行宮駐蹕。……織造李進御宴、名戲等。」「四月十二日，自杭州回，午刻抵蘇州，……未時進葑門，抵達新建行宮駐蹕，又織造府李進宴演戲。」「四月十五日……織造進宴，命清客串演雜戲。」……綿延數里的戲台，加上進御種種名戲，展現的是一派輝煌的皇家氣勢。

---

⑦ 見李煦幕友張雲章《樸村詩集》卷九〈題儀眞察院樓呈鹺使曹李二公〉七律四首之二，轉引自周汝昌《紅樓夢新證》（增訂本）頁三七三，北京：中華書局，二〇一六年。另見《清代詩文集匯編》，上海古籍出版社，二〇一〇年。

⑧ 清・張雲章《樸村文集》卷十八〈祭曹荔軒通政文〉，清康熙華希閔等刻本。

⑨ 參徐恭時〈那無一個解思君——李煦史料新探〉，《紅樓夢研究集刊》第五輯，頁三七一～三七四。

二、織造、鹽政兼管戲曲

曹氏親族備受康熙寵信，曹璽、李煦為正白旗包衣，璽妻孫氏屬正黃旗包衣，康熙帝特意派給他們織造或兼鹽政。如曹璽與曹寅皆擔任二十二年江寧織造，曹顒當了兩年過世，曹頫繼任十二年，祖孫三代四人任此肥缺幾達六十年。康熙二十九年（一六九〇）曹寅還當了三年蘇州織造，接著由李煦繼任長達三十年（一六九三～一七二二），而孫氏同族的孫文成則擔任杭州織造，康熙曾說：「三處織造，視同一體，須要和氣……」⑩江寧、蘇州、杭州織造鼎足而三，「連絡有親」。曹寅另於康熙四十三年起兼任兩淮巡鹽御史，與李煦十年輪視淮鹺。按理織造僅屬五品銜，名義上不過是掌管織造一些皇帝的衣料和祭祀、封誥、賜賞所用的織品而已，聽起來倒無甚值得驚異之處，可實際則大不然。駐在南京、蘇州、杭州三處的「欽差」織造，堪稱「地方皇上」，織造到任，地方督撫親身迎接忙跪請「聖安」，只因清代織造由內務府人去充任，內務府是清代皇宮的「管家衙門」，所有人員都是皇帝的「私家」家奴。⑪因此織造是「欽差」官員，皇帝的親信，地位特殊，有「密摺奏聞」之權，足令一般官吏聞之悚懼。

而織造，顧名思義，職在供奉上用緞匹與應用織品。明代即設有織染局，清代更名為織造局（一稱織造尚衣局），僅為操作織染之工場而已，清順治年間織造每三年一更替，屬臨時性差官，迨至康熙二年（一六六二）玄燁特派曹璽到南京督理織造，才於上元縣地界原操江衙門舊址營建江寧織造「府」，並將該職改為專差久任，子孫世襲。至於織造與戲曲之關係，早在明代，蘇州織造局就兼管進女樂之事，無名氏《燼宮遺錄》載：「蘇州織造局進女樂，上（按：指崇禎皇帝）頗惑焉。田貴妃上疏諫曰：『當今中外多事，非皇上宴樂之秋。』批答云：『久不見卿，學問大進。但先朝已有，非自朕焉，卿何慮焉。』」

因吳人自來善謳，明代曲聖魏良輔、梁伯龍等將崑曲創爲曼聲、製爲艷曲，成爲明清傳奇的主流聲腔，雄踞劇壇盟主兩個多世紀，而當時蘇州是崑曲的大本營，也產生藝人的行會組織和管理機構，據清代吳縣人顧祿的《清嘉錄》卷七所載：

老郎廟，梨園總局也。凡隸樂籍者，必先署名於老郎廟。廟屬織造府所轄，以南府供奉需人，必由織造府選取故也。

這條資料確切說明了蘇州織造府掌管戲曲事務的原因和史實。老郎廟係藝人因戲神崇拜所建，之所以歸蘇州織造府所轄，主要因爲南府的供奉需由織造府提供。「南府」係清宮內廷管理戲曲藝術的專職機構，始設於聖祖康熙朝，雍正七年曾改名和聲署，乾隆初恢復南府，道光七年又改稱昇平署。足見清代皇家所需戲曲用品如行頭、樂器之類，以及選取、培養、進御演員等，規定由織造府

---

⑩ 見〈江寧織造曹寅覆奏奉到口傳諭旨摺〉，康熙四十五年七月初一日。
⑪ 參周汝昌〈曹雪芹和江蘇〉，《曹雪芹與紅樓夢》頁五二八～五三七，台北：里仁書局，一九八五年。

承應。如康熙年間蘇州寒香班名淨陳明智，乾隆年間蘇州名淨郁樹寶，就是被蘇州織造府選入宮廷戲班，見焦循《劇說》和諸晦香《明齋小識》。

可能由於清代織造多兼任鹽政（如曹寅、李煦等），於是鹽政也兼管戲曲，如乾隆年間，江南織造、鹽政等官「指稱內廷需要優童秀女，有廣購行覓者」，甚至有「勒取強買等事」（乾隆元年五月「上諭」）。而織造、鹽政在文字獄繁興的乾隆年間，還秉承上意參預查禁戲曲，如〈織造府禁止演唱淫靡戲曲碑〉載「傳諭江蘇安徽蘇州織造兩淮鹽政，一體嚴行查禁」亂彈諸腔；《揚州畫舫錄》載乾隆曾諭兩淮巡鹽於揚州設局修改「古今雜劇傳奇之違礙者」，「蘇州織造進呈詞曲」若干種……⑫

曹氏親族擔任織造、鹽政，與戲曲關係匪淺，對曹雪芹創作《紅樓夢》也必然產生一定影響。由於康熙帝愛好崑、弋兩腔，李煦在蘇州織造任內，除物色崑曲女伶之外，又擬尋弋腔教習俾學成送去，「以博皇上一笑」，恰蒙康熙派弋陽腔教習葉國楨前來教導，煦感戴不置。⑬除採辦戲樂事務之外，聖駕南巡時也每以織造府爲行宮，如乾隆十六年（一七五一）刻本《上元縣志》卷首〈聖祖南巡恩記〉：「康熙四十二年聖祖仁皇帝南巡至於上元，以織造府爲行宮。」嘉慶十六年（一八一一）刻本《新修江寧府志》卷五〈紀年事表〉載：「（康熙）四十四年，南巡至於上元，以織造府爲行宮。」除了南京的江寧織造府，康熙南巡時，樹石幽秀、頗擅勝致的蘇州織造府西花園，更是聖上憩賞之所。而蘇州葑門內帶城橋下塘的織造署園宅與拙政園、滄浪亭等，更是《紅樓夢》大觀園中怡紅院長廊、凹晶館竹欄……諸多畫境之取景底本。⑭

三、親族迷戲——蓄樂、撰劇、爨演以爲樂

《紅樓夢》醞釀與脫稿的清代雍、乾年間，正值我國戲曲繁昌隆盛時期，當時曹家雖已蕭然敗落，似無養優蓄伎之能力，但彼時烜麗的宮廷戲班之外，上自王公大臣，下至地方官吏，大都「家有梨園，皆極一時之選」。而禮樂簪纓世族豐贍的文化風韻對曹雪芹影響至深，優風盛行的社會背景與親族之間蓄樂、撰劇、爨演作樂的迷戲丰采，這曾經目睹、享受過的輝煌畢竟終身難忘，乃與《紅樓夢》中的戲曲書寫大有關聯。

曹雪芹生活的雍、乾時期，滿洲貴族、八旗將帥與漢官的蓄樂仍頗風行，從雍正種種嚴峻諭旨：「外官畜養優伶，殊非好事，朕深知其弊。……家有優伶，即非好官。著督、撫不時訪查。至督、撫、提、鎮，若家有優伶者，亦得互相訪查，指明密摺奏聞。」⑮可知此風積習難返。昭槤《嘯亭雜錄》卷六載「諸藩邸皆畜聲伎」，透露乾隆時滿清王公貴胄廣蓄家樂的事實，乾隆弟弘

⑫ 詳參徐扶明《紅樓夢與戲曲比較研究》頁四〇，上海古籍出版社，一九八四年。
⑬ 故宮博物院明清檔案部編《李煦奏摺》，北京：中華書局，一九七六年。
⑭ 參徐恭時〈芹紅新語〉頁二一六～二一七，《紅樓夢學刊》一九八〇年第一輯。
⑮ 王利器《元明清三代禁毀小說戲曲史料》頁三一，上海古籍出版社，一九八一年。

畫、寵臣福康安，嘉慶時期之質恪郡王綿慶、禮親王昭槤，乃至漢官蓄樂更蔚為風尚。曹雪芹好友敦誠之祖定庵公經照亦癡迷崑曲，「家有梨園，日徵歌舞」。⑯

曹氏親族中蓄樂、撰劇、爨演兼備而丰神橫溢的當屬雪芹祖父曹寅。張大受〈書楝亭銀台詩後〉組詩六首之五云：「扶風帳下盡輕狂，列樂談經也不妨。可惜匠門窮學究，漫持勺水測汪洋。」引用東漢馬融「施絳紗帳，前授生徒，後列女樂」的事典，嘆賞曹寅博學風流，也道出他蓄有家樂。曹寅在《太平樂事·自序》中稱其表兄酷愛明代陳鐸的《太平樂事》，寅乃「勒家僮令演之」。尤侗《悔庵年譜》〈康熙三十一年〉條云：「織部曹荔軒亦令小優演予《李白登科記》（按：即《清平調》）；將演《讀離騷》、《黑白衛》諸劇，會移鎮江寧而止。」足見曹寅家班主要由未成年的男優組成。曲師可考知者有善作賓白的王景文與曾經待過阮大鋮和冒襄家班中技藝精湛的名伶朱音仙。曹寅的家班除為主人獻藝，還常應邀到主人的親友家中演出，如王竹村〈郭于宮宅觀通政曹公家伶演劇，兼送楊掌亭入都〉詩中述及曹寅家班曾赴江都郭元釪宅第演出。

創作方面，尤侗《艮齋倦稿文集》卷九〈題北紅拂記〉云：「荔軒游越五日，倚舟脫稿，歸授家伶演之。」除了《北紅拂記》，曹寅還撰有雜劇《太平樂事》、傳奇《續琵琶》和《虎口餘生》等三部劇作。《紅樓夢》第五十四回，賈母指著湘雲道：

我像他這麼大的時節，他爺爺有一班小戲，偏有一個彈琴的湊了來，即如《西廂記》的〈聽琴〉，《玉簪記》的〈琴挑〉，《續琵琶》的〈胡笳十八拍〉，竟成了真的了，比這個更如何？

此處《續琵琶》的〈胡笳十八拍〉，係指劇中〈製拍〉一齣，蔡文姬彈唱自製曲〈胡笳十八拍〉，悲愴訴說著顛沛漂泊的坎坷際遇。賈母說是湘雲爺爺的家班曾演出《續琵琶》，實則應是雪芹對祖父所撰傳奇的追憶與摹想。至於《虎口餘生》的作者是否爲曹寅，學界尚有爭論。⑰另有一則曲界津津樂道的是，曹寅於康熙四十三年曾熱情地將洪昇迎至南京，盛邀南北名士觀賞《長生殿》之演出，金埴《巾箱說》載：

> 時督造曹公子清寅，亦即迎致於白門。曹公素有詩才，明聲律，乃集江南北名士爲高會，獨讓昉思居上座，置《長生殿》本於其席，又自置一本於席。每優人演出一折，公與昉思讎對其本，以合節奏，凡三晝夜始闋。……長安傳爲盛事，士林榮之。⑱

---

⑯詳參劉水雲〈《紅樓夢》中賈府家班與清雍乾年間的家樂〉頁一五九～一六一，《紅樓夢學刊》二〇一一年第二輯。

⑰學界有認爲曹寅所作係《後琵琶》而非《續琵琶》。另有關曹寅家班及其劇作內容析論，可參楊惠玲〈曹寅家班考論〉，《紅樓夢學刊》二〇一一年第二輯。

⑱見《清代史料筆記叢刊》，金埴撰，王湜華點校《不下帶編　巾箱說》頁一三六，北京：中華書局，一九八二年。

這則資料盛讚曹寅喜接名流又認眞斠律的風雅情懷，卻未述及搬演者爲誰，既未說明，則曹寅、李煦家班或擅演此劇之職業戲班皆有可能。此外，張大受〈贈荔軒司農〉詩揭示荔軒：「有時自傅粉，拍袒舞縱橫。」足見曹寅不僅養戲班、撰寫雜劇傳奇，還粉墨登場親自參與演出，眞成了全方位的戲迷！

雪芹之舅祖李煦因久任織造、鹽政而負責爲皇室採辦、訓練戲樂，並四度安排接駕演劇工作，焦循《劇說》卷六云：「聖祖南巡，江蘇織造以寒香、妙觀諸部承應行宮，甚見嘉獎。每部各選二、三人，供奉內廷，命其教習上林法部，陳（明智）特充首選。」正因爲生活在響落梁塵、歌翻扇底的環境裡，李煦家也與曹寅家同樣長年養著優伶曲師，李煦雖德政斐然，百業沾惠而有「李佛」之頌，但他的兒子李鼎卻奢華成性，竟耗費巨金延師、添購行頭，只爲了票戲，顧公燮《丹午筆記》云：

> 康熙三十一年，織造李公煦莅任，在蘇有三十餘年，受理滸關稅務，兼司揚州鹺政。恭逢聖祖南巡四次，克己辦公，工匠經紀，均沾其惠，稱爲「李佛」。公子性奢華，好串戲，延名師以教習梨園，演《長生殿》傳奇，衣裝費至數萬，以致虧空若千萬。吳民深感公之德，而惜其子之不類也。

明清時代，世家子弟有很多不僅蓄有家庭戲班，自己也會串戲，藉此妝點風雅，恣意享樂。當時串戲成風，清代北京俗曲〈票把上台〉說：「子弟消閒特好玩，出奇制勝效梨園。」錢泳《履園叢話》：「近士大夫皆能唱崑曲，即三弦、笙笛、鼓板，亦嫺熟異常。」潘際雲〈串客班〉詩亦云：「旁人莫言工不工，即非公子亦富翁。」有錢有閒自然能耍酷作樂，並爲自己冠上薰沐文化藝術、醉心風雅的美名。上焉者皇親國戚、封疆大吏之流，如和恭親王弘晝、質恪郡王綿慶、軍機大臣福康安、平西王吳三桂，甚至乾隆皇帝等都酷嗜串戲。

而藉串戲以發洩胸中不平之氣者有：明代祁豸佳「數入春明不得志，常自爲新劇，按紅牙，教諸童子，或自度曲，或令客度曲，自倚洞簫和之，藉以抒其憤鬱。」（周亮工《讀畫錄》）乾隆間名詩人黃仲則（景仁），失意居京師，「時或竟於紅氍毹上現種種身說法，粉墨淋漓，登場歌哭，謔浪笑傲，旁若無人。」（楊懋建《京塵雜錄》）最有名的是張岱《陶庵夢憶》卷六所記明末以串戲妙天下的票友彭天錫，爲了票戲，他散盡家財，「齣齣皆有傳頭，未嘗一字杜撰。曾以一齣戲延其人至家費數十金者，家業十萬緣手而盡。」他擅淨丑，演奸雄佞倖甚佳，「腹中有劍，笑裡有刀，鬼氣殺機，陰森可畏。蓋天錫一肚皮書史，一肚皮山川，一肚皮機械，一肚皮磥砢不平之氣，無地發洩，特於是發洩之耳。」充分展現戲曲搬演的宣洩淨化說理論。

曹雪芹性格高傲放達、蔑視流俗，好友敦敏、敦誠兄弟詩文常以阮籍、山簡、王猛、劉伶、王祥等魏晉間人比擬雪芹，如「狂於阮步兵」、「步兵白眼向人斜」、「鹿車荷鍤葬劉伶」、「君才抑塞倘欲拔，不妨斫地歌王郎」等摹繪其狷傲狂放、卓犖不群的風度與叛逆性格。某些清人筆記中曾談及曹雪芹之「放浪」。如蔣瑞藻《小說考證拾遺》引趙烈文《能靜居筆記》記宋翔鳳言：「曹實楝亭先生子，素放浪，至衣食不給。其父執某，鑰空室中，三年遂成此書。」又據善因樓刊本《批評新大奇書紅樓夢》第一回朱筆眉批記載，曹雪芹本人也如「偶倡優而不辭」的關漢卿：

曹雪芹爲揀（楝）亭寅之子，世家，通文墨，不得志，遂放浪形骸，雜優伶中，時演劇以爲樂，如楊升庵所爲者。⑲

「其父執某，鑰空室中，三年遂成此書」之說，雖與《紅樓夢》之成書過程不符，而「如楊升庵在滇南，醉後胡粉傅面，插花滿頭，門生諸妓，舁以過市。」（楊懋建《京塵雜錄》卷四）之放浪情態，在曹氏家族徹底敗落後、雪芹任職右翼宗學前之歌哭潦倒景況卻頗有可能。⑳而這粉墨登場的串戲經驗，使得《紅樓夢》裡對梨香院十二官與蔣玉菡等家伶的生活細節與精神世界都能摹繪生動而貼切，而曹氏親族間蓄樂、撰劇的迷戲行爲，也使得小說中賈府如何蒐買、訓練、管理伶人，對家伶搬演的劇目內容、季節場地與規矩禁忌，乃至主人與親友之觀賞心理——觀眾接受學等，皆有準確而深刻之掌握，足見曹氏家族戲曲胎息淵厚，爲《紅樓夢》中環繞演劇文化的種種書寫奠下深廣基礎。

⑲ 轉引自周汝昌《紅樓夢新證》（增訂本）頁五八八～五八九。

⑳ 參朱淡文《紅樓夢論源》頁一四〇～一四三，南京：江蘇古籍出版社，一九九二年。

《紅樓夢》中的演劇文化

古典小說裡穿插戲曲的書寫，或烘托映照，或對比反襯，或局部勾連、畫龍點睛，種種技法除了使讀者感受不同文體相互激盪生發的奇趣，對小說人物塑造、情節鋪陳與題旨寄寓，也能有相當程度的深化作用與擴寫功能。明清時代，戲曲蓬勃發展，從鄉村到城市，諸腔競奏，職業戲班與家庭戲班各顯所長，使得當時攢興的小說無不著意於戲曲描寫，借戲點染人物，反映時代特色。然而究竟《紅樓夢》與其之前或同時期的小說在戲曲描寫方面有何不同？曹雪芹如何「深得《金瓶》壼奧」，又脫其穢而青出於藍？並與同時代同樣醉心戲曲藝術卻從未交集的吳敬梓，其戲曲書寫有何異同？而《紅樓夢》每藉聆曲演劇以妝點風雅與豪門品味，明清時期戲曲搬演之程序與格範、點戲之禁忌與多種作用，也在作者生花妙筆中將康、乾盛世的貴族演劇文化盡顯而出。

一、換新眼目的戲曲書寫

曹雪芹對戲曲頗爲在行，其好友敦誠《鷦鷯雜志》記載：「余昔爲《白香山琵琶行》傳奇一折，諸君題跋不下幾十家。曹雪芹詩末云：『白傅詩靈應喜甚，定教蠻素鬼排場』亦新奇可誦。」在數十家題跋中，敦誠對雪芹詩作獨具青眼，足見他是懂戲行家。而古典小說穿插戲曲描寫的，早在《水滸傳》中即已出現，如第五十一回白秀英說唱「豫章城雙漸趕蘇卿」諸般品調，另有做笑樂院本的，第八十二回演雜劇《八仙慶壽》之類，僅屬點綴性質而已，表演內容與人物、題旨並無多大關連。及至《金瓶梅》乃開拓戲曲書寫之多種作用（詳下文），此後二百年間《檮杌閒評》、

《弁而釵》、《雙喜冤家》、《醒世姻緣傳》、《歧路燈》、《儒林外史》等小說在戲曲描寫上各有成就，如《檮杌閒評》寫晚明絃索調，《歧路燈》寫清初河南地方戲曲，《儒林外史》寫南京職業崑班，雖各有特點，但皆不及《金瓶梅》出色。①究竟《金瓶梅》與《儒林外史》的戲曲描寫有何開拓與侷限，而《紅樓夢》又如何能攀登說部戲曲書寫之高峰，皆是值得一探的細節。

(一)較《儒林外史》尤見曲致

《儒林外史》平實描寫民間職業戲班之行會、組班過程與演劇活動。行會組織有總寓、老郎廟等，老郎廟係明清崑劇演出行業之民間性管理組織，除供奉戲神老郎外，並是同業行禮、議事之處，類似後來的梨園公所。而組建戲班花費頗高，需五六百金至千金以買伶、教戲、採購行頭等。職業戲班一般應婚喪喜慶和祭祀之需而演出，如進學、鄉試、遷居、結婚、祝壽慶生與祠祀等。職業戲班，主人須提前數日「定戲」，而其搬演程序較貴族家班精簡。首先是「參場」（或「參堂」），由長班帶著班內演員到廳堂上參見主人與嘉賓；接著若主人講究些，會先演三或四齣的開場戲，又稱「嘗湯戲」，取吉利、熱鬧之意。繼而末腳（即團長）②執戲單上來先打個搶跪（屈一膝半跪

---

① 參徐扶明〈比較《金瓶梅》與《紅樓夢》戲曲描寫〉，《紅樓夢學刊》一九八九年第三輯。

② 明清傳奇之戲班班主（團長）例由副末（或末）擔任，專司「開場」和事務性工作。詳參本書〈從脂批看《紅樓夢》中的「戲場章法」〉之「南戲傳奇『副末開場』之活用」。

禮），再請主人點戲；最後是整本戲的演出。

職業戲班的班主一般出身梨園樂戶，為節開銷，自能擔任教習，不像《紅樓夢》梨香院的十二官屬貴族家班，其教習需高價另聘，且不止一人。《儒林外史》的鮑文卿既當班主又是教習，常帶領十幾個團員城裡城外、老於歧路為衣食終年奔波，因此儘管他品德高尚，施恩不望報，勤懇做戲，忠厚做人，而骨子裡仍視唱戲為賤業終身擺脫不了自卑心理。清康乾年間，戲曲演員一般穿青衣，戴小帽，但不得用石青色衣服（《清通禮》）。鮑文卿自然也如此穿著，因而當他看到唱老生的錢麻子居然「頭戴高帽，身穿寶藍緞直裰，腳下粉底皂靴」全然一副翰林科道的穿扮，心下十分反感；聽錢麻子吹噓自己到鄉紳人家祝壽時，都坐上席吃飯，不把書生放在眼裡，鮑文卿認為說這類「不守本分」的話，來生將受罰變驢變馬。此外，《儒林外史》中所寫演戲多為應景吉慶戲，其中明列戲目者僅第十、三十、四十九等三回而已，率就搬演齣名與小說後續情節作對比，形成反諷效果，且另有不符時代之失誤。③關於曲調聲情、演員唱做神態等表演藝術，作者皆未遑細寫。至於小說中仕紳狎玩優伶，而戲子亦自甘下流等描寫，雖譏諷犀利，然殊乏韻致，正如魯迅所言：「秉持公心，指摘時弊，機鋒所向，尤在士林，其文慼而能諧，婉而多諷，於是說部中乃始有足稱諷刺之書。」（《中國小說史略》）

《儒林外史》雖是傑出的諷刺小說，然其戲曲書寫仍存在若干侷限。就取材而言，僅著眼於民間勞碌奔忙的底層職業戲班，不像《紅樓夢》，既有崑、弋兩腔兼備的職業戲班（第九十三回南安王府演梆子腔，係續書，姑不論。）如第十一回賈敬壽辰，第十九回正月寧府唱戲，第二十二回寶釵生日，第二十九回清虛觀打醮……；又有小說伶人主軸貴族家班梨香院十二官與忠順王府家班的琪官；此外還兼及柳湘蓮的串客生涯描寫，堪稱豐富多彩。就伶人形象而言，《儒林外史》的鮑文卿謹厚正直而觀念保守，其養子鮑廷璽則腆顏媚附仕紳以乞利祿，光彩不足。反觀《紅樓夢》的芳官、齡官美麗而高傲，亮彩四射，芳官勇於直嗆罵她是「娼婦粉頭之流」的趙姨娘；齡官面對元妃敢執著「非本角之戲」而怠演，之後更傲然回絕寶玉央她唱的《牡丹亭》名曲【步步嬌】；藕葯蕊三官之假鳳虛凰又與寶玉、釵、黛之情戀隱隱相照④，堪稱伏脈周密、筆致多姿，皆是《儒林外史》寫作所不及之處。

由此可見熟悉戲曲的小說家，未必都能取得向戲曲借鑑的突出成就。就如道光年間陳森的《品花寶鑑》，魯迅認爲其「理想人物如梅子玉、杜琴言輩，亦不外伶如佳人，客爲才子，溫情軟語，累牘不休。」（《中國小說史略》）甚且出現對「相公」生活作諸多猥褻刻畫之敗筆，體局有限，格調不高，殊不如《紅樓夢》中寶玉與琪官幽隱而具情致之描繪。吳敬梓雖也與伶人交遊，作詞唱曲以爲樂，所謂「香詞唱滿吳兒口，旗亭法曲傳江潭」、「生小性情愛吟弄，紅牙學歌類

---

③ 如第十回魯翰林招婿婚宴所演〈加官〉、〈張仙送子〉、〈封贈〉、《三代榮》等吉祥戲，卻因鼠、狗翻跳而成了鬧劇；第四十九回演〈請宴〉、〈餞別〉、〈五台（會兄）〉、〈追信〉四齣，即反諷萬中書因假官事件「弄得宴還不算請，別倒餞過了！」而他與姻兄秦中書皆是花錢保舉而得官；其後鳳四老爹月下追回爲詐財而色誘絲客的船婦。另第三十回莫愁湖大會所演〈刺虎〉係明末費貞娥刺殺闖王李自成副將一隻虎故事，與《儒林外史》小說所設定明嘉靖前後之時代不符，實乃作者一時疏忽。

④ 詳本書〈家樂戲班風華——梨香院的「十二官」〉。

薛譚……老伶小鑾共臥起，放達不羈如癡憨」的嘆賞，與他本人「白板橋西，贏得才名曲部知」、「寄閒情於絲竹，消壯懷於風塵」、「妙曲唱於旗亭，絕調歌於郢市」⑤的自我寫照，這些唱曲迷戲的經驗，著實豐富了《儒林外史》對底層職業戲班中搬演情況與藝人心理的描繪，唯其戲曲書寫之技法，仍難與曹雪芹《紅樓夢》相頡頏。

㈡得《金瓶》壼奧而青出於藍

在《紅樓夢》之前，描寫戲曲演出較早又最有成就的古典小說，當推《金瓶梅》。曹雪芹撰《紅樓夢》，對此部毀譽參半的世情小說有所借鑑，《金瓶梅》善於運用戲曲素材，結合情境烘托人物心理，如第六十三回李瓶兒之喪，按喪葬伴宿習俗，爲招待賓客而演了夜戲《玉簫女兩世姻緣玉環記》，西門慶看見貼扮玉簫，唱到「今生難會，因此上寄丹青」曲詞，「忽想起李瓶兒病時模樣，不覺心中感觸起來」。第三十一回西門慶的兒子官哥滿月，自己又加官進爵，便請客看戲，劉、薛兩太監不諳世情，點了歸隱嘆世、離別之詞等戲文雜劇，夏提刑忙說使不得，吩咐改唱【三十腔】的吉慶戲文以迎合西門慶。⑥如此藉點戲而彰顯人物性格且略示伏讖之巧妙手法，對《紅樓夢》頗有影響。然而《金瓶梅》所安排的劇目唱段，整體而言，尚未能如《紅樓夢》般純熟地發揮多種作用，主要由於全書描寫演戲唱曲，往往全引原文，如第三十一回演《請王勃》院本，第三十八回潘金蓮唱【二犯江兒水】曲，第七十四回吳月娘聽宣黃氏卷等等。除了第三十八回潘金蓮雪夜空閨獨守，只得彈琵琶唱曲以遣愁懷，此曲仙呂入雙調【二犯江兒水】較貼合情境之外，其他許多大段唱詞的引錄，容易造成讀者閱讀上的隔閡，有些與當時情境無法密合，於是形成小說行文上的贅瘤。之所以存在此種現象，原因在於《金瓶梅詞話》原是民間藝人說唱的詞話，後又經人整理，它並非屬於某一名士作家的創作。

詞話，係源於唐、五代的詞文，而直接繼承宋代的說話伎藝，是元明對講唱文學的通稱。⑦我國著名古典小說《西遊記》、《水滸傳》、《三國演義》、《隋唐演義》……皆源自民間藝人的說唱藝術。《金瓶梅》小說原係藝人說唱「詞話」之論證，據徐扶明研究，《金瓶梅詞話》中許多人物出場時皆保留戲曲或曲藝常見的「家門」（自述姓名、家世、職業）程式，且一用再用，並非偶然之插曲。而第二回形容西門慶、潘金蓮的外貌時用「兒化韻」，韻密而短促，唸起來細碎響亮，有如白妞唱《黑驢段》鼓詞，音節全是快板，越說越快。有幾回吵罵情節用曲或韻文排句夾雜簡短散文，罵得有板有眼，有如繞口令，適於朗誦而不宜散說，如第二十回寫老虔婆與西門慶吵罵，各

---

⑤所引詩詞見金綮《泰然齋集》、吳敬梓《文木山房集》，參徐扶明《紅樓夢與戲曲比較研究》頁二一三～二一七，上海古籍出版社，一九八四年。

⑥明．郭勛《雍熙樂府》錄有集曲【三十腔】，題目是〈慶壽〉，張祿《詞林摘艷》亦有【三十腔】，題目是〈慶壽兼生子〉，此套曲文開頭云：「喜遇吉人，長庚現，彩雲縹緲，看庭前玉樹又生瑤。」既慶壽又兼賀生子，頗貼切情境，故而討喜。

⑦有關「詞話」的出現與內容，詳參拙著《民間文學與說唱藝術》頁二一五～二二三，台北：五南圖書公司，二〇二一年。

以【滿庭芳】曲代罵詞；第八十六回吳月娘與陳經濟吵鬧，王婆與潘金蓮口角，第六十回潘金蓮罵丫頭，用韻文夾若干散文，很像明代嘉靖年間洪楩所編《清平山堂話本》之〈快嘴李翠蓮記〉，李翠蓮「口嘴快些，凡向人前，說成篇，道成溜」，「四言八句，弄嘴弄舌」，此篇據葉德均《宋元明講唱文學》考證，應屬明代短篇詞話。《金瓶梅詞話》中老虔婆、王婆、潘金蓮之流，尖酸刻薄、長舌善言，裝腔作勢，滑稽可笑又可惡。而第五十六回應伯爵唸的〈祭頭巾文〉，全篇六、七十句駢文，韻腳整齊，抑揚頓挫，是節奏感強的「韻誦體」，湖南、江西等各地高腔迄今仍保存這齣唸白脆亮的戲。又此書每回回前、回後皆用韻文唱詞，而正文中的詩詞曲，各回或多或少，有些回較著重於唱曲，如第八、二十七、三十五、三十六、三十八、四十二、四十三、四十九、五十二、五十五、六十一、六十五、七十三、八十三諸回，這些唱曲很多是全書情節發展有機組成部分，它不可能是後加的，因爲有些唱詞與情節已融成一體，不可分割，唱曲部分是這些回情節的核心，若將第三十八、八十三諸回中唱曲情節都刪除，則整回內容儵然乾癟。例如明刊本《忠義水滸傳》百回本第四十八回，宋江察看祝家莊時，有一段韻文詩贊描繪祝家莊氣象云：

獨龍山前獨龍崗，獨龍崗上祝家莊。遶崗一帶長流水，周遭環匝皆垂楊。牆內森森羅劍戟，門前密密排刀鎗。對敵盡皆雄壯士，當鋒都是少年郎。祝龍出陣眞難敵，祝虎交鋒莫可當；更有祝彪多武藝，咤叱喑嗚比霸王。朝奉祝公謀略廣，金銀羅綺有千箱。白旗一對門前立，上面明書字兩行：「塡平水泊擒晁蓋，踏破梁山捉宋江。」

這段詩贊正是散文體《水滸傳》刪落未盡的舊有唱詞，因爲它在詠嘆之中又兼有敘事作用，與上下段散文相銜接，不像一般平話小說的「有詩爲證」可隨意刪卻而不影響情節的交代。由此可知，水滸故事至少在元代是既說且唱的，到了明朝中葉仍有人在伴著弦索悠悠彈唱。⑧徐扶明更強調，若《金瓶梅》原是散文小說，何必保留這麼多累贅的唱段？而此書之所以散說占較大篇幅，主要因爲曾經整理或改定所致，而在刪定過程中，竟出現如第五十八、六十五回原說唱全套，卻只唱一支曲等前後矛盾現象而露出馬腳。⑨

由於原是藝人說唱的詞話，《金瓶梅》中保留的戲曲相當多，體製包括院本、戲文、北雜劇，聲腔則是嘉靖時期最爲流行的海鹽腔；另有地戲（儺戲）、偶戲等民間雜戲，清唱散曲、小曲以弦索調最占優勢；當然也有門詞、道情、寶卷、評話等說唱曲藝。《紅樓夢》中的戲曲描寫亦洋洋可觀，除崑曲、弋陽腔外，另有清唱檔曲、小曲，說唱則有南詞（蘇州彈詞）與說因果的寶卷，總而觀之，不及《金瓶梅》寫得那樣多姿而具體，因曹雪芹出身貴族世家，生活圈子並不像衝州撞府、走南投北的江湖藝人那麼熟悉民間戲曲與說唱。雖是如此，然其筆法並非千篇一律，如寫賈府的幾次說書，第四十三回鳳姐生日，只一句「連耍百戲並說書的男女先兒全有」一筆帶過；第

⑧詳參拙著《民間文學與說唱藝術》第六章「說書簡史」之〈彈唱《水滸》〉頁二二一～二二三。

⑨詳參徐扶明〈《金瓶梅》原爲詞話考〉，中國金瓶梅學會編印，《金瓶梅學刊》創刊號，徐州：江蘇省豐縣印刷廠，一九八九年六月。

六十二回寶玉生日，家中常走的兩個女先兒要說唱彈詞上壽，被眾人回絕，僅二、三句交代而已；第五十四回元宵夜則連弦子、琵琶樂器與新書內容《鳳求鸞》都細寫出來，還唱了【將軍令】引子，濃墨重彩地描繪兩個女先兒的說書情狀，足見曹雪芹並非全不熟悉，只是筆法隨書寫內容而有所揀擇變化。《金瓶梅》開拓了戲曲書寫多方面的作用，有揭示人物內心世界，如第六十三回西門慶觀戲感李瓶；有推動情節發展，如第七十三回潘金蓮不憤「憶吹簫」；有暗示作用，如第七十八回演雜劇《小天香半夜朝元記》等等。⑩而這多方面的戲曲書寫作用，幾乎全被曹雪芹吸納且另作深度開展。

有鑑於《金瓶梅詞話》爲使觀眾聽得過癮而每每全引戲曲原文卻不加剪裁，使得小說行文形似贅疣，《紅樓夢》歷批閱十載、增刪五次之功，將小說筆法鎔鑄得更爲精鍊，汰除照本抄錄的冗贅形式，根據情節需要，量體裁衣作適切安排，如膾炙人口的《牡丹亭》〈遊園驚夢〉，儘管湯顯祖天才般的詞采句句斐亹動人，但《紅樓夢》第二十三回也只錄了七句而已，該回寫黛玉走到梨香院牆角外，聽見十二官在演習這齣崑戲：

偶然兩句吹到耳朵內，明明白白，一字不落，唱道是：「原來姹紫嫣紅開遍，似這般都付與斷井頹垣。」林黛玉聽了，倒也十分感慨纏綿，便止步側耳細聽，又聽唱道是：「良辰美景奈何天，賞心樂事誰家院。」聽了這兩句，不覺點頭自歎，心下自思道：「原來戲上也有好文章！可惜世人只知看戲，未必能領略這其中的趣味。」想畢，又後悔不該胡想，耽誤了聽曲子。又側耳時，只聽唱道：「則爲你如花美眷，似水流年……」林黛玉聽了這兩句，不覺心動神搖。又聽道「你在幽閨自憐」等句，亦發如醉如癡，站立不住，便一蹲身坐在一塊山子石上，細嚼「如花美眷，似水流年」八個字的滋味。

湯顯祖刻畫杜麗娘懷春慕色的情態細膩而具層次，王思任對此齣筆法曾有如是的評：「從天氣入草木，入花鳥，步步情深，次第不亂。」曹雪芹的運筆也極具層次，他並非連著大段抄錄曲文，而是隔兩句即細寫黛玉的行步心思，由感慨纏綿、側耳細聽、點頭自嘆、心動神搖、如醉如痴、站立不住，再與方才所見《西廂記》中「花落水流紅，閒愁萬種」之句湊想起來，不覺心痛神癡，眼中落淚。由〈遊園〉到〈驚夢〉，曹雪芹爲風露清愁的黛玉譜出「隔牆人唱《牡丹亭》，曲中寫出儂心事」的美麗圖景。⑪而第二十六回黛玉春困發幽情，說了一句《西廂記》的「每日家情思睡昏昏」，被寶玉聽見而羞紅了臉，寶玉見她星眼微餳，香腮帶赤，又見紫鵑乖巧對答，於是學張生衝口唸出「若共你多情小姐同鴛帳，怎捨得疊被鋪床？」脂硯齋此處批云：「眞正無意忘情」，卻惹得黛玉羞惱而哭，寶玉只得陪盡小心軟求漫懇。此處藉《西廂》片言隻語寫寶、黛旖旎纏綿之情，

⑩ 詳參徐扶明〈比較《金瓶梅》與《紅樓夢》戲曲描寫〉，《紅樓夢學刊》一九八九年第三輯。

⑪ 由於曹雪芹運用靈動跳脫筆法寫黛玉的聽曲感受，曾造成相沿已久的「傷春」誤讀，以致二〇〇四年臺灣大學聯考國文科試題引發爭議，詳參拙著《重讀經典牡丹亭》頁二八九～三一八「索解人不易得——大考《牡丹亭》的爭議」，台北：臺灣商務印書館，二〇一五年。

點到爲止，恰到好處。至於第五回警幻仙姑鋪演的〈紅樓夢曲〉，曲牌名稱首首暗寓雙關意涵，預示十二金釵之身世和命運與世家大族由盛轉衰之必然結局，則是作者獨創的自度曲而全無假藉。

就搬演戲班而言，《金瓶梅》裡的西門慶雖有財勢，集官、商、霸於一身，然其地位並不高，故家中既未蓄養家班，亦無戲台，只四個丫鬟學彈唱而已，若要演戲，就得雇職業戲班或請他人家班來家裏廳堂演出。《儒林外史》的鮑家班更是爲覓身衣口食而出外賣藝的職業戲班，與《紅樓夢》中「較之平常仕宦人家，到底氣象不同」的烜赫賈府何啻霄壤。而明清皇親國戚、高官顯宦往往蓄有家班，賈府自不例外，只是一般涉及家樂史料之文獻多以詩詞題詠的方式呈現，語約而意晦，《紅樓夢》對賈府家班全景式的描繪鮮活而生動，彌補《金瓶梅》、《儒林外史》等小說之不足，於明清貴族家班實貌之探究，具有重要的史料價值。

《紅樓夢》深受王實甫《西廂記》（北西廂）影響，而這同時也反映出清代中葉世人愛好北西廂的社會風尚。曹雪芹即以《西廂記》作爲寶玉、黛玉愛情的催化劑，兩人共看《西廂》，妙詞通戲語，借《西廂》傳情訴情，天眞無邪，韻趣盎然。《紅樓夢》第二回作者借賈雨村之口讚許卓文君、紅拂、薛濤、崔鶯鶯、朝雲等人，皆稟有「聰俊靈秀之氣」，足見曹雪芹對《西廂記》的肯定。但高鶚續書末回卻把甄士隱拉出來大發議論，說：「大凡古今女子，那『淫』字固不可犯，只這『情』字也是沾染不得的。所以崔鶯、蘇小，無非仙子塵心，宋玉、相如，大是文人口孽。凡是情思纏綿的，那結果就不可問了！」顯然與曹雪芹之肯定《西廂》背道而馳。⑫而《金瓶梅》更是把北西廂低俗化，小說中「西門慶簾下遇金蓮」，「李瓶兒隔壁密約」，西門慶見王六兒，「潘金蓮月夜偷期」等等，都比作《北西廂》中張生、鶯鶯「密約偷期」，出現「好似君瑞遇鶯鶯」、

「若非偷期崔氏女」、「無緣得會鶯鶯面，且把紅娘去解饞」的類比詞句，把偷期、淫蕩與純眞愛情混爲一談，實在令人詬病。⑬

由於《金瓶梅》醜化張生、鶯鶯與紅娘的純眞美好形象，在小說結構上又留存「詞話」說唱藝人抄錄大段唱詞的拖沓痕跡，曹雪芹借鑑其精粹而去其蕪穢，庚辰本第十三回眉批云：「寫個個皆到，全無安逸之筆，深得《金瓶》壼奧。」己卯本第六十六回夾批：「極奇之文，極趣之文。《金瓶梅》中有云『把忘八的臉打綠了』，已奇之至，此云『剩忘八』（按：柳湘蓮語），豈不更奇！」張新之《妙復軒石頭記》稱《紅樓夢》「從《金瓶梅》脫胎，妙在割頭換象而出之。」諸聯《紅樓評夢》亦讚《紅樓夢》：「本脫胎於《金瓶梅》，而褻嫚之詞，淘汰至盡……非特青出於藍，直是蟬脫於穢。」《紅樓夢》去蕪存菁的高妙手法，誠如首回作者借石頭所言，較諸歷來野史「反倒新奇別致」，「亦令世人換新眼目」，終於使說部中的戲曲書寫達到前所未有的高度。

---

⑫ 見徐扶明《紅樓夢與戲曲比較研究》頁一七三。

⑬ 有關張生對紅娘之心態，金・董解元《西廂記》諸宮調中張生受鶯鶯冷遇時，曾對紅娘說：「如今待欲去又關了門戶，不如咱兩箇權做妻夫。」猥瑣心態實令人詬病。之後元代《北西廂》特予以淨化，張生見嬌俏可愛的紅娘而生「寫與從良」之念想。明代崔時佩、李景雲《南西廂》卻又添糟粕，當紅娘攜了衾枕捧鶯鶯與張生歡好後，紅娘巧問張生：「你如今病醫好了麼？」張生答：「十分病已去九分了」紅娘：「這一分如何不去？」張生：「這一分還在紅娘姐身上。」紅娘譃笑而下。李日華本類此，如今崑曲舞台上〈佳期〉這幾句邪穢的賓白已然汰除。

二、藉聆曲演劇妝點風雅與豪門品味

《紅樓夢》之所以能妝點出「玻璃世界，珠寶乾坤」般輝煌璀璨的排場，主要因爲曹家擁有異常烜赫的政治背景。曹家從龍入關，包衣親信「呼吸會能通帝座」，祖孫三代與親族歷任江南鼎足而三的江寧、蘇州、杭州織造逾一甲子，曹寅深得康熙之信任賞識，與妻兄李煦曾於康熙南巡時主持過四次接駕大典，「上領皇上的恩，下託祖宗的福」，平居日用倍極豪奢，遠非一般仕宦人家所可比擬。

㈠豪門之演劇排場——戲台數量・搬演繁盛・垂簾看戲

古代戲台之搭建與數量皆有定制，並非尋常小戶所能隨意想望。《儒林外史》的鮑家班是出外謀生的路歧，家裡自然沒戲台可演，《金瓶梅》的西門慶即便經商致富，家中也沒戲台，只能在廳堂搬演，而賈府是世代簪纓華胄，位列「八公」，又是皇親國戚，地位超過一般的仕宦與富商大賈，從《紅樓夢》中賈府之戲台規模即可窺知其聲勢之烜赫。

一般官吏、富商的家樂戲班雖亦奢華，但在戲台數量上也僅能擁有一個，至多不超過兩個，否則即是「違制」逾禮。⑭而賈府的戲台，固定的至少就有三座：一是榮國府大觀園中，正樓大觀樓有一個戲台，專爲元妃歸省大典演劇而建，元妃只歸省一次，故此戲台也只用過一次而已，該戲台依「國體儀制」而建，他人不可逾禮僭用。二是榮慶堂戲台，專供大的禮節演戲，招待外賓。三是大花廳戲台，一般供年節喜慶時，賈府自家人看戲用。有時儀節場面大，兩台戲一起演，如賈母八十大壽，一台在榮慶堂演，招待貴賓南安太妃、北靜王妃等；另一台則在大花廳演，由眾小姐陪著薛姨媽看戲。就連榮國府管家賴大的兒子做了官，也有兩台戲在花園內與外頭大廳搬演，頗有排場。而寧國府會芳園中也有戲台，太太小姐們坐在天香樓看戲。至於家常演出，則可臨時搭個小戲台，如《紅樓夢》第二十二回寶釵生日，「就賈母內院中搭了家常小巧戲台」，此類臨時搭建的小戲台不知凡幾，而庚辰本與戚序本脂硯齋特於此處批云：

> 另有大禮所用之戲台也，侯門風俗，斷不可少。

賈府大禮所用的戲台，就是榮慶堂戲台，因大觀樓戲台專供元妃觀戲而建，僭越不得。⑮賈府因應酬儀節享樂之需，所搭建不同用場的戲台如是之多，雖是斷不可少的侯門風俗，而奢靡炫富過度，恐亦埋下日後敗落抄家之禍根。

---

⑭ 北京恭王府與南京甘家大院雖是貴胄豪門，建屋亦謹守九十九間半之規制，若再超過半間，則恐有違制之禍。

⑮ 參徐扶明《紅樓夢與戲曲比較研究》頁九二～九三。

賈府常有戲曲搬演，其演出場所不外演於上述戲台之上，或者演於氍毹之上。其實，婉轉流麗而高雅的聽曲享受，大都是在鋪上紅氍毹的臨時舞台。明末刊本《金瓶梅》即附有西門慶家在大廳氍毹上演戲的插圖。《紅樓夢》第四十回賈母吩咐鳳姐把氈子鋪上：「就鋪排在藕香榭的水亭子上，借著水音更好聽。回來咱們就在綴錦閣底下吃酒，又寬闊，又聽的近。」由於唱曲的是梨香院的家伶，故可隨興喚來，水亭具擴音效果，臨水聽曲倍覺清亮有致。當冬夜寒浸浸起來，他們挪進暖閣，眺外觀戲又聽說書（第五十四回），這等享受豈是平常之家所能擁有。

在諸多表演藝術中，古代耗資最鉅的當屬戲劇，尤其蓄養家樂戲班，從採買戲童、聘請教習、購買行頭及文武場配器、搭建戲台、供給食宿等等，每項支出均所費不貲。賈府蓄養家班，戲台之多，演劇之盛，正可見其豪奢。逢年過節不可無戲，家中重要成員過生日如賈母、賈敬、寶玉、鳳姐、寶釵……等，皆好戲連台；元妃省親場面之闊綽自不待言；秦可卿之喪亦有「兩班小戲並耍百戲的」；到清虛觀打醮祈福也需拈戲觀劇，娛神兼娛人……戲曲演出成了家族重要的文化儀典活動。除此之外，貴族之家的日常生活似乎與戲曲相伴相隨，如第七、八回尤氏和鳳姐等人玩牌，輸了戲酒的東道，兩天後擺酒定戲；第二十八回寶玉、薛蟠、蔣玉菡聚在馮紫英家唱曲狎玩，演劇唱曲成了豪門子弟的悠閒情趣。

一般讀者對《紅樓夢》每次演戲往往多達十餘齣，心中不免驚奇。而這在清代卻很平常，據《京塵雜錄》、《金台殘淚記》諸書記載，清代北京戲園演日戲，照例是三軸子，總在十齣上下；夜戲據《帝京歲時紀勝》所載，例有八齣，但《品花寶鑑》第六回竟演了十六齣，而康熙二十三年玄燁南巡至蘇州觀劇，竟也演到半夜，高達二十齣戲。賈府平常只演日場戲，早日場九點開始，

「辰開酉散」演到傍晚；正日場午後一點開場，也至酉而散，費時五至八小時。在特殊情況下才演夜戲，都是下午一點開演，正夜場演到半夜，如第十八回元妃省親演到半夜丑正三刻（2：45），全夜場則演到天亮，如第十四回秦可卿出殯前夕，有兩班小戲演出，招待通宵伴宿的親朋賓客，第五十四回賈府元宵夜宴，演至四更多，還叫小戲子打蓮花落。長達十幾個小時的演出，中間當然會有「煞中鑼」，或稱煞中台、歇中台，讓演員吃點心，觀眾也暫歇片刻。⑯

賈府演戲之所以大都在日場，主要因爲法令規定「只許白晝演戲，如深夜懸燈唱戲，男女擁擠，混雜喧嘩，恐致生鬥毆、賭博、奸竊等事。」倘違禁演夜戲，將爲首之人杖一百，不行查拿之地方保甲杖八十，地方文武各官不實力奉行罰俸一年。而「子弟放蕩，風俗極陋」、「燈燭不愼，易起火災」（《元明清三代禁毀小說戲曲史料》）都是禁演夜戲的諸般考量。以此標準看《金瓶梅》西門慶家的演戲唱曲，雖有日場，如第四十三回、四十八回、七十四回等，但更多的是夜場，大約有二十回，暴發戶大肆揮霍，窮奢極欲而不顧禮法之行徑可見一斑。賈府是累世簪纓，《紅樓夢》第六十三回怡紅院裡群芳開夜宴爲寶玉慶生，鬧到二更以後，李紈、寶釵等人都說：「夜太深了不像，這已是破格了。」第二天寶玉還要在夜間還席，襲人笑道：「罷罷罷，今兒可別鬧了，再鬧就有人說話了。」足見賈府縱使狂歡夜樂，也都還維持著「大家風範」。

《紅樓夢》第二十九回賈府「享福人福深還禱福」，赴清虛觀打醮觀戲，先前鳳姐就打發

---

⑯ 參徐扶明《紅樓夢與戲曲比較研究》頁九五～九九。

人去「把那些道士都趕出去，把樓打掃乾淨，掛起簾子來，一個閑人不許放進廟去！」賈府諸人在觀內看戲，竟不許「一個閑人」進去，而且在女眷看戲的樓上，「掛起簾子」來，講究的是「大家規矩」。當日賈府家眷朱輪華蓋、珠瓔八寶，人馬簇簇盛麗非凡，下轎時，有個剪燭花的小道士藏躲不及，一頭撞在鳳姐懷裡，被鳳姐照臉一下耳光，打了一個筋斗，嚇得跪在地上亂戰，說不出話來。賈府出外看戲竟也如此勢派！西門慶家女眷同樣垂簾看戲，《金瓶梅》第四十二、四十三、六十三回寫當時的搬演是：前廳爲戲場，廂房做戲房，階下設鼓樂。廳內，左、右邊「吊簾子看戲的」，都是女眷。第六十三回附有廳堂演劇的插圖，氍毹上扮玉簫和王小二的演員正在演《玉環記・玉簫寄眞》，旁有樂隊，男賓列作兩側飲酒看戲，女眷坐於簾內往外觀戲，可見明代即有婦女垂簾觀戲風習。

除了垂簾，《紅樓夢》第八十五回還出現女眷看戲用琉璃屏隔著的，當時賈政升任郎中時，親戚家送一班戲來慶賀，賈府在正廳前搭起行台，「裡面爲著是新戲，又見賈母高興，便將琉璃戲屏隔在後廈，裡面也擺下酒席。」雖是續書情節，確係當時風氣，《聊齋誌異・神女》：「未幾，女樂作於堂下。座後設琉璃屏，以障內眷，鼓吹大作，座客無譁」可證。另有用「戲格」，即什錦空窗、磚框隔開女眷看戲的，如揚州何園（寄嘯山莊）。《紅樓夢》中女眷看戲需垂簾或琉璃屏隔開，無非體現賈府講究的「大家規矩」，而明清時代朱門婦女就算是垂簾觀戲，女子治情艷態過甚，仍會遭到衛道之士的訾議，清・周亮工《書影》云：「粉氣髮香，依依簾中，羅襪弓鞋，隱隱屏下，甚至品評坐客，擊節歌聲，無所不至；優人之目，直透其中，坐客之心，回光其後，可恥孰甚！」

㈡觀劇之勢派與品味

聽曲看戲的品味，大致與人精神性格是相通的，愛聽哪種曲子，基本上與生命情調、內心氣韻相合，而觀戲品味也與時代風尚息息相關。明代萬曆以前都城南京只流行兩種聲腔，顧起元《客座贅語》載：「南都萬曆以前，公侯、縉紳及富家……大會則用南戲，其始止二腔，一爲弋陽，一爲海鹽。」而這兩種腔是有雅俗之分的，張牧《笠澤隨筆》：「萬曆以前，士大夫宴集，多用海鹽戲文娛賓客……若用弋陽、餘姚，則爲不敬。」又指出當時的崑山腔還不成氣候，說：「間或用崑山腔，多屬小唱。」其格局僅作小唱而已。萬曆以前的嘉靖、隆慶年間，海鹽腔正是盛行，因而成書於此時的《金瓶梅》不論演劇或清唱都用海鹽腔，有時主人還特意吩咐：「戲子用海鹽的，不要這裡的。」

到了萬曆年間，海鹽腔勢衰，崑山腔轉盛，湯顯祖〈宜黃縣戲神清源師廟記〉（作於萬曆三十年前後）云：「南則崑山，之次爲海鹽，吳浙音也。」首崑山而次海鹽，王驥德《曲律》（一六一〇）：「舊凡南調皆曰海鹽，今海鹽不振，而曰崑山。」顧起元《客座贅語》：「今又有崑山，較海鹽又爲清柔婉折，一字之長，延至數息，士大夫稟心房之精，靡然從好，見海鹽等腔，已白日欲睡，至院本、北曲（雜劇），不啻吹篪擊缶，甚且厭而唾之矣。」崑曲自此雄踞曲壇至清乾隆達兩個多世紀之久，據李斗《揚州畫舫錄》載，乾隆年間諸腔並茂競奏，唯獨崑曲被尊爲「雅部」，其他百腔亂彈則被歸爲「花部」。商務本《增評補讀石頭記》第十八回寫賈府慶祝元春歸省時演唱崑曲，有條眉批云：「隨意幾齣，咸有關鍵，若亂彈班一味瞎鬧，其誰寓目？」

弋陽腔在明代若用以娛賓宴客，會被視爲不敬，而它畢竟通俗粗獷又熱鬧，「四方土客喜聞之」，深受鄉民市井喜愛。到了清代，乾隆弟弘晝「最嗜弋陽曲文，將《琵琶》、《荊釵》諸舊曲皆翻爲弋調演之，客皆掩耳厭聞，而王樂此不疲。」（昭槤《嘯亭雜錄》卷六）弋陽腔與其支派青陽腔，在文士眼裡被形容得更爲不堪，龍膺《綸隱全集》說：「何物最娛庸俗耳，敲鑼打鼓鬧青陽。」蘇元儁《呂眞人黃粱夢境記》亦云：「唱弋陽腔曲兒，就如打磚頭的教化一般，他若肯住子聲，就該多把幾文錢賞他。」「吳下人曾說，若是拿著強盜，不要把刑具拷問，只唱一台青陽腔戲與他看，他就直直招了，蓋由吳下人最怕的這樣曲兒。」居然連強盜都怕聽青陽腔，譏誚得有些刻薄。《紅樓夢》第十九回寶玉過東府看戲，見到如此場面：

> 誰想賈珍這邊唱的是《丁郎認父》、《黃伯央大擺陰魂陣》，更有《孫行者大鬧天宮》、《姜子牙斬將封神》等類的戲文。倏爾神鬼亂出，忽又妖魔畢露。甚至於揚幡過會，號佛行香，鑼鼓喊叫之聲遠聞巷外。滿街之人個個都贊：「好熱鬧戲，別人家斷不能有的。」寶玉見繁華熱鬧到如此不堪的田地，只略坐了一坐，便走開各處閑耍。

弋陽腔「鑼鼓喧闐，唱口囂雜」，搬演時場面繁華熱鬧，所以能引得滿街之人個個稱讚是「別人家斷不能有的」。清人趙翼《檐曝雜記》說：「大戲內府戲班，子弟最多，袍笏甲冑及諸裝具，皆世所未有，余嘗於熱河行宮見之……所演戲，率用《西遊記》、《封神傳》等小說中神仙鬼怪之類，取其荒幻不經，無所觸忌，且可憑空點綴，排引多人，離奇變詭作大觀也。戲台闊九筵，凡三層。

所扮妖魅，有自上而下者，自下突出者，甚至兩廂樓亦作化人居，而跨駝舞馬，則庭中亦滿焉。有時神鬼畢集，面具千百，無一相肖者。」寶玉不喜弋陽高腔專以場面取勝而不講究唱腔、情節，作者寫「繁華熱鬧到如此不堪的田地」，是借寶玉之眼以凸顯賈珍妝點出的豪門勢派與內在庸俗靈魂的品味。

第五十四回榮國府過新年，所演崑曲《八義記》，係據元雜劇《趙氏孤兒》改編，寫春秋時晉國趙盾一家與權奸屠岸賈之恩怨故事，劇中八個「義士」為救趙家孤兒而效力犧牲，故徐元與無名氏所作明傳奇皆名之為《八義記》。由於內容敷演忠臣義士與奸黨之對抗搏鬥，場面陽剛激烈，其中〈觀燈〉（即〈慶賞元宵〉）一齣是該劇的重要折子戲⑰，因戲中有燈彩、太平鼓等表演，煞是好看，元宵節時搬演極為應景，是有名的「應時戲」，亦稱「節令戲」，配合當晚園子裡的燈燭花炮，頗能渲染賈府豪門歡度新年的鬧熱氣氛與繁華勢派。

第十一回寧府家宴搬演清．陳二白的《雙官誥》傳奇，敘馮琳如之婢妾碧蓮立志守節、教子成名，最後丈夫與兒子得中高魁，該劇以〈榮歸〉、〈誥圓〉作結束（地方戲《三娘教子》多據此改編），係富貴人家祈求永享富貴之吉兆，賈府演此戲，正是「享福人福深還禱福」，也反映出歷來的豪門風尚。然而王夫人、邢夫人看完《雙官誥》後，興猶未盡，還要鳳姐「點兩齣好的」來聽，於是鳳姐點了排場悅目的〈還魂〉（即《牡丹亭．回生》）與旋律耐聽的《長生殿．彈詞》。第

⑰ 有關《八義記》「八齣」之搬演情形，見本書〈家樂戲班風華——梨香院的「十二官」〉註⑦。

六十三回寶玉生日那天，芳官自是唱「壽筵開處風光好」的慶壽曲來祝壽，眾人卻道：「這會子很不用你來上壽，揀你極好的唱來。」芳官於是細細地唱了一支高下閃賺、跌宕有致的〈掃花〉【賞花時】。第五十四回元宵夜，賈母說「剛才八齣《八義》鬧得我頭疼，咱們清淡些好。」忠奸對峙、力抗鬥勇的戲，急鼓響鑼必不可少，場面喧騰，難怪年過七旬的賈母不勝鬧吵而頭疼，於是她特別弄個新樣兒，讓家伶來個不一樣的演法，叫芳官唱一齣〈尋夢〉，只用提琴、管簫伴奏，平常主奏的笛與笙一概不用⑱；又叫葵官不用抹臉（畫花臉大妝）唱〈惠明下書〉，果眞疏異得壞眾人聽得鴉雀無聞。由此可見，賈府觀戲不僅展現豪華勢派風格，又圖吉利享受，更要顯出高雅絕俗的藝術品味。

三、明清戲曲搬演之格範

明清演戲之程序與今日迥異，而戲劇開演前後之流程，也因戲班類型、性質之不同而有所差異。將《儒林外史》與《紅樓夢》略作比較，則可發現其間步驟略有增減，而藉由《儒林外史》第十回蘧公孫入贅富室之婚宴賀戲，第二十四回鮑文卿整理戲班談行規，第二十五回天長縣杜府爲老太太七十壽向鮑文卿定二十本戲，第四十二回湯公子赴試完，傳喚戲班搬演謝神，第四十九回秦中書宴聚點戲等情節，可梳理出清初南京城演戲之完整環節。職業戲班與家班不同，不可能隨傳隨到，必須提前幾天「定戲」，戲班接獲消息，則在戲牌子上寫明演戲日期，以免撞期或遺忘；若有官員臨時想看戲，則寫個文書到戲班叫戲，謂之「傳戲」。《紅樓夢》的賈府雖有崑腔家班，但有時想換個口味看熱鬧的弋陽高腔，則需到外面找職業戲班先「定戲」，如第二十二回寶釵生日，先從外面「定了一班新出小戲，崑弋兩腔皆有」，等戲班來了再「點戲」。而第二十九回賈府到清虛觀打醮，則需多出神前「拈戲」，接著申表、焚錢糧等儀式，而後才開戲。《儒林外史》描寫職業戲班的搬演程序，則較諸《紅樓夢》所寫貴族家班精簡許多。

賈府由於演出頻繁，《紅樓夢》一再描寫演戲，為避免重複拖沓，作者筆法自然輕重有別、詳略不一。有些演出只一筆帶過，並未點明演了哪些劇目，如第十七回賈政生日演戲，第二十九回薛蟠生日，只寫一句「家裡擺酒唱戲」而已；第四十五回賴大兒子賴尚榮做了官，請了兩台戲；第五十七回薛姨媽生日「定了一本小戲」……有些只點出若干劇目，如第十一回寧國府演戲，第二十二回寶釵生日演戲等。而有些演戲，則將戲碼全部點出，如第十八回元妃歸省時點戲，第

---

⑱ 此處芳官唱〈尋夢〉的伴奏樂器，庚辰本作「只提琴至管簫合，笙笛一概不用。」戚序本只用簫隨著唱腔，笙笛一概不用；程乙本作「只用簫和笙笛，餘者一概不用。」徐扶明認為當以戚本「只用簫隨著」為是，可與下文賈母說「方才《西樓》【楚江情】一支，多有小生吹簫和的」相呼應，見氏著《紅樓夢與戲曲比較研究》頁二三。筆者認為提琴與簫音色清幽柔細、溫潤韻遠，頗能襯出〈尋夢〉幽雅靜遠的意境，庚辰本與戚序本皆合理。而崑曲的主要樂器是笛，笛與笙音色清亮，響度略大，故程乙本所言笙簫笛皆用，與崑曲平常伴奏並無不同，不符賈母「弄個新樣兒」之構想。

五十四回榮府新年演戲，此回還包括說唱藝術彈詞、蓮花落等內容。點戲之詳簡，顯然作者是經過一番斟酌的，具有多種作用（詳下文），而演戲之程序，根據《紅樓夢》諸回繁簡詳略各有側重之描繪，結合前代與同時期有關搬演流程之史料和小說，大致可歸納出若干名目，而藉賈府演戲之排場與規矩，亦能窺知明清戲曲搬演之格範。

㈠參場與參堂

《紅樓夢》常寫賈府演戲，而唯獨第七十一回賈母八十大壽才提到「參場」，其隆重情景不言可喻。賈母八旬之慶，榮、寧兩處齊開筵宴近十日，兩府懸燈結綵，貴胄雲集，笙簫鼓樂之音，通衢越巷。在戲開鑼之前，除了賈赦照例「焚了天地壽星紙」之外，特別提到演員「參場」的儀式：「一時台上參了場」。何謂參場？作者並未解說，想是當時人們熟知的演劇風習，《儒林外史》第四十九回：「到了二廳，看見做戲的場口，已經鋪設的齊楚，兩邊放了五把圈椅，上面都是大紅盤金椅搭，依次坐下。長班帶著全班的戲子，都穿了腳色的衣裳，上來稟參了全場。」可知「參場」是指開演前，由班主率領全班演員，穿戴好行頭，整齊排站在戲台口或廳堂紅地毯上，向觀戲的嘉賓致敬祝賀，同時顯示演出之陣容。

有時演堂會戲，則用「參堂」。《儒林外史》第十回，眾客「入席坐了，戲子上來參了堂，磕頭下去。」而一般藝人到官府、衙門裡去演戲，在開鑼之前照例也要「參堂」。參堂的規模較小，只有副末、老外、老生、小生、丑等幾個演員參加而已，「參場」則是全班演員向貴賓叩頭打扦並致賀詞。賈母壽筵隆重非凡，參場陣容若非堅實壯盛，人數略少，則不僅失禮，亦可能因而得罪豪門，惹來禍端，故《紅樓夢》寫賈府演劇甚多，但僅此回提到參場儀式。

(二)點戲之規矩與禁忌

參場之後，一般接下來即是「點戲」活動。點戲規制，自唐以降，宋、元、明皆有而略異。唐・崔令欽《教坊記》記載：「凡欲出戲，兩司先進曲名，上以墨點者即舞，不點者否，謂之進點。」可知早在唐代，宮廷參軍戲弄等歌舞小戲演出即有點演節目之事。到了元代，勾欄瓦舍中的演出也盛行點戲，有時觀眾要求演員把拿手戲報出來以便點選（《藍采和》）；有時主要演員能演的劇目會寫成「花招兒」，貼在劇場四周樑柱上，任由觀眾揀選（《青樓集》）。明清沿此舊例，凡堂會戲皆有「點戲」環節，如《金瓶梅》第六十四回：「子弟鼓板響動，遞上關目揭帖，兩位內相看了一回，揀了一段《劉智遠紅袍記》」《儒林外史》第四十九回敘述更爲詳盡：「一個穿花衣的末腳，拿著一本戲目走上來，打了搶跪，說道：『請老爺先賞兩齣。』萬中書讓過了高翰林、施御史，就點了一齣〈請宴〉，一齣〈餞別〉。施御史又點了一齣〈五台〉。高翰林又點了一齣〈追信〉。末腳拿笏板在旁邊寫了，拿到戲房裏去扮。」抱笏請點戲的原是末腳（團長），晚清改由旦角擔任，蓋與當時陪酒侍座之「相公」風氣有關。⑲《紅樓夢》第九十三回蔣玉菡「拿著一本戲

---

⑲ 清代初、中期，例由末腳抱笏請點戲，據《比目魚》傳奇第二十八齣、《歧路燈》第七十八回與《儒林外史》第四十九回可知。晚清則改由旦角擔任，《青樓夢》第五十回：「兩個小旦穿了綠襖，走下來，

單，一個牙笏，向上打了一個千兒，說道：『求各位老爺賞戲。』」雖然他「向來是唱小旦的」，但此時他已改唱小生（主演《占花魁》之秦鍾），則是以掌班身分請點戲。⑳

《紅樓夢》中描寫賈府演戲時之「點戲」格外引人注意，因前人著作或同時期小說之描寫並未如此多樣而詳細，《紅樓夢》不同場合就會有不同的點戲方式，若是賈府一般家常宴會，點戲的規矩較爲簡單，如第十一回賈敬壽辰，「尤氏叫拿戲單來，讓鳳姐兒點戲，鳳姐兒說道：『親家太太和太太們在這裡，我如何敢點。』邢夫人王夫人說道：『我們和親家太太都點了好幾齣了，你點兩齣好的我們聽。』鳳姐兒立起身來答應了一聲，方接過戲單，從頭一看，點了一齣〈還魂〉，一齣〈彈詞〉。」鳳姐因自己婆婆邢夫人、王夫人都已點過，她才敢點。第二十二回寶釵生日，「吃了飯點戲時，賈母一定先叫寶釵點。寶釵推讓一遍，無法，只得點了一折《西遊記》。賈母自是歡喜，然後便命鳳姐點。鳳姐亦知賈母喜熱鬧，更喜謔笑科諢，便點了一齣〈劉二當衣〉。」然後賈母命黛玉點。黛玉因讓薛姨媽王夫人等。賈母道：「今日原是我特帶著你們取笑，咱們只管咱們的，別理他們。我巴巴兒的唱戲擺酒，爲他們不成？他們在這裡白聽白吃，已經便宜了，還讓他們點呢！」之後黛玉、寶玉、湘雲、迎、探、惜、李紈等俱各點了，接齣扮演。上酒席時，賈母又命寶釵點。寶釵點了一齣〈魯智深醉鬧五台山〉。

這慶生家宴「並無一個外客」，寶釵是壽星，賈母當然叫她先點，而寶釵性格謙沖內斂，自然推讓一遍；賈母疼愛黛玉，命她點戲時，她亦懂禮數，謙讓薛姨媽等長輩，惹得賈母笑說一番。而點戲者可再加點一次（如鳳姐、寶釵），也顯出家宴不拘輩份禮數之自在輕鬆，正如庚辰本、戚序本脂硯齋所批：「此篇是賈母取樂，非禮筵大典，故如此寫。」有趣的是，鳳姐點戲時，庚辰本與靖藏本眉批云：「鳳姐點戲，脂硯執筆，今知者寥寥矣。」蓋因鳳姐不認得字（第四十二回寶釵語），需脂硯齋代爲執筆，在戲單上作記號。又云：「不數年，芹溪、脂硯、杏齋諸子皆相繼別去。今丁亥夏只剩朽物一枚，寧不痛殺！」畸笏叟撫今憶昔悵觸萬千。

此外，第十八回寫元妃省親看戲的情景是：「賈薔帶領十二個女戲，在樓下正等的不耐煩，只見一個太監飛來說：『作完了詩，快拿戲目來。』賈薔急將錦冊呈上，並十二個花名單子。少時，太監出來，只點了四齣戲。」因是歸省大典，層級略高，故須由賈薔、太監呈遞戲目。然看戲時間不算長，又外賓不多，演劇流程之描寫亦頗精簡。而費時最久、貴賓最多、排場最盛的禮筵大典當屬賈母八十壽誕，第七十一回除了寫參場，對呈遞戲目與點選戲碼之規矩，記載得極爲明確，其文云：

> 台下一色十二個未留髮的小廝伺候。須臾，一小廝捧了戲單至階下，先遞與回事的媳

請了一個安，呈上戲目請點。」《清稗類鈔》：「客至點戲，有貼（旦）執笏至坐客前爲禮，爲之抱牙笏。（原注：演劇時，貼執朝笏及戲名冊，呈請選擇，擇意所欲者一二齣，令演之，曰點戲。）」《梨園軼聞》：「唱小旦者，謂之司坊，品格最低，凡戲場中之謝賞及抱笏請點戲諸事，皆以旦角爲主，以其可陪酒侍坐也。」

⑳ 詳參徐扶明《紅樓夢與戲曲比較研究》頁一〇〇、一一四、一一五。

婦。這媳婦接了，才遞與林之孝家的，用一小茶盤托上，挨身入簾來遞與尤氏的侍妾佩鳳。佩鳳接了才奉與尤氏，尤氏托著走至上席，南安太妃謙讓了一回，點了一齣吉慶戲文，然後又謙讓了一回，北靜王妃也點了一齣。眾人又讓了一回，命隨便揀好的唱罷了。

呈遞劇目的順序是先從小廝、回事媳婦、女管家、侍妾直到太太，由卑而尊一級級呈上，而點戲則按地位、輩份，南安太妃、北靜王妃乃至眾人，由尊而卑層層而下依次點戲。《紅樓夢》此部分描繪之所以特別詳盡，與曹氏親族烜赫家世、蓄養家班等特殊經歷密不可分。

「點戲」可充分表現出主人對嘉賓的禮敬，而賓客也能自由揀擇愛看的戲，表面上看起來輕鬆又愜意，實際上並不容易，除了需諳熟戲曲藝術，有時還得了解宴客賓主之根底。如主人家姓陳，則不宜演《秦香蓮》；姓潘則不宜演《武松殺嫂》；主人爲母祝壽，賓客不宜點《琵琶記・丹陛陳情》，因此齣曲文有「人生怎全得忠和孝？母死王陵歸漢朝」句，除非演員夠機智改唱作「母在華堂兒在朝」，既兼顧歡慶場面又不落韻。而清代士紳爲吳梅村被起用而設的餞宴中，所演《爛柯山》傳奇，因曲中有句「切莫題起朱字」，觸及吳降清之忌諱，舉座驚愕，梅村失色，而被譏爲「無竅」[21]。這類因點戲而觸忌致禍的例子不遑枚舉，難怪清代經學大家焦循會感嘆：「公宴時，選劇最難。」[22]

清代詞壇偉傑陳維崧雖名揚天下，但對點戲卻視爲畏途，自云常坐壽筵首席，「見新戲有《壽榮華》，以爲吉利，亟點之，不知其哭泣到底，滿堂不樂。」其友杜于皇也說：「余常坐壽誕首席，見新戲有《壽春圖》，名甚吉利，亟點之，不知其斬殺到底，終坐不安。」[23]新戲劇名看似吉利，然未詳其劇情內容，則很容易踩雷，造成賓主尷尬，滿座不安。

《紅樓夢》中，賈母、鳳姐、寶釵都是點戲行家，而負責管理家班的賈薔卻是個外行，當元妃欣賞齡官唱演極好，可再作兩齣戲時，賈薔即命齡官作〈遊園〉、〈驚夢〉，這兩齣戲的主角杜麗娘是閨門旦，而齡官是小旦應工，原非她本角之戲，故執意不做，定要演〈相約〉、〈相罵〉，賈薔只得依從。㉔而賈薔這一派戲動作，違反當時戲班行規，也觸犯了點戲的兩種忌諱：一則點

㉑ 焦循《劇說》：「張南垣精於疊石，而善滑稽。吳梅村起用，士紳餞之，演《爛柯山》傳奇。至張石匠，伶人以南垣在座，改爲李木匠。梅村以扇确几，曰：『有竅！』闔堂一笑。及演至買臣妻認夫，唱『切莫題起朱字』，南垣亦以扇确几，曰：『無竅！』滿堂爲之愕眙，而梅村失色。」（事見《黃梨洲文集》），《中國古典戲曲論著集成》第八冊，頁二〇四～二〇五，北京：中國戲劇出版社，一九五九年。

㉒ 焦循《劇說》卷六云：「公宴時，選劇最難。相傳：有秦姓者選《琵琶記》數齣，座有蔡姓者意不懌；秦急選〈風僧〉一齣演之，蔡意始平。歲乙卯，余在山東學幕，試完，縣令送戲，幕中有林姓者選〈孫臏詐風〉一齣，孫姓選〈林沖夜奔〉一齣，皆出無意，若互相誚者。主人阮公之叔阮北渚鴻解之曰：『今日演《桃花扇》可也。』懷寧粉墨登場，演〈鬨丁〉、〈鬧榭〉二齣，北渚拍掌稱樂，一座盡歡。」見同上註頁二〇八。

㉓ 見陳維崧《迦陵詞》卷二十七【賀新郎】〈自嘲，用贈蘇崑生韻，同杜于皇賦，有小序〉。

㉔ 有關齡官腳色「小旦」所扮飾人物類型，與其怠演是否牽涉跨行當演出等問題，詳參本書〈家樂戲班風華——梨香院的「十二官」〉之「十二官中旦角義涵之承衍」頁一四〇～一四四。

「非本色戲」，齡官本工小旦（貼旦、六旦），賈薔卻要她演閨門旦（五旦，《紅樓夢》稱「正旦」）；二則點「倒戲」，元妃已點了《牡丹亭》中的〈離魂〉，此齣畢，杜麗娘已死，賈薔卻要齡官演之前的〈遊園驚夢〉，劇情先後次序顛倒，這在今日看戲文化中仍舊是個忌諱。

㈢開場戲——吉慶戲文

娛樂與教化是古典戲曲搬演的重要功能，因此戲一開鑼，通常先演幾齣「吉祥戲」，又稱「吉利戲」、「討彩戲」，以博取好彩頭。這類開場戲大都在「點戲」之後即依次上演，也就是禮筵大典演戲時，首席點戲即應點「吉慶戲文」，如第七十一回賈母八十壽辰，首席南安太妃便「點了一齣吉慶戲文」。至於家常取樂，則毋須如此講究，第二十二回寶釵生日演戲，也只由寶釵點了一齣喜樂的《西遊記》作為開場而已。

吉祥戲的內容，有一般皆適用的，如〈（天官）賜福〉、〈加官〉、〈滿堂福〉、〈九世同居〉之類；另有特定喜慶用的，如祝壽演〈（八仙）上壽〉、〈偷桃〉（東方朔偷桃獻壽）、〈（拜壽）封王〉、〈百壽圖〉、〈蟠桃會〉；賀金榜題名，可〈跳魁星〉，演〈指日高升〉、〈封贈〉（《金印記》之蘇秦封相）；生子則演〈張仙送子〉、〈五子登科〉等，不外是加福添壽、升官發財以及子孫滿堂之類的祝願。清代北京俗曲〈票把上台〉：「吹台已畢開了戲，敬神的三齣吉慶戲文，熱鬧非凡，不過是〈封相〉、〈賜福〉、〈點魁〉、〈五代〉、〈遐齡〉、〈獻歲〉、〈報喜〉、〈八仙〉。」吹台即是以吹打鑼鼓等樂器「打鬧台」，吸引觀眾戲即將開演，而吉慶戲文既敬神又娛人，適合開場演出，如《海上花列傳》第十九回：「堂戲照例是〈跳加官〉開場，〈跳加官〉之後，係點的《滿床笏》、《打金枝》兩齣吉利戲。」《歧路燈》第九十五回「赴公筵督學論官箴　會族弟監司述家法」，描寫學台上撫台衙門赴席，伺候官半跪稟道：「請大人賞戲。」撫台點頭，只聽吹竹彈絲，細管小鼓，作起樂來。不多一陣，樂聲縹緲，有四個仙童、玉女，又徐徐出來一個天官，唱吟了【鷓鴣天】一闋，一位冕旒王者，袞龍黃袍：

玉皇垂覽，傳降玉音，天官又還了批准摺奏，分東西四天門傳宣敕旨。這四功曹謝了天恩……滿場上生旦淨末，同聲一個曲牌，也聽不來南腔北調，只覺得如出一口。唱了幾套，戛然而止。將手卷付與天官，天官手展口唱，唱到完時，展的幅盡，乃是裱的一幅紅綾，四個描金大字，寫的是「天下太平」。唱個【尾聲】，一同下來進去。

《紅樓夢》第七十一回賈母八十壽宴，南安太妃先就「點了一齣吉慶戲文」；第八十五回賈政升任郎中，「開場自然是一兩齣吉慶戲文。」

《儒林外史》第四十二回湯家兄弟赴試三場已畢，傳了一班戲子來謝神，「戲子來了，就在那河廳上面供了文昌帝君、關夫子的紙馬。兩人磕過頭，祭獻已畢。……鑼鼓響處，開場唱了四齣嘗湯戲。」所謂嘗湯戲，即開鑼戲，因明清筵席多數首先要上一道湯，故有此稱呼。較爲特別的是，第十回蘧公孫入贅的婚宴，卻是演員「參堂」之後，接下來就演三齣開場吉慶戲，演完才是副末拿戲單上來請點戲：

戲子上來參了堂，磕頭下去，打動鑼鼓，跳了一齣〈加官〉，演了一齣〈張仙送子〉，一齣〈封贈〉。……唱完三齣，副末執著戲單上來點戲。

把開場戲演在「點戲」之前，與一般的搬演程序略異㉕。大概《儒林外史》描寫的民間職業劇團在接受主人「定戲」時，即已獲悉主人家為何召其演戲之緣由，不論是為祝壽、慶生或名登金榜，戲班裡憑著多年跑江湖之經驗，皆有相應劇目可供搬演，而毋須再煩末腳當場請示。總之，吉祥戲畢竟討喜，深受大眾歡迎，因此一點完戲，開鑼就演，甚至尚未「點戲」，就先響動鑼鼓開場唱將起來，總能炒熱歡樂氣氛，達到賓主盡歡的喜慶效果。

㈣正場戲——主軸戲

演完吉利祥慶的開場戲後，接下來就是「正場戲」——正式演出的主軸戲，簡稱「正戲」。正場戲的類型有兩種：一是正本戲，故事情節首尾一貫；另一種是折子戲，每齣內容前後不相連貫。想看哪種戲？大都由點戲者的愛好與藝術品味來決定，但有時戲目紛繁，或對演員技藝不甚熟悉，主人也會讓戲班自己挑出色的戲來演，如《紅樓夢》第七十一回賈母壽宴點戲時，「眾人又讓了一回，命隨便揀好的唱罷了。」

《歧路燈》第二十一回：「戲班上討了點戲，先演了〈指日高升〉，奉承了席上老爺；次演了〈八仙慶壽〉，奉承了後宅壽母；又演了〈天官賜福〉，奉承了席上主人。然後開了正本。先說關目，次扮角色，唱的乃是《十美圖》全部。」清楚交代了清初堂會戲的演出程序，三齣吉慶戲文開場就很能討好席上賓主，帶起歡樂氣氛，接下來的正場戲即是全本《十美圖》。全本戲的演出需耗費龐大的財力、人力與精力，明清時代，由於文士家樂主人大都身兼劇作家，在顧曲品題、觀劇賦詩唱酬等詩情畫意的情境中，自有心力、餘裕將自己或友人的劇作反覆磨較，因而花費二、三日夜搬演全本戲成爲一種時尚，湯顯祖的《牡丹亭》就曾在吳越石家班中「一字不移，無微不極」地演出全本㉖。而曹寅也曾熱情地將洪昇迎至南京，盛邀南北名士觀賞《長生殿》之演出，「每優人演出一折，公與昉思讎對其本，以合節奏，凡三晝夜始闋。」而這士林傳爲盛事的全本戲演出，在《紅樓夢》中已難以再現，除編導劇本、購置行頭、訓練演員、伴奏等所費不貲之外，若非經濟、時間充裕，一天半日短暫的宴聚，最適合演出即興式的「折子戲」，況且靈活而機動的「點戲」上演方式，不僅表現觀者熟諳劇本內容的文化素養，更因節約物力、時間而達到賓主盡歡的境地。

㉕《儒林外史》第四十九回秦中書前一日先傳了一班戲，宴聚當天末腳拿一本戲目，打了搶跪說：「請老爺先賞兩齣。」於是萬中書、高翰林、施御史共點了四齣戲。之後長班才帶全班戲子參場。此回「參場」反而在「點戲」之後，可能因爲是官員傳戲，演員怕趕扮不及，而先問明要演何戲，扮上後才去參場。由此可見民間職業戲班以便利爲主，並未固守「參場→點戲→開場戲」之先後順序。

㉖詳參拙著《重讀經典牡丹亭》「折子戲形成的背景」頁一九三～二〇〇，台北：臺灣商務印書館，二〇一五年。

因而《紅樓夢》的演戲雖齣目較多、搬演時間略長，但家伶與外定戲班所演全是折子戲，如《牡丹亭》全本五十五齣，《紅樓夢》所演僅第十一回之〈還魂〉，第十八回之〈遊園〉、〈驚夢〉、〈離魂〉與第五十四回之〈尋夢〉共五齣折子戲；而第十一回、二十二回點的也是折子戲。至於《八義記》雖稱「八齣」，實際上是藝人積累多年的舞台經驗，將原劇四十一齣中的重要關目如〈觀燈〉、〈翳桑〉、〈評話〉、〈鬧朝〉、〈撲犬〉、〈付孤〉、〈盜孤〉、〈觀畫〉……等零散折子挑出，仔細磨琢錘鍊，再進行組接，所以基本上應看作是折子戲的連綴。碻知賈府搬演皆非全本大戲，而是精緻化、耐聽耐演的折子戲，這也正是明清家庭戲班搬演之如實反映。

(五)戲畢封賞

戲畢封賞，是歷來觀劇之舊例。《金瓶梅》第四十三回：「喬太太和喬大戶娘子，叫上戲子，賞了兩包，一兩銀子，四個唱的，每人二錢。」清康熙年間張宸《平圃雜記》云：「梨園封賞，初止青蚨一二百，今則千文以爲常矣，大老至有紋銀一兩者。統計一席之費率二十金。」而《儒林外史》寫勞碌奔波的職業戲班獲酬微薄，唯一明顯得到賞賜的是，有次鮑文卿父子到外縣天長杜府去做戲四十多天，賺一百幾十兩銀子，杜老太太還給全班十幾個小戲子每人賞一件棉襖、一雙鞋襪，各家父母得知亦感恩不盡，這對他們來說已是相當豐厚的待遇了。乾隆之後，封賞之戲俗愈益風行，賞錢也明顯提高，如《歧路燈》第九十五回：「學台門役，打了一個四兩的賞封。撫台、司、道手下，亦各打了賞封。六個如花似玉的旦腳，拾起賞封，磕了幾個嬝娜頭。」道光時期的《品花寶鑑》第二十五回云：「開了場，加官出來，獻上『世受國恩』，那林珊枝就走上來，拿出一個賞封望台上一抛，文澤等亦各賞了。」風光旖旎、態度生妍的表演結束，「大家喝采不盡。子雲向跟班的說了幾句，少頃兩人捧上兩箇盤子上來，席前放下，卻是五十兩的元寶，一盤四個，兩盤共是八個。徐府家人對著珊枝道：『一分是三位客賞的，一分是我們老爺賞的。』八齡當台叩謝了賞。」領了厚賞的演員自必當台叩謝，而這種賞封有給全班，另有給個別演員的。

略可一提的是，前述開場戲之「跳加官」，演員戴著生腳面具與官帽，穿紅色官服上場，手執「國泰民安」、「風調雨順」、「加官晉祿」、「大吉大利」、「步步高陞」……之類的祈福條幅，配合鑼鼓，單獨表演一段舞蹈，並無任何唱唸，實際上並不算是齣戲，以前崑班和徽班演戲時，常保有這段開台儀式。在清代堂會戲演出過程中，只要有貴賓來，就會立即暫停演出，場上演員面向台裡站，讓「跳加官」上場表演，貴賓則當場給賞封，然後場上才能繼續演出。貴賓藉此「禮遇」炫耀自己的身分地位，戲班也趁此賺取外快。㉗

《紅樓夢》寫戲畢時的封賞情形亦筆法不同，最簡略的是第七十一回賈母八十壽宴，南安太妃、北靜王妃等點完戲，菜已四獻時，「跟來各家的放了賞」。第二十二回寶釵生日，賈母深愛外定崑弋小班中十一歲的小旦與九歲的小丑，遂「令人另拿些肉果與他兩個，又另外賞錢兩串。」第十八回元妃省親日，既賞給梨香院全班演員，又額外賞給演藝出色的齡官兩匹宮緞、兩個荷包並金

㉗ 參徐扶明《紅樓夢與戲曲比較研究》頁一一六。

銀錁子、糕點食物之類，這是皇家特有的恩賜，自然氣派不凡。而賞銀寫得最精彩的是第五十三回元宵夜宴，定的是一班小戲，年紀雖小而演技強，正唱《西樓記・樓會》將終，九歲男孩演書僮文豹，將下台時的吊場，他機靈地現場抓哏，科諢發揮得妙：「恰好今日正月十五，榮國府中老祖宗家宴，待我騎了這馬，趕進去討些果子吃是要緊的。」惹得賈母等都笑了，賈母一高興便說了一個「賞」字，此時三張炕桌上原堆著大而新的銅錢，再加上賈珍賈璉命小廝暗暗預備著大簸籮的錢，一聽「賞」字，全往台上一撒，只聽豁啷啷滿台的錢響，賈母大悅。——往台上撒錢的狂歡方式，生動摹繪出朱門貴族「有錢就是任性」的擺闊豪舉，這金「幣」輝煌的閃爍圖像直教人忻慕不已……

四、點戲之多重作用——預示結局・襯顯人物・引發情節……

才調出騷壇的一部《紅樓》，除演戲描寫之外，一般人物間的談話、酒令、作詩填詞、謎語、禮物乃至搳酒拳唱曲等細節，依然出現不少與戲曲相關的劇目、曲白與典故，足見作者腹笥甚廣，深諳戲曲藝術，並藉以刻畫人物、鋪展情節，更寄寓幽深之題旨，誠如楊恩壽所讚「洵此中解人也」（《詞餘叢話》）。在小說諸多戲曲書寫中，點戲之多重作用寫來最是出彩，或預示結局，或烘托映照人物性格，或觸引生發情節波瀾，筆致皆斐亹可觀。至於程高本續書之點戲書寫情形如何？誠有待進一步探討比較。

㈠預示結局

具有預示作用的小說或許會被視為宿命或迷信，然而除《三國演義》、《水滸傳》、《西遊記》、《聊齋誌異》之外，許多世界名著如日本川端康成的《雪國》、《千羽鶴》、三島由紀夫《金閣寺》，法國雨果《悲慘世界》、俄國托爾斯泰《戰爭與和平》、英國珍・奧斯汀《傲慢與偏見》……皆出現預言性情節，且並未因此而減低其藝術價值，因為現實人生原是充滿著諸多神秘而不可知的巧合與伏讖現象。

《紅樓夢》除第五回寶玉夢遊太虛幻境，所見金陵十二釵畫冊判詞，所聆十二支【紅樓夢曲】，所飲「千紅一窟」茶、「萬豔同杯」酒，滿是暗寓人物與家族命運的預言提綱之外，小說中的點戲更是著力以戲碼預示結局，只是在解讀過程中常會流於過度詮釋之臆說，如清代出現若干《紅樓夢》評論者，不辨原著與續作之差異，混將前八十回的點戲劇目與後四十回的情節相「伏應」（實則單就小說第五回中香菱、探春、巧姐、妙玉、鳳姐……之判詞乃至賈府晚景，續書所寫結局即難以符應），認為第二十二回寶釵點《西遊記》應第一百一十回賈母壽終，第五十四回賈母點〈尋夢〉應第一百一十六回寶玉重遊太虛幻境，而程高續本之難符應曹雪芹原著自不待言。另有固持若干字句胡亂勾連，作射謎式的瞎猜者，如第十九回賈珍觀《丁郎認父》等四劇，中有「倏爾神鬼亂出，忽又妖魔畢露」字句，而認為此四劇「暗照寧府一派邪亂行為」，又有認為第二十二回鳳姐點〈劉二當衣〉係應日後的鳳姐典當。此外，脂批說第十八回元妃省親時齡官執意要演〈相約〉、〈相罵〉是「總隱後文不盡風月等文」，指的是預示後來賈薔與齡官之間「醉人如酒」的風月情懷（第三十回脂批），而話石主人的《紅樓夢精義》卻說是應寶玉背約；元妃點〈離魂〉原是「伏黛玉之死」，沈煌的《石頭記分評》竟不顧脂批而解作是元春讖兆。㉘而現代網路資訊攢興，所謂預示說法，雖遐想聯翩，竟多是天馬行空的侈談。如何明辨層出不窮的預示伏應說法？自然是根據一手資料——與作者最爲知契的脂硯齋批語，然脂批有時過於省淨，語約而意遠，則可衡情酌理、審慎揆度箇中微旨奧義，庶幾不失作者遺意。

元妃點的四齣戲

《紅樓夢》寫點戲預示作用最明顯的是第十八回元妃歸省時所點的四齣戲，脂硯齋強調這四齣戲所伏應的四件事是整部小說的「大過節、大關鍵」，其搬演順序與批語是：

第一齣〈豪宴〉，《一捧雪》中伏賈家之敗。

第二齣〈乞巧〉，《長生殿》中伏元妃之死。

第三齣〈仙緣〉，《邯鄲夢》中伏甄寶玉送玉。

第四齣〈離魂〉，《牡丹亭》中伏黛玉之死。

所點之戲劇伏四事，乃通部書之大過節、大關鍵。

按照清代戲曲演出慣例，這四齣戲碼安排得有些反常。首先，〈仙緣〉係出自湯顯祖《邯鄲記》傳奇，寫盧生在邯鄲店遇呂洞賓授枕，因黃粱一夢而大悟，自此從呂洞賓出家學道。當時富貴之家往往以《邯鄲夢》勸人看破紅塵、出家學仙為「不祥」，「遇吉事，不敢演。」㉙〈仙緣〉這齣為《邯鄲記》最末第三十齣〈合仙〉，寫呂洞賓度化盧生證道，至仙境與另外七仙相會，諸仙各唱一支【浪淘沙】警示點化盧生世間一切婚姻、功名、地位、事功……皆虛幻不實，俗呼〈八仙度盧〉，為一部之總匯，排場大有可觀，因而豪門敬神酬願、喜慶祝壽時，往往點演此齣作為「壓台戲」，台上八仙齊聚，謝幕時頗為壯觀，但元妃卻將它安排在第三齣，而以淒冷悲愴的〈離魂〉壓台。元妃出身世族大家，身為貴妃，又在歸省大禮，焉能不顧此忌諱，隨意點戲，顯然作者如是安排並非閒筆或一時不察，而是別具寓意。

而這四齣戲的寓意，脂硯齋說得明白：皆有伏應。第一齣〈豪宴〉，出自清初李玉《一捧

㉘ 參徐扶明《紅樓夢與戲曲比較研究》頁八〇～八一。

㉙ 墨憨齋定本《邯鄲夢》總評：「世俗以黃粱夢為不祥語，遇吉事，不敢演，夫夢則為宰相，醒則為神仙，事孰有吉祥於此者。」墨憨齋主人即明末馮夢龍，當時認為演《邯鄲夢》不吉祥，只是馮夢龍不以為然。而《紅樓夢》第二十二回寶玉聽曲文悟禪機，填了一支【寄生草】與偈語，寶釵認為「道書禪機最能移性」，若寶玉認真說起「瘋話」，存了這個〈出家〉意思，那她就成了「罪魁」了，於是將之撕了個粉碎。

雪》傳奇，寫明嘉靖時嚴世蕃爲霸占古董「一捧雪」玉杯而陷害莫懷古故事，莫懼嚴之勢焰，不敢不獻，又不甘竟獻，遂以贋者代之敬獻。其門客湯勤忘恩負義，因挑其愛妾雪艷不成，乃挾恨告發莫所獻係贋品，以致莫顚沛潛逃。第五齣〈豪宴〉，莫以湯勤精於裱裝字畫和鑑識古董，便薦給權相嚴府，嚴世蕃設宴招待，演出《中山狼》雜劇。此「戲中戲」即暗寓後來莫被湯出賣而遭迫害之禍根。〈豪宴〉舞台演出時，飾主角東郭先生的旦拿劇目給莫懷古點戲時，提及《中山狼》此劇之宗旨在於「世路嶮巇恩作怨，人情反覆德成仇」（《集成曲譜》金集），故脂批云「伏賈家之敗」，正預示著賈府之敗落，與負義反噬的中山狼之徒大有關係。至於《紅樓夢》經作者點明的「中山狼」人物，有「得志便猖狂」而虐死迎春的孫紹祖；而貪酷狡猾的賈雨村，就曾爲討好賈赦，害死石獃子而巧取豪奪二十把古扇，他對賈家的敗亡也起著推波助瀾的作用。至於續書裡欲將巧姐賣入妓院的王仁之徒等，亦皆有著中山狼般的嘴臉。

第二齣〈乞巧〉，即洪昇《長生殿》第二十二齣〈密誓〉，演的是唐明皇楊貴妃七夕對著牛郎織女雙星盟誓「情重恩深，願世世生生共爲夫婦，永不相離」的濃情蜜意，而脂批卻道出是「伏元妃之死」，足見解讀《紅樓》若僅從表面字句望文生義，終究難窺箇中奧旨。《長生殿》中的貴妃最終因六軍不發而被賜死馬嵬坡，元妃省親見到家人的第一句話是「當日既送我到那不得見人的去處……」滿眼垂淚的她，與「虎兕相逢大夢歸」的判詞，呼喚親人「天倫呵，須要退步抽身早！」的【恨無常】曲子，再結合〈乞巧〉之戲讖，可窺知元妃短暫受寵，又因政治宮鬥而暴死，賈府亦隨之大禍臨頭。

第三齣〈仙緣〉，脂批說是「伏甄寶玉送玉」，而續書四十回中卻未見此情節，足見程高續本未盡符作者原意。〈仙緣〉的排場雖熱鬧可觀，然其主題思想卻是極為出世的度脫觀點，清．二知道人《紅樓夢說夢》云：「大觀園與呂仙之枕竅等耳。寶玉入乎其中，縱意所如，窮歡極娛者，十有九年，卒之石破天驚，推枕而起，既從來處來，仍從去處去，何其暇也。」鄉嬛山樵《增補紅樓夢．自序》亦云：「《紅樓夢》一書原有《邯鄲》遺意，補之者要不失《邯鄲》本旨，庶不失本來面目。」寶玉歷盡溫柔富貴，最後懸崖撒手，脂批所示洵與寶玉出家有關。

第四齣〈離魂〉，係《牡丹亭》第二十齣〈鬧殤〉，清代舞台本稱〈離魂〉，演杜麗娘因情成夢，因夢成病，病即彌連，至手繪形容而死於中秋之夜。她「情不知所起，一往而深」，為情而死，又為情而復生，是《牡丹亭》「情至」思想的代表人物，王思任〈批點玉茗堂牡丹亭詞敘〉云：「若士以情不可以論理，死不足以盡情，百千情事，一死而止，則情莫有深於阿麗者矣。」而《紅樓夢》中最重情的當屬黛玉，《情榜》對她的評語是「情情」㉚，因而元妃所點〈離魂〉，脂批說是「伏黛玉之死」。可嘆為情淚盡而逝的黛玉，無法像杜麗娘般還魂追尋所愛，只能帶著憾恨魂歸離恨天。

綜觀元妃所點的四齣戲，各有四事相伏應，釐然不紊。而徐扶明卻認為這四齣戲之寓意係交錯成兩組：〈豪宴〉與〈仙緣〉為一組，以崑曲老生（莫懷古、東郭先生、盧生）為主，預示賈府由

㉚ 己卯本第十九回脂硯齋夾批云：「余閱此書亦愛其文字耳，實亦不能評出此二人終是何等人物。後觀《情榜》評曰『寶玉情不情』，『黛玉情情』，此二評自在評癡之上，亦屬囫圇不解，妙甚！」

盛而衰；〈乞巧〉與〈離魂〉爲另一組，以崑曲五旦（楊貴妃、杜麗娘）爲重，預示元春的得寵而夭折，又與賈府的盛衰息息相關。㉛筆者以爲預示作用重在內容思想之寓意，而與主唱腳色實無多大關連（何況〈乞巧〉還是生旦並重的戲）。脂批認爲伏應四事，而徐氏卻認爲只伏應二事，則不僅疊床架屋，且預示之意涵陡然限縮，而小說男女主角結局寶玉出家、黛玉爲情而死之兩大關目也就落空，如何能成爲「通部書之大過節、大關鍵」？徐氏說法恐與作者之原意未盡相合。

清虛觀所拈三劇

第二十九回賈府在端陽前五月一日到清虛觀打醮祈福演戲：

這裡賈母與眾人上了樓，在正面樓上歸坐。鳳姐等占了東樓。眾丫頭等在西樓輪流伺候。賈珍一時來回：「神前拈了戲，頭一本《白蛇記》。」賈母問：「《白蛇記》是什麼故事？」賈珍道：「是漢高祖斬蛇方起首的故事。第二本是《滿床笏》。」賈母笑道：「這倒在第二本上？也罷了。神佛要這樣，也只得罷了。」又問第三本。賈珍道：「第三本是《南柯夢》。」賈母聽了便不言語。

脂硯齋此處並無任何批語，之後的沈煌《石頭記分評》認爲《白蛇記》是賈府初封國公已往之事；《滿床笏》是賈府現在情形；《南柯夢》則是賈府後來結局。這說法能成立嗎？首先，就演出時長來看，單是湯顯祖的《南柯記》就有二十二齣，《滿床笏》近代《集成曲譜》亦收錄十二齣，若再加上《白蛇記》，則在四、五十齣以上，而五月三日薛蟠生日，另在家裡擺酒唱戲，來請賈府諸人赴宴，因此兩天要演完三本大戲不太可能，且清代演戲風習，一次性演出也不可能連演三本大戲。其次，敬神的祈福「願心戲」，開場三齣都應是吉利戲，富貴之家尤其講究。而《南柯夢》寫淳于棼入槐安蟻國，始富貴而終勢敗，淳于棼夢醒了悟「人間君臣眷屬與螻蟻何殊，一切苦樂興亡與南柯無二，等是夢境。」一切皆空的思維，對俗世而言並非吉利，尤其從賈母對這三本戲的反應，由笑而得意，再轉爲「便不言語」，足見這三本戲是有伏應的，它暗寓著賈府的過去、現在與未來。

《白蛇記》與許仙、白娘娘傳說無關，它取材於《史記・高祖本紀》，劉邦醉酒，夜行澤中，見大蛇當徑，拔劍斬之。後有人聞老嫗夜哭，謂其子係白帝子，化爲蛇，被赤帝子所斬。邦聞之心獨喜而自負，諸從者日益畏之。元代白樸撰《漢高祖斬白蛇》雜劇，已佚，唯《錄鬼簿》、《太和正音譜》皆有著錄。曹寅於揚州曾刻《錄鬼簿》，或許雪芹見之乃有此發想，又或者此劇爲明代無名氏弋陽腔劇本，然並非常演劇目，因而連賈母皆未詳其本事。

滿床笏，原爲唐代崔義元家滿門金紫之盛事㉜，而清初范希哲撰《滿床笏》傳奇，即將滿床置

㉛ 見徐扶明《紅樓夢與戲曲比較研究》頁八二。

㉜ 《舊唐書・崔義元傳》載義元子神慶，「神慶子琳等，皆至大官，群眾數十人，趨奏省闥。每歲時家宴，組佩輝映，以一榻置笏，重疊於其上。開元、天寶之間，中外族屬，無緦麻之喪，其福履昌盛如此。」蘇軾〈寄諸子侄〉詩云：「他年汝曹笏滿床，中夜起舞踏破甕。」南宋施元之作注時，即引崔琳事。而新、舊《唐書・郭子儀傳》皆無滿床置笏之相關記載。

笏之情節改為唐代郭子儀一家數代富貴榮華之故事，並穿插龔敬懼內娶妾之事。俞樾《春在堂隨筆》：「（清代）人家有喜慶事，以梨園侑觴，往往以〈笏圓〉終之。」因為戲中的「喜滿門金紫」、「朝罷回來笏滿床」，極富貴榮華之盛，頗為討喜。《紅樓夢》第七十一回賈母八十大壽，江寧甄家送來的頭等禮物一架大屏即是大紅緞子緙絲「滿床笏」。

總之，賈府到清虛觀神前拈的三本大戲，即伏應著榮寧二公拚搏軍功創奠基業的過去，及現在極富極貴的奢靡享受，並預示著賈家「落了片白茫茫大地真乾淨」的慘淡未來。

(二)襯顯人物性格——《西遊》、〈山門〉、〈劉二扣當〉、〈男祭〉

明清坊間小說不啻百家，《紅樓夢》之所以能出奇拔萃，儼為說部之絕唱，蓋因作者天資高朗，遭際殊異，乃以爛漫陸離之才情譜作藝術長卷，其間運用戲曲技法之多樣，迥非一般世情俗筆所能企及。作者藉由小說中的人物或登場爨演，或點演戲目，或品論劇情，或評賞演員，多重視角的交互觀照，不同的戲碼烘托映照出不同的人物性格，這種借戲襯顯人物之高妙手法，堪稱別具一格。

《紅樓夢》第二十二回寶釵生日那天，寶玉一早就去找黛玉：「起來吃飯去，就開戲了。你看那一齣？我好點。」黛玉冷笑道：「你既這樣說，你特叫一班戲來，揀我愛的唱給我看。這會子犯不上跐著人借光兒問我。」可見寶玉刻刻掛心黛玉，而黛玉總帶著絲絲清高孤傲。生日宴上，寶釵、鳳姐點完戲後，黛玉也點了一齣，「然後寶玉、史湘雲、迎、探、惜、李紈等俱各點了，接齣扮演。」眾人點了至少七齣以上，且逐一都演了，但作者卻沒寫明他們究竟所點何戲，換言之，全被暗場處理略而不談，唯獨亮出寶釵、鳳姐點的三折戲，可見作者輕重有別，筆非庸板，而被明白寫出的戲目，自必寓有深意。

寶釵是壽宴主角，「推讓一遍，無法，只得點了一折《西遊記》，賈母自是歡喜。」爲何點《西遊記》？作者說「寶釵深知賈母年老人，喜熱鬧戲文，愛吃甜爛之食，便總依賈母往日素喜者說了出來，賈母更加歡悅。」至於點的是《西遊記》哪一齣？作者並未說明。清代舞台上搬演的《西遊記》折子戲，其劇本大抵根據元末明初楊景賢《唐三藏西天取經》雜劇、元代吳昌齡《西天取經》與無名氏《俗西遊》（後兩者全本已佚，僅存單折）而加以改編。乾隆年間玩花主人、錢德蒼編選的《綴白裘》（一七六三～一七七四）收錄〈認子〉、〈北餞〉、〈回回〉三齣；葉堂《納書楹曲譜》（一七九二）共錄十三折，增加了〈撇子〉、〈胖姑〉、〈伏虎〉、〈女還〉、〈借扇〉、〈思春〉、〈餞行〉、〈定心〉、〈揭缽〉、〈女國〉等十齣；近代王季烈《集成曲譜》（一九二五）錄有〈北餞〉、〈回回〉、〈撇子〉、〈認子〉、〈胖姑〉、〈借扇〉、〈思春〉（亦稱〈狐思〉）等七齣，到了較爲通行的《與眾曲譜》（一九四〇），則僅收錄〈胖姑〉、〈借扇〉兩齣而已。

就劇情內容來看，〈思春〉一折演摩雲洞內萬年狐王之女玉面姑姑，生得嬌容閉月，眉黛生春，因良緣未就而鬧思春，獾婆言將誘致牛魔王以寬慰之。㉝這齣難耐空閨、充滿淫邪蕩情的〈狐

㉝《綴白裘》另收有雜劇〈小妹子〉，其內容與《納書楹曲譜》所收「時劇」〈小妹子〉相同，皆屬女子思春內容，但與《俗西遊》之〈思春〉劇情有別。

思〉，寶釵是斷然不會點的。〈撇子〉、〈認子〉演唐僧之母殷氏被迫撇棄江流兒，十八年後母子相認，悲憤悵觸，末尾「斷腸人送斷腸人」的情景，自然不符合壽宴開場所需的熱鬧氣氛，寶釵也不會點的。〈借扇〉係孫悟空爲過火焰山而向鐵扇公主借扇，兩人爭執互罵，是一齣鬥法的武戲；〈北餞〉敘三藏從長安出發，徐勣、杜如晦、程咬金、尉遲恭等奉命爲之餞行，軍民也趕著看熱鬧，三藏讚揚尉遲恭南征北討「定下六十四處煙塵，擅改一十八家年號」之偉業，接著大篇幅地讓尉遲恭夸談其如何在南御園勤王救駕之戰功，這齣戲排場雖大，卻無甚科諢好讓賈母歡喜。其他〈伏虎〉、〈女還〉是孫悟空收妖，救女子返家團圓之事；〈餞行〉寫尉遲恭與親王國戚等爲三藏餞行，曲詞與〈北餞〉不同；〈定心〉敘三藏囑悟空勿再起凡心，須誠心護持取經；〈揭缽〉係鬼子母么兒被蓋在法座底下，眾鬼叉使盡全力仍無法將缽揭起，後鬼母乃皈依佛法；〈女國〉演女國魔王迷惑唐僧，有「如今佳人個個要尋和尚」等蕩語，寶釵不可能點。而上列〈伏虎〉至〈女國〉等六折戲皆未被《綴白裘》、《集成曲譜》所收錄，想來這幾齣戲從乾隆迄近代乃至今日皆不甚風行，寶釵亦未必知曉。剩下最有可能的是〈回回〉與〈胖姑〉兩齣。

〈回回〉，即乾隆初年張照所編宮廷大戲《昇平寶筏》第十八齣〈獅蠻國直指前程〉文字略改雅馴而已，演唐僧（老旦飾）往西天取經，途經獅蠻國，老回回（淨）向唐僧求道，願摩頂受記，而在迎接唐僧時，他擔心路上狼蟲虎豹甚多，吩咐小回回（丑、付）須伴他前行，小回回卻捉狹地唬他「狼來了！」害得老回回狂奔得力盡筋疲。此齣曲文俚俗，如開場丑、付唱【回回曲】「回回回回把清齋，餓得餓得叫奶奶，眼睛眼睛窊進去，鼻子堆出來。」整齣戲僅前後用「狼來了！」發哏，其他無甚科諢。〈胖姑〉則充滿農村歡樂氣息，演一農家小姑娘胖姑手舞足蹈地向爺爺述說自己所見唐僧出發取經的熱鬧情景，同看社火的莊王留還搭配著學身段，【一緺兒麻】唱「不是俺胖姑兒心精細，則見那官人們簇擁著一個大擂槌，那擂槌上天生的有眼共眉，我則道瓠子頭葫蘆蒂，這個人兒也忒蹺蹊……」竟把唐僧的頭說成是大擂槌、瓠子，又把官紳所穿皀靴看作是「一雙腳似踹在墨甕裡」。她唱說完儀仗武職等之後，又問爺爺「見幾人搭著一所小小人家，這叫做甚麼？」爺爺說是傀儡戲，又讓他倆學唱一番。整齣排場載歌載舞，唱做兼具，天眞活潑，可愛又可笑。洪昇曾稱讚曹寅的《太平樂事》雜劇敷演京華元宵節各色人等歡度盛況極爲生動：「其傳神寫景，文思煥然，詼諧笑語，奕奕生動。比之吳昌齡〈村姑演說〉，尤錯落有古致。而序次風華，即《紫釵》元夕數折，無以過之。」㉞他用〈胖姑〉之笑語諧趣與湯顯祖《紫釵記》〈許放觀燈〉、〈墮釵燈影〉數折元宵之描寫，來襯顯、恭維曹寅劇作《太平樂事》之詼諧與風華尤勝，可見當時〈胖姑〉之風行，表演藝術廣受肯定，王芷章《清昇平署志略》記載清宮戲班演出亦有詼諧逗趣的〈胖姑〉。寶釵點這齣熱鬧討喜的名戲，賈母看了「自是歡喜」，庚辰本與戚序本之脂硯齋夾批同作：「是順賈母之心也」，洵是的評。

寶釵點完開場戲《西遊》，賈母便命鳳姐、寶玉、黛玉……等人接著點，上酒席時，賈母又命寶釵點，這次她點了一齣〈魯智深醉鬧五台山〉，因爲主角魯智深是大花臉，寶玉直覺必然又是齣

㉞ 洪昇言〈村姑演說〉（即〈胖姑學舌〉）爲吳昌齡作，蓋因明刊楊東來批評本《西遊記》雜劇題作元・吳昌齡撰，然據孫楷第考證當爲楊景賢所撰。

熱鬧戲，便說：「只好點這些戲」，寶釵心細，一聽馬上感覺出寶玉懶看熱鬧戲文，她的回答很有技巧：

寶釵道：「你白聽了這幾年的戲，那裡知道這齣戲的好處，排場又好，詞藻更妙。」寶玉道：「我從來怕這些熱鬧。」寶釵笑道：「要說這一齣熱鬧，你還算不知戲呢。你過來，我告訴你，這一齣戲熱鬧不熱鬧。——是一套北【點絳唇】，鏗鏘頓挫，韻律不用說是好的了，只那詞藻中有一支【寄生草】，填的極妙，你何曾知道。」寶玉見說的這般好，便湊近來央告：「好姐姐，念與我聽聽。」寶釵便念道：「漫揾英雄淚，相離處士家。謝慈悲剃度在蓮台下。沒緣法轉眼分離乍。赤條條來去無牽掛。那裡討煙蓑雨笠捲單行？一任俺芒鞋破缽隨緣化。」

寶釵的話大有學問，略用激將法批寶玉「不知戲」，引起寶玉的興趣，再娓娓道出自己的品戲觀點在排場好、詞藻佳妙、韻律鏗鏘頓挫，果然引得寶玉央她唸來聽聽，而她自然不溫不火地背誦出那支華采、韻律、思想兼具的【寄生草】曲文，使得寶玉「聽了喜的拍膝畫圈，稱賞不已，又贊寶釵無書不知。」

再前後比勘，更可發現寶釵對著寶玉顯出自己的觀戲品味在於排場、詞藻、音律，而非僅是表層討喜的熱鬧戲，但在賈母面前，她端方守禮，很能察言觀色，總順著老人家心意，訂甜爛之食，點熱鬧戲文，終能贏得長輩的疼愛。略微一提的是，寶釵點的這齣〈魯智深醉鬧五台山〉[35]，楊恩壽《詞餘叢話》認爲是「爲寶玉出家，借作楔子」，沈煌、話石主人和解盦居士也都認爲是「應寶玉出家」。徐扶明表示：「此劇中魯智深不甘於忍受佛教清規戒律的禁錮，大鬧五台山，終於離開『佛教聖地』而去，難道曹雪芹會用此劇應寶玉出家嗎？」㊱他認爲不可能。筆者以爲曹雪芹並非取〈山門〉全齣之內容旨趣，讓寶玉如魯智深般厭棄佛教「醉打」山門，而是僅揀擇【寄生草】之出世哲思，映照寶玉追求「赤條條來去無牽掛」之自在心境而已，而眞正預示寶玉出家的應是上文所析佛理意味較濃的〈仙緣〉。

寶釵生日那天，鳳姐點的是〈劉二當衣〉，這齣戲源自明代成化、弘治年間沈采《裴度香山還帶記》第十三齣〈劉二勒債〉，而清代舞台本的演法已與原劇有所不同。沈采原劇寫的是聞喜城中第一財主劉二官人（淨扮）鄙吝奸刁，他姐姐劉一娘嫁給窮秀才裴度，曾將幾件首飾抵押在他家而沒來取贖。裴度即將赴京應試，乃遣家僕裴旺（末扮）送兩件粗布舊衣典押以作盤費，不料劉二竟將衣服扣下以抵償利息。裴旺含忍而歸，其妻（丑扮）乃典當銀簪、布裙以助裴度赴試。此劇原是崑腔劇本，胡文煥編選《群音類選》即收錄該劇十二齣折子戲於「官腔」類，可知萬曆年間〈劉二

㉟ 這齣戲取材於《水滸傳》第四回〈魯智深大鬧五台山〉，通稱〈山門〉，亦稱〈三門〉、〈山亭〉，係明末邱園（或作朱佐朝）《虎囊彈》傳奇的一齣。爲何又稱〈三門〉？梁章鉅《浪跡續談》：「《釋氏要覽》云：『寺門開三門者佛地。』注云：『謂空門、無相門、無作門，故曰三門。』」

㊱ 見徐扶明《紅樓夢與戲曲比較研究》頁九一。

勒債〉係崑曲折子戲。

後來這齣戲被獨立出來，改編爲弋陽腔的演出劇目。到了清代戲曲舞台上，這折〈劉二勒債〉被發展成一齣嘲諷市井奸商精算剋扣的諧謔小戲，刪掉原劇末尾裴旺妻典當之事，而聚焦於主角劉二身上，將他的腳色改用「丑」扮，身分改作當鋪掌櫃。當裴旺去典當舊衣時，他先讓裴旺吃飯將其支開，自己躲入花園唱戲解悶，等裴旺追來，又裝傻耍賴繼續串戲，企圖搪塞過去。最後劉二聲言放出「白老虎」（清宮曲本一作「白老鼠」），裴旺不知是白銀而被嚇跑，劉二嘲笑他沒造化，全劇在諧謔笑鬧中結束，這齣玩笑戲改名作〈劉二扣當〉，簡稱〈扣當〉。但因《紅樓夢》第二十二回作〈劉二當衣〉，徐扶明認爲這齣戲有兩種不同演法：一是富豪劉二扣下人家抵押的衣服，二是沒落的劉二到當鋪當衣。胡忌、吳新雷主張《紅樓夢》係第二種演法，故又名〈叩當〉；中國藝術研究院紅樓夢研究所校注本《紅樓夢》，自一九九六至二〇一三年修訂本皆從徐氏「兩種演法」之說。然而，曾目驗過相關抄本的傅雪漪和吳書蔭則相繼提出異議，認爲劉二並非窮漢，第二種演法「上當鋪叩門」有待商榷。

幸喜目前諸多曲本皆已影印出版，過去塵封各大圖書館與故宮博物院之北京崑弋抄本今亦易於獲見。經查驗，蒙古車王府藏曲本、清宮曲本與清代北京坊間「百本張」等書坊抄本，均僅有一種演法——〈扣當〉。至於徐扶明所見〈扣當〉，其內容與與車王府曲本完全一致，唯有徐氏所云劇本上有「丑劉二官人當舊衣，諢戲。」的字樣卻不見於各抄本，疑係後人編目或翻檢時未細閱全劇而作的注記。〈扣當〉偶而作〈叩當〉，蓋因「扣」與「叩」古音同而相通（如王先謙《荀子集解》注：「扣與叩通」），未可望文生義解作「上當鋪叩門」。而《紅樓夢》中的〈劉二當衣〉應

爲〈劉二扣當〉，「這可能是傳抄中的訛誤，或者就是作者的筆誤，因爲這種情況在《紅樓夢》中還是不乏其例的。」㊲

近年發現清宮曲本存有一種面貌較早的〈扣當〉，頗能反映《紅樓夢》成書之際清乾隆時期的演出形態，即《中國國家圖書館藏清宮昇平署檔案集成》第九十八冊所收兩件〈扣當〉抄本：一爲總本，一爲劉二單片。「總本」係唱詞、科白、腳色齊全之本子，劉二串戲部分共十五段，大多出自北京高腔，有《全德記・拷童》、《妝盒記・盤盒》、《琵琶記・掃松》、《西遊記・乍冰》、《風雲會・訪賢》、《三國志・勘問吉平》、《目連記・滑油山》、《白蛇記・投水》、《三國志（古城記）・挑袍》等等，並無皮黃唱段。這類弋陽高腔往往不被管絃、定調自由，易於聯唱，快板乾唸的粗曲，頗符合淨丑所扮滑稽或反派人物之逗趣特點。到了晚清車王府曲本、北京書坊抄本之〈扣當〉，劉二串戲的內容除了北京高腔如《一捧雪・祭姬》、《金印記・唐二別妻》【侉秧歌】、《玉簪記・偷詩》、《全德記・罵女》、《目連記・盟誓》之外，最後一段另有皮黃戲《古城會》中的【二黃二六腔】。㊳車王府曲本中，劉二還對裴旺說：「要聽爛彈、二黃、二六、

㊲ 吳書蔭〈也談「劉二當衣」〉，《紅樓夢學刊》，一九八〇年第三輯，頁三〇六～三〇八。

㊳ 有關諸家對〈劉二扣當〉、〈劉二當衣〉之論辯始末與清宮〈扣當〉總本之發見，詳參吳宗輝〈《紅樓夢》之《劉二當衣》考論——從紅研所校注本注釋修訂說起〉，《紅樓夢學刊》，二〇二一年第四輯，頁二五七～二七一。

西皮，都有你聽之」，劇本唸白旁另註明：「唱搬兵或別的俱可」，可見穿插的演唱內容可按演員所擅而靈活選擇，南腔北調，東拉西扯，插科打諢，詼諧滑稽。這齣玩笑小戲有如京劇的〈十八扯〉，可隨興穿插各類戲曲段子。

在清代舞台上，弋陽腔〈扣當〉極爲流行。瓮齋老人李光庭《鄉言解頤》卷三〈優伶〉條云：「王成子之〈劉二官扣當〉，稍遜熊兒；尹多兒之〈鄉裡婆探親〉，不輸魚子。雲煙過眼，高下在心。」此書卷首有道光二十九年（一八四九）的「自識」，書中所記大都是乾隆末年至嘉道年間北京流行的弋陽高腔劇目，這條資料也顯示〈劉二扣當〉在民間極爲流行，常有不同藝人競演，讓觀眾品評高下。而寶釵生日所定一班新出小戲，「崑弋兩腔皆有」，所請小班自能演此謔笑科諢的弋陽腔戲。

鳳姐爲何點這齣〈劉二當衣〉？且賈母爲何讓鳳姐先於黛玉、寶玉點戲？脂批云：「先讓鳳姐點者，是非待鳳先而後玉也。蓋亦素喜鳳嘲笑得趣之故，今故命彼點，彼亦自知，並不推讓，承命一點，便合其意。」鳳姐很能希意奉承，故賈母素喜其嘲笑得趣，讓她先點，她也不推讓。而作者寫鳳姐點〈扣當〉這齣戲，也與她的內在性格有關。寶釵說她善於「市俗取笑」（第四十二回），而她掌管榮府財務，運用職權之便，剋扣眾人月錢暗中放貸牟利，在綜理庶務上，分派錢物又能做到大方妥貼，是個精於算計的幹才。就如第四十五回探春起了個詩社，要請鳳姐當監社御史，監察她們是否偷安怠惰，鳳姐笑道：「你們別哄我，我猜著了，那裡是請我做『監社御史』，分明是叫我作個進錢的銅商。」李紈笑道：「真真你是個水晶心肝玻璃人。」鳳姐馬上盤點李紈的月入年收何其豐厚就要她出錢，李紈笑回：「你們聽聽，我說了一句，他就說了兩車無賴泥腿市俗專會打細算盤、分斤撥兩的話出來。這東西虧他托生在詩書大宦名門之家做小姐，出了嫁又是這樣，他還是這麼著。若是生在貧寒小戶人家，作個小子，還不知怎麼下作貧嘴惡舌的呢！天下人都被你算計了去！」雖是玩笑話，卻也切中鳳姐功利而精於盤剝的狠辣性格。再者，賈母讓她點戲，她點詼諧科諢的〈劉二當衣〉讓賈母開懷；第十一回賈敬壽辰戲宴上，她婆婆與王夫人看夠了《雙官誥》等富貴吉祥的戲，要她另點兩齣好的來聽，她馬上揀出〈還魂〉、〈彈詞〉排場佳、耐看又耐聽的戲，尤其〈彈詞〉李龜年唱的那套北曲【九轉貨郎兒】更是蕩氣迴腸，百聽不厭，點這兩齣戲可說承應得很是周全。作者藉點戲襯顯出鳳姐善於逢迎，談笑風生又精於算計、深諳權術機變等種種複雜多面的性格。

至於清代富貴之家視〈榮歸〉、〈誥圓〉爲吉利戲而常點演，梁恭辰《勸戒四錄》極意提倡演《雙官誥》，認爲可以激勵寡婦「一意撫孤守志」，則王夫人觀演《雙官誥》，內心是否對李紈亦懷此期許與想望？而後來孤子賈蘭果然「爵祿高登」，讓李紈「帶珠冠，披鳳襖」，可嘆她卻是「昏慘慘黃泉路近」，無晚福可享，這支太虛幻境的【晚韶華】曲子起著幽微的預示作用，而更多的是人生無奈的悽惻感。

此外，《紅樓夢》中作者從未寫明黛玉點的是哪齣戲，但這並不表示黛玉不懂戲。第四十四回鳳姐生日宴上，她倒是借著正上演的《荊釵記．男祭》發了一段議論，批評劇中的王十朋特地跑到江邊祭其妻錢玉蓮是「不通的很」。因爲舞台上的〈男祭〉，歷來有兩種演法：一在江邊，一不在江邊，在家裡祭。元明無名氏戲文《荊釵記》未明寫王十朋到江邊祭妻，明代《六十種曲》本《荊釵記》第三十齣〈祭江〉，寫王十朋之母到江邊祭其媳，後來崑曲演出稱之爲〈女祭〉；第三十五齣〈時祀〉，係王十朋與其母同祭玉蓮，但未寫明是否在江邊設祭，崑台本稱〈男祭〉（見《綴白裘》八集）。明萬曆元年刊本《新刻京板青陽時調詞林一枝》選有〈王十朋南北祭江〉，可見青陽腔的〈祭江〉，王十朋是在江邊祭妻，紹興高腔抄本與清代李漁《比目魚》傳奇第二十八齣〈巧合〉中譚楚玉點唱的〈王十朋祭江〉也在江邊祭。㊴《紅樓夢》中寶玉在鳳姐生日那天特地跨馬到水仙庵去祭弔金釧兒，黛玉一見寶玉回來，便和寶釵說道：

這王十朋也不通的很，不管在那裡祭一祭罷了，必定跑到江邊子上來作什麼！俗語說「睹物思人」，天下的水總歸一源，不拘那裡的水舀一碗看著哭去，也就盡情了。

黛玉顯然是借題發揮，話中有話，襯顯出她心伶口俐的靈竅氣性。而聽了她這番話，「寶釵不答，寶玉回頭要熱酒敬鳳姐兒。」三個人各自心領神會，寶釵一慣裝愚守分，寶玉被說中心事，回頭要熱酒以遮掩尷尬，三人性格之展現鮮明如在目前。

㈢觸引生發情節波瀾

從文章寫作角度言，筆勢過於徑直則少韻味，小說情節安排流於堆疊則顯庸板。誠如脂硯齋所言「山無起伏，便是頑山；水無瀠洄，便是死水。」（第五十九回戚序本回前批）如何能讓緩悶的死水逗起波濤，在《紅樓夢》奇彩繽紛的各式筆法中，戲曲元素的巧妙運用尤其出色，恰如「回峰舞雪，倒峽逆波」，是「別小說中所無之法」（甲戌本第二回脂批）。即承上文所述，第二十二回寶釵生日點了〈山門〉這齣戲後，情節發展曲折頓挫，波瀾迭生，人物性格因衝突而深化，有一擊兩鳴，也有兩山對峙，另有背面傅粉……諸法紛呈，打破歷來小說有關點戲描寫之窠臼，將說部中的戲曲書寫推向前所未有的高峰。

寶釵生日那天，還沒點戲，就先有戲發生了，一早寶玉惦記著黛玉，便先尋到她房中問愛看哪齣？黛玉冷笑道：「你既這樣說，你特叫一班戲來，揀我愛的唱給我看。這會子犯不上跐著人借光兒問我。」答得眞妙，此處庚辰本與戚序本脂批說：「好聽之極，令人絕倒。」當寶釵、鳳姐點完戲，「黛玉方點了一齣」，究竟是哪齣？作者沒明寫，爲何不寫？庚辰本脂批云：「不題何戲，妙！蓋黛玉不喜看戲也，正是與後文〈妙曲警芳心〉留地步，正見此時不過草草隨眾而已，非心之所願也。」原來是欲揚先抑筆法，黛玉的重頭戲在後面的「西廂記妙詞通戲語　牡丹亭艷曲警芳心」呢！此刻寶釵既是壽星主角，賈母特別讓她加點了一齣，而這齣〈山門〉讓寶釵大顯學問，她淡淡地批了寶玉一句「你還不知戲呢！」脂批立馬回應：「是極！寶釵可謂博學矣，不似黛玉只一《牡丹亭》，便心身不自主矣。眞有學問如此，寶釵是也。」引得寶玉央她唸出【寄生草】曲文，這支曲文爲何讓寶玉聽了「喜的拍膝畫圈，稱賞不已，又讚寶釵無書不知。」作者好像賣了個關子，沒立即交代，使讀者懸念在心。卻另寫黛玉的反應：「林黛玉道：『安靜看戲罷，還沒唱〈山

㊴ 參徐扶明《紅樓夢與戲曲比較研究》頁五七～五八。

門〉，你倒〈妝瘋〉了。』」寶玉女神般地稱讚寶釵無書不知，當然會惹來黛玉的醋妒，妙的是黛玉也用戲目〈裝瘋〉㊵作雙關回譏，連脂硯齋都佩服地說：「趣極！今古利口莫過於優伶，此一詼諧，優伶亦不得如此急速得趣，可謂才人百技也。一段醋意可知。」說黛玉這快又極趣的科諢，連優伶都比她不過。這「現掛」實在太有趣了，「說的湘雲也笑了」，這是第一次波瀾。

現在聚光燈移到湘雲身上。至晚散時，賈母深愛那作小旦與作小丑的，令人拿肉果與他倆個並額外給賞錢，此時鳳姐發現個趣點：「這個孩子扮上活像一個人，你們再看不出來？」寶釵、寶玉都猜著了，就是不敢說，爲何？因古代優伶地位卑賤㊶，說了有傷黛玉顏面，而豁朗的湘雲卻脫口而出：「倒像林姐姐的模樣兒。」寶玉聞言，忙把湘雲瞅了一眼，使個眼色。於是寶玉因此得罪了湘、黛二人，一個眼神，一擊兩鳴，「落了兩處的貶謗」，這是第二次波瀾。此時〈山門〉中「赤條條來去無牽掛」唱詞的作用開始在委屈鬱悶的寶玉心底發酵起來，他原是喜歡老莊道家思想的，於是想起《莊子》「巧者勞而智者憂」等語，正切中他費力不討好、勞而無功的感受，於是參悟禪機，提筆立占一偈並填了一支【寄生草】。而面對第三次的波瀾，寶釵與黛玉的解決之道各自不同，寶釵採「鋸箭法」，將寶玉所寫字帖撕了個粉碎，黛玉則以機鋒解其心結，讓寶玉收了「參禪」等癡心邪話，足見她對寶玉之情較爲深刻。

接下來的情節雖非點戲，卻是藉著讀戲、聆曲的觸引，振動兩人的愛情心弦。共看《西廂》的畫面，何其唯美而浪漫，又何其純眞而無邪，當寶玉引《西廂》名句忘情地說出「我就是個『多愁多病身』，你就是那『傾國傾城貌』！」時，脂硯齋強調：「看官說寶玉忘情有之，若認作有心取笑，則看不得《石頭記》。」黛玉未曾聽過如此驚心動魄的情話，登時羞紅而嗔寶玉學「混話」

欺負她，寶玉急得說出「變個大忘八」的混話，脂批說：「雖是混話一串，卻成了最新最奇的妙文。」而黛玉也借用《西廂》「銀樣鑞槍頭」揶揄他，兩人這段戲語美在「兒女情態，毫無淫念，韻雅之至。」（蒙府本脂批）接著襲人走來帶走寶玉。畫面一轉，便是梨香院十二官演習〈遊園驚夢〉的曲段，曲中杜麗娘懷春慕色之情，「如花美眷，似水流年」的傷春唱詞，與黛玉剛萌發的愛情心弦產生共振，再與《西廂》中的情詞湊想起來，「不覺心痛神癡，眼中落淚」。這愛情的啓蒙與催化，端賴劇中神品《西廂記》、《牡丹亭》的觸引與生發，前是共看，後是獨聆，前文後曲，形成波瀾跌宕、迴環相扣的奇妙效應，是寶黛情感躍進的重要關目，此後他倆借戲詞傳情示意，紆迴吐露幽微衷曲……

㈣續書預示失之生硬

《紅樓夢》前八十回的戲曲書寫技法純熟，筆致多采，不僅藉品曲演劇妝點風雅與豪門品味，點戲更是具有預示結局、襯顯人物性格與觸引生發情節波瀾等多重作用。就連丫鬟之間平常薰染戲曲藝術，談吐也變得嬌俏多姿，如第五十八回芳官被她乾娘打了，麝月笑道：「把一個鶯鶯小

㊵ 這齣北曲折子戲，演唐代尉遲恭因朝廷寵信奸佞讒言而不肯掛帥出征，乃假裝瘋病之故事。取材源自元代無名氏《功臣宴敬德不伏老》雜劇第三折，俗稱〈裝瘋〉。

㊶ 詳參本書頁一三八、一四九～一五〇談十二官之遺散與頁二〇九～二一一論襲人嫁優之曲筆。

姐，反弄成拷打紅娘了！」第五十四回榮國府慶元宵，賈母心疼鴛鴦、襲人沒來參加宴會，讓人帶上等果品菜饌給她倆。麝月等問：「手裡拿的是什麼？」媳婦們道：「是老太太賞給金、花二位姑娘吃的。」秋紋笑道：「外頭唱的是《八義》，沒唱《混元盒》，那裡又跑出金花娘娘來了。」㊷以鴛鴦（姓金）、襲人（姓花）扣《混元盒》女主角金花娘娘名字而發科諢，頗具諧趣。

而程高本續書之戲曲書寫明顯減少許多，四十回中僅第八十五、九十三兩回敘及。可能賈家已漸蕭條敗落，再無蓄養家班與定外戲到家裡演之能力（兩回所寫演戲皆非賈家出資），另方面，續作者戲曲素養不足洵是主因。第八十五回寫賈政升任工部郎中，王子騰和親戚家送一班戲來慶賀，親戚來賀的約有十餘桌酒，因爲有新戲，又見賈母高興，便將琉璃屏隔在後廈，讓女眷觀戲。而那天正值黛玉生日，演了五齣戲，前兩齣是吉慶戲文，第三齣是〈冥昇〉，第四齣〈吃糠〉，第五齣〈渡江〉，好不熱鬧。第九十三回南安王府來了一班小戲子，唱兩天戲，因爲是名班，臨安伯特地邀請賈政去吃酒看戲，賈政等沒空，於是由賈赦帶寶玉去赴宴，「那時開了戲，也有崑腔，也有高腔，也有弋腔梆子腔，做得熱鬧。」而小說中只寫了一齣《占花魁・受吐》而已。就這四齣折子戲的書寫手法來看，全是預示作用，而劇目、情節以及演員腳色之安排皆存在諸多可議之處。

第一，改篡原劇關目。續書之戲曲書寫與前八十回相比，僅預示結局一種作用，已顯得過於單調乏味，而續作者爲達到此預示效果，竟改篡原劇之重要關目，如〈渡江〉一齣，係明代張鳳翼《祝髮記》第二十四齣〈達磨折蘆渡江〉。全劇寫南朝徐孝克賣妻換米以養老母，遇侯景之亂，徐爲全節，受達摩點化而削髮爲僧，後夫妻終得團圓故事。〈渡江〉原是達摩一人的獨角戲，是崑曲「大面」代表劇目「三和尚」之一，演高僧達摩施佛法，折蘆葦作舟渡過江去。戲裡達摩並未帶任何徒弟，然而第八十五回卻說「第五齣是達摩帶著徒弟過江回去」，之所以如此改篡，目的是預示寶玉後來跟著和尚出家，如此手法過於刻舟求劍，斧鑿過甚殊欠自然。

第二，杜撰新劇。第八十五回黛玉生日那天演了一齣〈冥昇〉，續作者說是出自《蕊珠記》，「小旦扮的是嫦娥，前因墮落人寰，幾乎給人爲配；幸虧觀音點化，他就未嫁而逝，此時升引月宮。」在我國戲曲傳統劇目中，根本沒有〈冥昇〉這齣戲。元代庾吉甫撰《蕊珠宮》雜劇，《錄鬼簿》曾著錄劇目，唯該劇早已亡佚，而明代郭勛《雍熙樂府》存有殘曲，內容爲董永、織女故事而非嫦娥。足見續作者爲了預示黛玉未嫁而逝，超脫升天，歸位道家所謂天上宮闕的蕊珠宮，而杜撰了這本明清兩代從未見過的《蕊珠記》，只好說是「新打的」，又強調黛玉當天「打扮得宛如嫦娥下界」，杜撰劇目以符合預示目的，已讓讀者感覺續書戲曲知識貧乏，而黛玉扮若嫦娥，更覺其暗示手法過於明顯而拙劣。

另有一齣《琵琶記・吃糠》係傳統老戲，雖非杜撰，但總是爲達到預示作用而湊成，清代王希廉《紅樓夢回評》云：「《蕊珠記・冥昇》一齣，是黛玉夭亡影子；〈吃糠〉是寶釵暗苦影子；達摩帶徒弟過江是寶玉出家影子。」用〈吃糠〉影射寶釵日後因寶玉出家，而如趙五娘般過著暗苦日子。如此這般的預示手法，總讓人覺得淺直而乏技巧可言。

㊷《混元盒》係明末清初一部神魔劇，演水神金花聖母與張眞人鬥法之荒誕故事，「混元盒」爲張眞人收妖之法寶，而回答這幾句「金花娘娘」科諢的，庚辰本、戚序本說是秋紋，程乙本則說是麝月。

第三，更動演員腳色。第九十三回專寫的《占花魁》，由蔣玉菡「扮著秦小官伏侍花魁醉後神情」，即指〈受吐〉一折。此劇係明末清初李玉據話本《賣油郎獨占花魁》所改編之傳奇，寫賣油郎秦鍾贏得臨安名妓花魁女（莘瑤琴）的愛情故事。第二十二齣〈種緣〉，舞台本稱為〈受吐〉，亦稱〈種情〉、〈醉歸〉，見《綴白裘》十集，演秦鍾初次入妓院，深夜照料酒醉的花魁。《紅樓夢》中琪官蔣玉菡原是小旦行當，到了續書第九十三回卻被續作者改為小生，目的是要他扮〈受吐〉中的賣油郎，藉以預示他後來娶（花）襲人。問題是襲人能有花魁美嗎？且花魁姓「莘」而非「花」。更大的問題是傳統戲曲中，演員的行當因著「腳色制」而很難更換（各有不同的唱唸身段程式），如欲更換，總得有充足理由，而續作者卻只說他「向來是唱小旦的，如今不肯唱小旦，年紀也大了，就在府裡掌班。」年紀大不是理由，古今戲曲名伶八、九十歲幾乎皆未改行當；因「不肯」而改行當者，其劇藝也未必出色。

唯續書此回描寫略可肯定的是，當寶玉「見一個掌班的拿著一本戲單，一個牙笏，向上打了一個千兒，說道：『求各位老爺賞戲。』」時，發現那掌班「面如傅粉，脣若塗朱，鮮潤如出水芙蕖，飄揚似臨風玉樹。原來不是別人，就是蔣玉菡。」即為其美貌所吸引。而蔣玉菡「把這一種憐香惜玉的意思，做得極情盡致。以後對飲對唱，纏綿繾綣。」「寶玉這時不看花魁，只把兩隻眼睛獨射在秦小官身上。……更知蔣玉菡極是情種，非尋常腳色可比。」寶玉之所以被蔣玉菡的表演吸引，一方面是演技，另方面則是他與蔣玉菡素有換汗巾舊情，曾因之受過笞撻，而今台上的賣油郎又喚作「秦鍾」，不免讓他憶起寧府的俊友「秦鐘」，因而這齣戲把「寶玉的神魂都唱了進去了。」如是今昔映照、雙關勾連，乃覺餘味不盡。

從脂批看《紅樓夢》中的「戲場章法」

《紅樓夢》小說描繪人性，雕刻物態，之所以抉肺腑而肖化工，脂硯齋說「書中之秘法，亦復不少」。除了一般小說習見的草蛇灰線、烘雲托月、背面傳粉等數十種筆法之外，由於曹雪芹不僅工詩善畫，他與脂硯齋對戲曲亦頗爲在行，尤其原先雪芹是想創作一部傳奇，後來雖夙志未酬，而小說《紅樓夢》藉由脂批的析奧辨微，亦可發見其間蘊含諸多「戲場章法」。本文試就古典戲曲創作與搬演中特有之楔子、副末開場、腳色出場、空舞台、排場與科諢諸端，析論箇中體例形式與精神內涵如何爲曹雪芹所採擷吸納，從而成就《紅樓夢》爲小說第一異書之經典價值。

一、《紅樓》筆法諸秘紛呈．雪芹立意作傳奇

《紅樓夢》原本定名爲《脂硯齋重評石頭記》，從一開始傳鈔行世時即帶有脂硯齋的多次評點，並非後世讀者所加。換言之，脂評是小說的一個不可或缺的組成部分，它與《三國》、《水滸》、《金瓶》等後人附加的評點迥異，「甚至可以說脂硯齋其人實爲曹雪芹的合作者」①，因而脂批中的觀點常被視作解讀作者撰述心法的密碼。小說首回脂批揭示曹雪芹的創作「秘法」有：「草蛇灰線、空谷傳聲、一擊兩鳴、明修棧道暗度陳倉、雲龍霧雨、兩山對峙、烘雲托月、背面傳粉、千皴萬染諸奇。」第二十七回另揭「截法、岔法、突然法、伏線法、由近漸遠法、將繁改簡法、重作輕抹法、虛敲實應法。」再如第二十六回寫賈芸、紅玉與第三十一回寫金麒麟用的是

「間色法」，……諸法紛呈不一而足。至於第十三回寫秦可卿天香樓事的「不寫之寫」，即便「不寫」，都還是蘊含著深意。

除了一般文章、小說常見的筆法之外，由於作者工詩善畫②，小說中的繪畫筆法也在隨意的脂批中偶爾點出。如首回脂硯齋指出「作者用畫家煙雲模糊」之法撰作楔子；第二回甲戌本開頭批語說明賈府「族大人多，若從作者筆下一一敘出，盡一二回不能得明，則成何文字？故借冷子一人略出其大半，使閱者心中已有一榮府隱隱在心，然後用黛玉、寶釵等兩三次皴染，則耀然於心中眼中矣，此即畫家三染法也。」作者爲使讀者逐步加深對小說人物的認識，運用的是畫家一再「皴染」的手法。第四回寫薛姨媽將帶薛蟠、寶釵入賈府時，脂批云：「閒語中補出許多前文，此畫家之雲罩峰尖法也。」第二十五回寫黛玉信步出了院門，一望園中，四顧無人，「惟見花光柳影，鳥語溪聲」，此處脂批云：「純用畫家筆寫」，才能摹繪出如此清麗的景致。第二十四回開頭寫黛玉與香菱閒談刺繡，「又下一回棋，看兩句書」，女兒嬌憨情態躍然紙上，畸笏叟認爲「是書最好看如此等處，係畫家山水樹頭丘壑俱備，末用濃淡墨點苔法也。」而三十八回作菊花詩、螃蟹咏之前，賈母、鳳姐、鴛鴦、平兒、琥珀……食蟹嬉笑取樂，接著釵、黛、湘、探、迎、紈等眾美弄水戲魚、

---

① 見周汝昌編著《周汝昌校訂批點本石頭記·序言》頁二，南京：譯林出版社，二〇一一年。

② 清·張宜泉〈題芹溪居士〉詩云：「門外青山供繪畫，堂前花鳥入吟謳」，敦敏有「傲骨如君世已奇」的〈題芹圃畫石〉詩，另〈贈芹圃〉詩亦稱芹「賣畫錢來付酒家」。

看花賞鳥，閒情雅致盡態極妍，脂批稱：「看他各人各式，亦如畫家有孤聳獨出，則有攢三聚五，疏疏密密，直是一幅百美圖。」

小說種種曲折隱現、正閏映帶乃至畫家筆法，由作者寫來堪稱「一筆能令千百筆用」、「信手拈來無不是」，也成就《紅樓夢》「總章無常曲，大庖無定味」（《抱朴子》語）不拘一格、運用自如的高妙筆致。而在諸筆法中，較爲特殊而優異的當屬「戲場章法」，原因在於曹雪芹最初立意是要創作一部傳奇戲曲而非小說。在第二十二回「聽曲文寶玉悟禪機」裡，寶釵生日點了齣〈山門〉，寶玉對【寄生草】曲牌中的莊子思想最有感悟，接著湘雲、黛玉因戲子扮相而鬧彆扭，寶玉居中調和未成反落了兩處的貶謗，因此越想越無趣，乃提筆立占一偈，偈後亦塡一支【寄生草】遣懷抒悶，庚辰本與戚序本脂硯夾批云：

看此一曲，試思作者當日發願不作此書，卻立意要作傳奇，則又不知有如何詞曲矣。

這條脂批透露出作者曹雪芹當初是想創作一本傳奇，而非這部小說《紅樓夢》，之所以有此立意，自然與清初以來時代風尚及曹氏家族本身戲曲胎息淵厚有關。然而戲曲之韻文格律與第一人稱代言體製，畢竟不若小說文體可自由開展，其後雖初衷未果，而作者蓄藏豐贍之戲曲底蘊仍不時體現於小說《紅樓夢》的行文佈局之中。且與作者最爲知契的脂硯齋本身亦極懂戲，如前所述第二十二回〈山門〉【寄生草】曲文「漫搵英雄淚，相離處士家。謝慈悲剃度在蓮台下。沒緣法轉眼分離乍。赤條條來去無牽掛。那裡討煙蓑雨笠捲單行？一任俺芒鞋破鉢隨緣化！」脂批云：「此闋出自〈山門〉傳奇。近之唱者將『一任俺』改爲『早辭卻』，無理不通之甚。必從『一任俺』三字，則『隨緣』二字方不脫落。」指出花和尚魯智深不守清規，醉打山門後，遭智眞長老逐出，只能離寺四海爲家化緣而去，末句「一任俺」三字，當時演唱者竟擅改作「早辭卻」，試想辭卻芒鞋破鉢將如何化緣？如此文義不通乃遭脂硯訾議。

第二十六回黛玉雖高聲叫門，但因晴雯沒聽出她聲音而吃了閉門羹，此時脂批云：「想黛玉高聲亦不過你我平常說話一樣耳，況晴雯素昔浮躁多氣之人，如何辨得出？此刻須得批書人唱『大江東去』的喉嚨，嚷著『我是林黛玉叫門』方可。」在幽默中顯出自己有著能唱淨角（花臉）的鐵嗓鋼喉。再如戲曲搬演所應深究的音律與排場問題，脂硯齋亦頗在行（詳下文）。雪芹、脂硯既深諳戲曲創作與爨演之道，則《紅樓夢》當有別於一般小說，除了學界常提及的讀戲、看戲、點戲、評戲等活動，藉以預示結局、揭示人物性格、襯顯環境氛圍及豪門品味、推動劇情發展等多種作用③之外，定能體現出《紅樓夢》特有的「戲場章法」。唯此戲場章法較少爲人提及，精研《紅樓》戲曲的徐扶明先生認爲脂批中僅二、三條簡略論及（按：實不止於此），於是將自己獨到之體悟，擴增爲出場、同場中過場、吊場……等《紅樓夢》向戲曲藝術借鑑之表現手

③ 詳參徐扶明《紅樓夢與戲曲比較研究》頁七九～九一，上海古籍出版社，一九八四年。

法，撰成〈古典戲曲對《紅樓夢》情節處理的影響〉一文④，對小說情節處理如何體現戲曲手法之運用頗有啓發；徐大軍亦曾就楔子、副末開場與科諢析論小說如何「利用戲曲格式以豐富表現手法」⑤。筆者嘗試藉多年變演經歷與觀戲心得，從脂批視角探討戲曲這一特殊體製其劇本創作與舞台搬演之特質，如何滲透、影響小說之構思與創作，從而體現出《紅樓夢》特有之「戲場章法」。

二、元雜劇楔子之借用

《紅樓夢》甲戌本、庚辰本雖不像金聖嘆批改本《水滸傳》與吳敬梓《儒林外史》將小說第一回明白標作「楔子」，然而自開卷「列位看官，你道此書從何而來？」起始，借女媧煉石補天之神話，敘說小說《石頭記》之來歷，空空道人因抄錄而自色悟空，遂將之易名爲《情僧錄》，神話末尾歸結到「曹雪芹於悼紅軒批閱十載，增刪五次」，就敘事結構而言，這則神話明顯就是小說的「楔子」。尤其脂硯齋在神話結尾處批曰：「若云雪芹批閱增刪，然開卷至此這一篇楔子又係誰撰？足見作者之筆狡猾之甚。後文如此處者不少，這正是作者用畫家煙雲模糊處，觀者萬不可被作者瞞蔽了去，方是巨眼。」肯定這篇神話是楔子，且爲雪芹手筆。第五十四回庚辰本回前批語中又再強調：「首回楔子內云：古今小說『千部共成一套』云云，猶未洩眞，今借老太君一寫，是勸後來胸中無機軸之諸君子不可動筆作書。」足見雪芹舊稿曾有「楔子」之專稱存在，今本爲脫窠臼，小說首回雖未明標「楔子」而承繼的其實是元雜劇的楔子傳統。

楔子究竟有何作用？從元雜劇的體製來看，「一本四折」是通例⑥，若劇情有所不足，則可添加一或兩個楔子作補充敘述。楔子又稱「楔兒」，原是一種上平下銳的小木片，木工用來插入木器的榫縫或裂洞裡，使其嚴密堅固，元雜劇借用此名稱，用以說明「楔子」作用在使劇本結構更完整。楔子位置，多用於第一折之前，屬開場性質，具有交代往事、埋伏線索、引起懸念之作用，如關漢卿《感天動地竇娥冤》之楔子，交代竇娥爲何成爲童養媳與寡婦蔡婆靠高利貸營生之經過，引起觀眾關切心理，爲竇娥之冤案作鋪墊。楔子亦可置於折與折之間，屬過場性質，具銜接與過渡之作用，如《漁樵記》、《薦福碑》之楔子係補敘朱買臣、張鎬發跡變泰之轉折情節。

由此看來，《紅樓夢》首回石頭神話之楔子屬開場楔子，以青埂峰靈性已通之頑石作緣起，爲小說主角賈寶玉「正邪兩賦」——既聰俊靈秀又乖僻邪謬之叛逆性格作鋪墊，使人對性靈而質蠢的頑石涉入紅塵充滿懸念與期待。再與絳珠仙草還淚擬神話、太虛幻境色空思想相連結，從而交織成

④此文發表於《紅樓夢學刊》一九八二年第二輯，頁二三一～二五〇，後收入徐扶明《紅樓夢與戲曲比較研究》頁二〇〇～二一七。

⑤見氏著〈《紅樓夢》利用戲曲體制因素論略〉頁二六四～二七八，《紅樓夢學刊》二〇一一年第四輯。

⑥「一本四折」爲元雜劇通例，然亦有例外者，如紀君祥《趙氏孤兒》一本五折，張時起《秋千記》一本六折，王實甫《西廂記》五本二十一折。（若將第二本第二折〈惠明下書〉視作「楔子」，則全劇爲五本二十折。）

一幅觀照世態、始於情而終於悟⑦的「人生如夢」畫圖。

至於第二十五回王夫人命賈環抄《金剛咒》，寶玉喝酒歸來拉著彩霞的手鬧著，賈環妒甚，故意推翻蠟油燈燙傷寶玉的臉，王夫人怒斥趙姨娘疏於管教，此處脂批曰：「總是爲楔緊五鬼一回文字。」意指燙傷事件趙姨娘遭罵是個楔子，爲此趙姨娘懷恨，特地花五百兩使馬道婆作法讓鳳姐、寶玉遭五鬼魘魔。燙傷之事與鳳姐無關，爲何她也遭魘受害？主要在於趙姨娘之嫉恨早在第二十回時即已埋下。當時大正月裡，賈環與鶯兒擲骰子玩圍棋，輸了卻賴錢哭鬧而被寶玉攆去，趙姨娘啐他爲何上高台盤自討沒趣，鳳姐窗外聞言反嗆姨娘，並囑賈環莫學姨娘下流狐媚，此處脂批云：「一段大家子奴妾吆吻，如見如聞，正爲下文五鬼作引也。」可知鳳姐、寶玉遭魘來自趙姨娘長久以來的蓄怨，然而自此之後雙方並無正面衝突，所以直到第二十五回「那趙姨娘素日雖然常懷嫉妒之心，不忿鳳姐寶玉兩個，也不敢露出來。」若非燙傷事件觸發，貿然使出五鬼作魘，不免失之突兀。因而第二十回的輸棋賴錢遭啐是引子，但伏脈過長，必得等到「賈環又生了事，（趙姨娘）受這場惡氣，不但吞聲承受，而且還要走去替寶玉收拾……（王夫人）急的又把趙姨娘數落一頓。」這才爆發弄魘報復之惡行。由此可見燙傷事件是個過場楔子，它銜接第二十回引子與第二十五回五鬼施法，使小說情節安排更爲嚴密緊實而合理。

三、南戲傳奇「副末開場」之活用

《脂硯齋重評石頭記・凡例》開頭「紅樓夢旨義」即提出：「是書題名極多，紅樓夢是總其全部之名也。……寶玉作夢，夢中有曲名曰《紅樓夢》十二支，此則《紅樓夢》之點睛。⑧」足見第五回賈寶玉夢遊太虛幻境所見「金陵十二釵」畫冊，所聽《紅樓夢》仙曲十二支，皆與這部小說之命名、主旨有著莫大關係。而這第五回的回目，甲戌本題作「開生面夢演紅樓夢　立新場情傳幻境情」，庚辰本標作「遊幻境指迷十二釵　飲仙醪曲演紅樓夢」，程高本則作「賈寶玉神遊太虛境　警幻仙曲演紅樓夢」，三種版本皆標示「紅樓夢曲」係此回關目所在。脂硯齋特別在第一支【紅樓夢引子】「開闢鴻蒙，誰爲情種？都只爲風月情濃。趁著這奈何天，傷懷日，寂寥時，試遣愚衷，因此上演出這懷金悼玉的《紅樓夢》」下方批點道：

> 讀此幾句，翻厭近之傳奇中必用開場付末等套，累贅太甚。⑨

---

⑦ 第七十七回晴雯將死，脂評：「寶玉至終一著全作如是想，所以始於情而終於悟者，既能終於悟而止，則情不得濫漫而涉於淫佚之事矣。」

⑧ 見《乾隆甲戌本脂硯齋重評石頭記》（精裝一冊）頁二，台北：胡適紀念館，一九六一年。

⑨ 見甲戌本批語。而戚序本「翻」作「反」，「開場付末等套」作「生旦副末開場」。

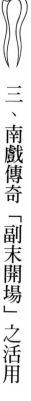

脂批認爲小說中紅樓夢曲的運用手法，不像傳統戲曲開場必用副末那般累贅，究竟明清傳奇的「副末開場」有何舊套？而小說第五回的這十二支曲子，其性質、作用與副末開場有何相同？其手法又有何勝出之處？茲簡述如次。

中國傳統戲曲發展到明清傳奇，在開場時照例由副末（或末）上場吟誦或唱演兩闋詞牌，內容介紹劇情梗概與創作意圖，或只用一闋報告劇情，而這「副末開場」的成例行之已久，它淵源自宋代的南戲。南戲劇本一開頭就是「題目」二字，題目下面是四句韻語，用來總括劇情大綱。如《宦門子弟錯立身》的劇本開頭是「題目　衝州撞府妝旦色　走南投北俏郎君。戾家行院學踏爨　宦門子弟錯立身。」《張協狀元》的題目是「張秀才應舉往長安　王貧女古廟受飢寒。呆小二村□⑩調風月　莽強人大鬧五雞山。」「題目」除了總括劇情大意之外，還有用來張貼廣告以招攬生意的實用價值，由此可見元雜劇之「題目正名」當源自南戲。⑪到了明朝中葉，劇本結構有了改變，傳奇每齣皆有齣目以標示該齣大意，因而南戲原有的題目被取消了，才改由副末在唸完開場白之後，多出四句由題目變化而來的下場詩，因其末句多爲劇本名稱，故容易辨識。若將陸貽典鈔本《元本琵琶記》，與明改本對照，即可清楚發現元刊本之題目，在明改本中竟一字不差，成了下場詩。

至於南戲的開場，通常在正戲演出之前，先由副末（團長）上台報告劇情與搬演概況。因爲南戲尚無出目，副末這段表演不知宋元時代如何稱呼，明代人一般稱之爲「開場」或「家門」。開場例用兩闋詞：一闋敘述劇情；一闋則渾寫大意，或嘆青春易逝，或自誇戲班陣容及格範，有趣的是，由於南戲表演場域簡陋嘈雜，因而副末開場詞中常出現「喧譁靜」、「暫息喧譁，略停笑語，試看別樣門庭」、「大家雅靜」……等叮囑觀眾肅靜看戲之語。而南戲開場的常見詞牌如【滿庭芳】、【水調歌頭】、【沁園春】……也一直為明清傳奇所沿用。只是明清傳奇的劇作家多名公才士，不像南戲作者屬社會較底層之書會才人，傳奇體製整飭而謹嚴，副末開場之兩闋詞，一敘劇情大要，一述創作旨趣，井然不紊。而此開場亦有諸多名稱，如副末開場、家門大意、家門大略、家門始末、本傳開宗、梨園鼓吹、傳奇綱領、家門、開宗、開演、標目、傳概、敘傳、提綱、先聲等等。有的傳奇將副末開場作為第一齣，如《牡丹亭》首齣〈標目〉；有些則僅視為開端而已，如《桃花扇》第一齣是〈聽稗〉，而在〈聽稗〉之前的「試一齣」是〈先聲〉，〈先聲〉即副末開場性質。⑫

《紅樓夢》小說第五回中，「司人間之風情月債，掌塵世之女怨男癡」的警幻仙姑給寶玉看了暗寓十二釵等命運的仙冊，但寶玉「尚未覺悟」，於是讓他再聽〈紅樓夢曲〉，「或冀將來一

---

⑩ □，據錢南揚考證，當是「沙」字。村沙，惡劣、傖俗之意。見《永樂大典戲文三種校注》頁四，台北：華正書局，一九八〇年。

⑪ 元雜劇之「題目正名」通常用二句或四句整齊相對的韻語，標明劇情提要，確定劇本名稱，與南戲同樣於表演時寫在「花招兒」上張貼作宣傳廣告，並非由副末上場所唸。因元明兩代版本不同，置於劇本末尾者有元刊本、古名家雜劇本、息機子本、《元曲選》本、明抄本；置於劇本開頭者有顧曲齋本、《雜劇十段錦》本、《柳枝集》本、《酹江集》本。明清雜劇之題目正名亦如此。

⑫ 有關楔子、題目正名、副末開場之義涵，以及歷代雜劇、南戲、傳奇之體製與格律，詳參楊振良、蔡孟珍《曲選》頁二八～四二，台北：五南圖書公司，一九九八年。

悟」。首支【紅樓夢引子】係「懷金悼玉」的《紅樓夢》之創作緣起，中間十二支正曲（又稱過曲）恰是十二釵判詞與畫冊的深化，預示著她們的身世和命運，末曲【收尾．飛鳥各投林】是【尾聲】，呈現這部小說「好一似食盡鳥投林，落了片白茫茫大地眞乾淨」的最終結局。這套曲子有如整部小說的預示提綱，又寄寓著作者始於情而終於悟的生命哲思，承繼著南戲傳奇「副末開場」述創作旨趣、陳劇情大要的精神，吸引著讀者急於一窺千紅一窟（哭）、萬艷同杯（悲）與朱門大族由盛轉衰底究竟。

而此套〈紅樓夢曲〉，既出於對戲曲「副末開場」的借鑑，爲何不將它置於首回作爲開場？主要因爲《紅樓夢》小說人多事繁，開卷若縷述十二釵身世，此種筆法平蕪瑣碎得有如流水帳，讀者必然如寶玉聽完十二支正曲已感「甚無趣味」，「忙止歌姬不必再唱」副曲，開場訊息量過大將使觀者興味驟減，待一至四回由賈雨村、冷子興略敘四大家族，再引出黛玉、寶玉、寶釵漸次登場，逐步皴染至第五回變用畫冊、歌曲濃墨重彩將十二釵因果逐一暗暗點出，且作者運用虛構的夢境「寓眞於幻」，借天上之幻寓人間之眞，手法較傳奇副末開場來得活潑而意趣盎然。

在表現手法方面，誠如警幻所言：「此曲不比塵世中所塡傳奇之曲，必有生旦淨末之則，又有南北九宮之限。此或詠嘆一人，或感懷一事，偶成一曲，即可譜入管弦。」此套曲突破腳色與宮調之限制而別有創發。且傳奇的開場僅副末一人而已，此曲則由十二舞女唱演，或用第一人稱訴情（如第二、四、五、十一支曲），或用第三人稱（第七、八、九、十支曲），腳色生或旦演唱皆可。全套十四支曲牌中，按脂批所言有兩支是北曲：第二曲「語句潑撒，不負自創北曲。」與第六曲「悲壯之極，北曲中不能多得。」按聯套格律，曹雪芹運用的是「南北合腔」之組套方式。⑬

另此套曲最大的突破是它不受傳統曲牌所限制，每支曲牌皆是作者自度曲，不僅平仄、句數、韻叶無律可考，曲牌名稱【終身誤】、【枉凝眉】、【恨無常】、【分骨肉】、【樂中悲】、【世難容】、【喜冤家】、【虛花悟】、【聰明累】、【留餘慶】、【晚韶華】、【好事終】，全未見諸任何曲籍，即使清乾隆間廣蒐曲牌四千四百六十六支之《新定九宮大成南北詞簡譜》亦未錄此套任一牌名，尤其此套曲牌命名之雙關寓意至為明顯，總在體現這部小說「悲涼之霧，遍被華林，然呼吸而領會之者，獨寶玉而已。」⑭

此外，按傳統戲曲「副末開場」之預示性質，原可範限全劇劇情之發展走向，然《紅樓夢》後四十回續作者因閱歷、才情、識見所限，對小說中若干人物如香菱、巧姐、探春……等結局，與作者於判詞、〈紅樓夢曲〉所布之局不甚相契，出現諸多違和甚至逆轉情形，殊可商榷。

---

⑬ 徐扶明《紅樓夢與戲曲比較研究》頁一四二認為曹雪芹寫〈紅樓夢曲〉「是從內容出發，運用南北合套。」事實上，「南北合套」係格律較為嚴謹之聯套手法，須一南一北相間列，如《牡丹亭．圓駕》與《長生殿．驚變》。若僅如南戲偶爾將數支北曲混入南套，則僅可稱之為「南北合腔」。

⑭ 魯迅《中國小說史略》頁一六五，上海古籍出版社，一九八八年。

四、腳色出場程式之參用

戲曲舞台上劇中人物第一次上場稱「出場」，而有時也可作爲腳色在某齣戲「上場」的泛稱。「出場」（與「下場」）程式的訓練對演員極爲重要，它標誌著演員唱唸身段功底的高下。而配合演員出場的鑼鼓經，外行人聽起來似乎都是「匡才匡才匡才」差不多，但根據不同人物與情境需要，有近百種之多，文官武將、幫閒書僮、丫鬟老嫗……各自不同，大將起霸用四擊頭，馬伕翻身而出用「馬伕讚」，打鬥、逃亡用【急急風】，意態舒徐用【流水】，摸黑猶豫用「陰鑼」……即便同一杜麗娘，在《牡丹亭》〈遊園驚夢〉〈尋夢〉〈寫眞〉〈離魂〉中出場、下場之鑼鼓經、音樂與身段丰姿各異。而京劇中「角兒」的出場，不論大小鑼、帽子頭，其節奏、力度與音色皆需與其他腳色之上場迥異，如此方能顯出角兒的與眾不同。

而今「出場」這個戲曲名詞已然變成生活用語，在小說《紅樓夢》形形色色數百人物中，唯有「角兒」級的人物出現，作者才有可能另磨新墨寫出特殊的「出場」筆調，而透過脂批的抉幽闡微，不難發現作者對戲曲人物「出場」的烘托技巧極爲熟稔，但並非全然襲用，而是就著小說較爲自由的文體，僅參酌若干戲場技巧並另作開展。其中較爲鮮明是第三回王熙鳳的「出場」：

只聽後院中有人笑聲，說：「我來遲了，不曾迎接遠客！」黛玉納罕道：「這些人個個皆斂聲屏氣，恭肅嚴整如此，這來者係誰，這樣放誕無禮？」心下想時，只見一群媳婦丫鬟圍擁著一個人從後房門進來。

接下來才形容這個人彩繡輝煌、恍若神妃仙子的打扮與容貌，這等「丹唇未啓笑先聞」的出場，實在太新人耳目了，使得脂硯齋連用兩條側批與眉批：

第一筆，阿鳳三魂六魄已被作者拘定了，後文焉得不活跳紙上？此等文字非仙助即神助，從何而得此機栝耶？

另磨新墨，搦銳筆，特獨出熙鳳一人。未寫其形，先使聞聲，所謂「繡幡開遙見英雄俺」也。

末句是王實甫《西廂記》第二本第二折〈惠明下書〉【收尾】惠明的唱詞⑮，脂硯齋用高唱北曲、逗起英雄膽的惠明聲口氣勢來形容鳳姐的出場，實在傳神，只因此刻眾人皆歛聲屏氣接待遠客黛玉，唯獨鳳姐恃賈母之寵驕狂放誕。她的出場作者用的是戲曲「內白上」，演員在幕後先唸若干說

⑮ 南西廂第十三齣〈許婚借援〉【尾聲】惠明（丑）所唱：「威風助我齊吶喊，擂鼓搖旗不等閒，此去將半萬賊兵嚇破膽。」並無脂批所錄末句唱詞。見《六十種曲》所輯明．崔時佩、李景雲《南西廂記》頁三六，台北：臺灣開明書店，一九七〇年。

白，讓觀眾先聞其聲造成聳耳效果，之後人物再出現時，觀眾自然會凝神以待。

鳳姐是「一群媳婦丫鬟圍擁」著出場，第十八回元妃省親時的場面是皇家規格，鑾儀焜耀氣派非凡自不待言。而元春的出場近於戲曲「斜門大擺隊上」，舞台上帝王后妃出行時常見之程式，由一隊隊太監、宮娥執立瓜、曲蓋、符節、宮燈、香爐、宮扇……等先開場，站定後帝妃再登場，儀仗紛繁盛麗。至於小說主角賈寶玉的出場，第三回云：

> 只聽外面一陣腳步響，丫鬟進來笑道：「寶玉來了！」黛玉心中正疑惑著：「這個寶玉，不知是怎生個憊懶人物，懵懂頑童？」——倒不見那蠢物也罷了。心中想著，忽見丫鬟話未報完，已進來了一位年輕的公子……

如此出場，近於戲曲「點上」，係指舞台上先有個演員向觀眾報出即將出場的人物名字，讓觀眾未睹其人，先知其名，預告此人出現將有一場糾葛，如《長生殿・絮閣》，明皇與梅妃於翠華西閣密會，高力士云：「呀，遠遠來的正是楊娘娘。」接著滿是醋意的貴妃上場絮叨。⑯ 值得注意的是，寶玉出場之前，作者運用「反襯章法」，使男女主角的初相見格外頓挫趯喜，因兩人未見時，王夫人即將「孽胎禍根」、「混世魔王」、「瘋瘋傻傻」……等負面形象告訴黛玉，讓黛玉以爲他是個憊懶蠢物，及至見到「面若中秋之月，色如春曉之花」的寶玉，心下驟感驚奇。⑰ 而驚奇的是亙古以來的愛情傳說——當人們第一次遇見生命中的伴侶時，彼此都會有似曾相識的感覺。黛玉心下想道：「好生奇怪，倒像在那裡見過一般，何等**眼熟**到如此！」寶玉見到「心較比干多一竅，病如西子勝三分」的黛玉，因笑道：「這個妹妹我曾見過的。……雖然未曾見過他，然我看著**面善**，心裡就算是**舊相識**，今日只作遠別重逢，亦未爲不可。」這種感覺正如《牡丹亭・驚夢》中男女主角夢中初遇時同感「是那處曾相見，相看儼然，早難道好處相逢無一言。」爲此脂批云：

寫寶玉只是寶玉，寫黛玉只是黛玉。從中用黛玉一驚，寶玉之面善等字，文氣自然籠統，要分開不得了。

此一驚，方見下文之留連纏綿，不爲孟浪，不是淫邪。正是在靈河岸上三生石畔見過來。……

然而，《紅樓夢》中有些人物的出場既不浪漫也與古典戲曲的程式無關。如賈環的出場在第二十回，春節期間他與寶釵、香菱、鶯兒趕圍棋作耍，頑輸了卻賴錢，鶯兒說：「一個作爺的，還賴我們這幾個錢，連我也不放在眼裡。」《增評補圖石頭記》此處有則眉批：「環三爺出場，便就此等小事寫起，其品地已定。」如此卑瑣人品在出場時已奠下基調，而作者運用的則是話劇式的出

⑯ 上述鳳姐之「內白上」、元妃之「斜門大擺隊上」、寶玉之「點上」以及書童、茶博士、篾片之不同「內嗽」，詳參徐扶明《紅樓夢與戲曲比較研究》頁二〇〇～二一六。

⑰ 此處甲戌本脂硯齋眉批云：「這是一段反襯章法。黛玉必與猜度蠢物等句對看去，方不失作者本旨。」

場——幕一拉開，劇中人物已在場上。因為傳統戲曲是不落幕的連場戲，演員多從上場門出場，下場門入場，如此「出將入相」循環去來，偶而從下場門出場，則表示由室內出來，即使是「暗上」，演員身段（鑼鼓）亦必有所交代。

此外，小說中重要人物寶釵的出場，作者亦未採戲曲程式。尤其在寶釵出場之前，作者先寫其兄薛蟠倚財仗勢打死馮淵之命案，究竟為何？第四回脂批云：「蓋寶釵一家不得不細寫者。」寫命案「皆非《石頭記》之正文，實欲出寶釵，不得不做此穿插。」為何寶釵出場，必先以薛蟠打死人作為前導，其間或有薛家以氣勢壓人、先聲奪人之微旨存焉。而釵之瑩潤對照黛之孤煢，顰卿寧不黯然！戚序本脂批回後總評云：「看他寫一寶釵之來，先以英蓮事逼其進京，及以舅氏官出，惟姨可倚，輾轉相逼來。且加以世態人情，隱躍其間，如人飲醇酒，不期然而已醉矣。」連用兩個「逼」字，字面上雖是寶釵之入賈府係人情世態所逼，然而對敏感心細的黛玉而言，又豈非另一態勢之「逼」。而作者寫寶釵之手法頗為低調，剛開始幾回用的是側筆，遲至第八回寶玉來探她病時，才正筆寫其容貌性情：「唇不點而紅，眉不畫而翠。臉若銀盆，眼如水杏。罕言寡語，人謂裝愚；安分隨時，自云守拙。」就這十六字被脂硯齋盛稱：「這方是寶卿正傳。」此刻她的出場「寶玉掀簾一邁步進去，先就看見薛寶釵坐在炕上作針線。」與第四回她對周瑞家的敘冷香丸事時，同樣已坐在炕裡邊，即幕拉開時，人物已在場上的話劇式出場。接下來即是寶釵顯得較為主動的「比通靈金鶯微露意」橋段。而第四回幾句淡筆：「**寶釵**日與黛玉、迎春姊妹等一處，或看書下棋，或作針黹，**倒也十分樂業**。」甲戌本脂批很細心地說出：「金玉相見，卻如此寫，虛虛實實，總不相犯。」「這一句襯出後文黛之不能樂業，細甚妙甚。」由此不難看出作者寫寶釵多用淡筆，猶如不寫之寫，而透過脂批的抉幽發微，讓人得以細細品味文字背後作者之覃思。

附帶一提的是，第三回襲人首次出現，作者筆法頗爲特殊：「大丫鬟名喚襲人者……」這個「者」字引來清代姚燮的高度關注，其《紅樓夢回評》云：「點襲人之名，特用一個『者』字，作者之微意也。若他人出場，并無此例。」襲人之形象，向來存在著爭議，筆者有另文析評⑱，茲不贅述。由此可見小說人物之出場與其品格評騭乃至作者之戲場章法皆有莫大關係。

五、化用舞台時空．調劑排場冷熱

我國古典戲曲的舞台時空採寫意方式，靈動而自由，沒有西方戲劇「三一律」（時間、地點、情節皆一致）的拘限。「空舞台」的審美觀點，台上並無具體的實景，全靠演員的唱唸身段來

---

⑱ 詳參拙文〈襲人爲何是丑角——從清代紅樓戲談起〉，該文嘗試就命名寓意、告密事件與掣花籤、嫁伶優數端，藉小說原著、脂批、續書等春秋筆法，實地辨析襲人性格之爭議，並探討近現代京劇、越劇重構紅樓戲之侷限與襲人形象遷變之緣由。成功大學藝術研究所《藝術論衡》第十五期，二〇二三年十二月。本書頁一八六～二一六。

表現與架構，換言之，在腳色未上場時，數尺見方的氍毹是不具任何意義的。由於「空」，故能包納萬有，象徵虛擬手法的巧妙運用，使這方舞台視腳色上場而可以是天庭皇宮、地府鬼域、崇山峻嶺、湖海河渠，也可以是深閨繡戶、芳苑亭台、街衢廳院……，其大小可隨劇情發展而自由延伸或壓縮；時間之處理亦隨劇中人物之心理感受而可自由伸縮，有時數載寒暑只需幾分鐘即可交代清楚，而剎那間之內心轉折，倒可鋪陳敷演個把鐘頭。故西方戲劇以落幕來更換客觀情景，而我國傳統戲曲則以「連場」結構，來迅速轉換腳色主觀的舞台時空。⑲

「空舞台」的理念使得處在不同時空的劇中人物，可以被壓縮而出現在同一場戲裡，如室內室外、牆內牆外、樓上樓下、山上山下……，舞台上毋須架設門、牆、樓梯、山石等實景隔開，觀眾皆能意會。《紅樓夢》第二十一回，賈璉追逐平兒求歡，鳳姐醋妒道：「要說話兩個人不在屋裡說，怎麼跑出一個來，隔著窗子，是甚麼意思？」賈璉與平兒隔著窗調笑一段，庚辰本眉批云：

此等章法是在戲場上得來，一笑。畸笏。

在現實場景中，兩人不同在屋裡而隔著窗說上數十句話，未必能聽得眞切、對答如流，因而畸笏叟心領神會地笑批此等章法定是作者從戲曲舞台上學來的。而現實中隔著一道牆窗，兩人難以正面接觸，到了舞台上，牆窗成了隱形，於是恰如國畫中的散點透視法，賈璉的淫俗，平兒的嬌俏，一併盡收觀眾（讀者）眼底。這種空舞台的藝術處理，古典戲曲中數見不鮮，如《西廂記》張生可與崔鶯鶯隔牆月下聯吟，《玉簪記・琴挑》潘必正可隔著簾子聽陳妙常彈琴，而《長生殿・偷曲》中擅鐵笛的李謩在宮牆外偷聽朝元閣中李龜年等演唱的《霓裳羽衣》法曲，作者洪昇的舞台提示是「場上設紅帷作牆」，以紅帷作爲實體的宮牆，雖較華麗，仍屬寫意虛擬本質。再如一九八八年上海崑劇團蔡正仁、華文漪主演的小全本《長生殿》赴日演出，〈獻髮・復召〉一折，貴妃因醋妒忤旨而被謫出宮，乃剪髮託高力士獻上以表依戀，當明皇見髮憶妃時，兩人雖未謀面而同唱思念曲詞，正充分體現出「人居兩地，情發一心」之深情蜜意。

程高本續書之筆致、境界遠不如雪芹原作，唯略可一提的是第九十八回寫黛玉之死亦運用不同場景出現於同一戲場之空舞台手法。「當時黛玉氣絕，正是寶玉娶寶釵的這個時辰。紫鵑等都大哭起來。李紈、探春想他素日的可疼，今日更加可憐，也便傷心痛哭。因瀟湘館離新房子甚遠，所以那邊並沒聽見。一時大家痛哭了一陣，只聽得遠遠一陣音樂之聲，側耳一聽，卻又沒有了。探春、李紈走出院外再聽時，惟有竹梢風動，月影移牆，好不淒涼冷淡。」就空間而言，瀟湘館離新房「甚遠」，原是聲聞難達，此處以喜事襯喪事，以歡慶音樂襯淒風冷月，不僅打破空間的隔閡，時間上亦安排湊巧，因而形成悲喜對比之強烈反差，增添「苦絳珠魂歸離恨天」之悲劇效果，而這巧妙設計也成爲現代諸多紅樓戲改編時的重要關目。

戲劇的生命在舞台，它與一般散文、小說等文體不同，一部劇作若無法搬演，不論其文詞、思

⑲ 詳參拙文〈由表演美學論古典戲曲的特殊綜合歷程〉，載臺灣師大《國文學報》第二十七期，一九九八年六月；收入拙著《曲學探賾》頁一～三八，台北：臺灣學生書局，二〇〇三年。

想如何高妙，都僅能聊供案頭品賞或束諸高閣，因此劇作家須深諳搬演的排場藝術。清代李漁《閒情偶寄》曾提出「劑冷熱」之要項，其文云：「今人之所尚，時優之所習，皆在熱鬧二字。冷靜之詞，文雅之曲，皆其深惡而痛絕者也。然戲文太冷，詞曲太雅，原足令人生倦。[20]」近代曲學大家吳梅《顧曲麈談》在笠翁曲論基礎上另增「均勞逸」一項，王季烈《螾廬曲談卷二・論劇情與排場》云：「悲歡離合，謂之劇情；演劇者之上下動作，謂之排場。欲作傳奇，此二事最須留意。」又云：「一部傳奇中所派之角色，必須各門俱備，而又不宜重複者，一以均演者之勞逸，一以新觀者之耳目。」[21]

小說《紅樓夢》雖非戲曲，然因作者與脂硯齋皆深諳舞台搬演藝術，因而讀者披覽時每感情節跌宕起伏，有層出不窮之妙。如第二十四回「醉金剛輕財尚義俠　癡女兒遺帕惹相思」，庚辰本回前脂批云：

> 夾寫醉金剛一回是書中之大淨場，聊醒看官倦眠耳。然亦書中必不可少之文，必不可少之人。今寫在市井俗人身上又加一「俠」字，則大有深意焉。

《紅樓夢》原是寫女兒之書，此回別開生面寫賈芸受了勢利舅舅卜世仁（雙關「不是人」）與舅母的一陣奚落，沒借到錢，路上遇著倪二，雖是個潑皮無賴卻極重俠義，既不要利錢、文約，就借給他大筆錢。這段豪俠文字，與前一回旖旎纏綿的「西廂記妙詞通戲語　牡丹亭艷曲警芳心」及此回後半小紅遺帕情牽賈芸相比較，簡直有如大花臉登場，讓讀者精神為之一振。而第五十四回榮府大慶元宵，演戲、擊鼓行令說笑過後，緊接著第五十五回鳳姐小月，不能理事，由探春、李紈等照管家務，回目「辱親女愚妾爭閒氣　欺幼主刁奴蓄險心」，場面較清冷，與前一回的熱場形成對比，故戚序本回前脂批云：

> 此回接上文，恰似黃鐘大呂後，轉出羽調商聲，別有清涼滋味。

此類調劑冷熱排場的佈局，小說中隨處可見，如第二十三回寶黛兩人情癡意迷地共看《西廂》之後，獨留黛玉一人（戲曲謂之「吊場」）聽牆內笛韻悠揚的崑曲〈驚夢〉，自嘆「如花美眷，似水流年」；第二十四回醉金剛登場，第二十五回寶玉、鳳姐遭魔魘，第二十六回蜂腰橋小紅傳心事，……冷熱相間，讀者不致神倦。脂批曾指出小說作者「偏於極熱鬧處，寫出大不得意之文。」如第二十七回芒種節眾女兒們打扮得桃羞杏讓、燕妒鶯慚，靡麗鬧熱紛繁，黛玉竟獨荷花鋤哀惋地去葬花。第二十二回寶釵生日，大夥兒高興地點戲看戲，散戲時寶玉踩雷，湘、黛鬧翻；第四十三

---

⑳ 見《閒情偶寄・演習部・選劇第一》「劑冷熱」，《中國古典戲曲論著集成》（七）頁七五，北京：中國戲劇出版社，一九五九年。

㉑ 詳參拙著《近代曲學二家研究——吳梅、王季烈》頁一七一、二〇八～二二一，台北：臺灣學生書局，一九九二年。

回大家為鳳姐攢金慶壽，寶玉此刻卻離家去私祭金釧，而鳳姐宴席醉酒，卻冷不防發現丈夫偷腥，接著賈璉倚酒要殺鳳姐，鬧劇之後，寶玉樂得為平兒理粧……凡此種種悲喜錯雜、冷熱交替的場面鋪設，讓人目不暇給。而整部小說最大的間架，是從「烈火烹油，鮮花著錦」歸結到「落了片白茫茫大地真乾淨」，如是大熱大冷，焉得不醒人頓悟。

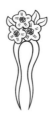

六、戲場科諢之妙用

科諢乃看戲之人參湯，亦善驅睡魔之戲劇眼目。[22] 梨園界向來流傳「無丑不成戲」、「小花臉開鍋蓋」等俗諺。尤其在小說《紅樓夢》時代，劇壇主流聲腔崑曲婉轉流麗、清峭柔遠，但其行腔「一字之長延至數息」，腔長調緩，觀眾很容易在冷靜閒雅的意境中由沉醉、享受、鬆弛竟而睡去。因此明清傳奇劇作家往往在運思結撰斐亹有致的華藻之餘，還得殫精竭慮地設計出人意表的科諢，藉以提振劇場氣氛聳人觀看。

小說文體原本毋須藉科諢以振觀聽，然曹雪芹熟諳劇場氛圍，乃將撰劇之道妙用於小說創作之中，使得《紅樓夢》不僅追蹤躡迹如實呈現當時演劇優伶自發科諢的突梯詼諧，也按小說人物身分、情性之不同，設計鋪排出恰如其份、莊諧謔虐不一的科諢，讓讀者開卷解頤品味不盡。而這不可多得的奇諧筆法，實與曹雪芹的人格特質有關，清．裕瑞《棗窗閒筆》云：

雪芹……其人身胖頭廣而色黑，善談吐，風雅游戲，觸境生春。聞其奇談娓娓然，令人終日不倦，是以其書絕妙盡致。……又聞其嘗作戲語云：「若有人欲快覩我書，不難，惟日以南酒燒鴨享我，我即為之作書」云。㉓

健談善謔的作者撰為小說，自然能令讀者陶醉在風雅與諧趣之中消憂忘倦。小說第五十三回寫榮國府元宵開夜宴，賈母定了一班小戲㉔，其中一個九歲的男孩演《西樓記》男主角于叔夜的書僮文豹，聰明伶俐，還能當場抓哏：

正唱《西樓・樓會》，這齣將終，于叔夜賭氣去了。那文豹便發科諢道：「你賭氣去

㉒ 李漁《閒情偶寄・詞曲部・科諢第五》：「文字佳，情節佳，而科諢不佳，非特俗人怕看，即雅人韻士，亦有瞌睡之時。作傳奇者，全要善驅睡魔，睡魔一至，則後乎此者，雖有鈞天之樂，霓裳羽衣之舞，皆付之不見不聞，如對泥人作揖、土佛談經矣。」《中國古典戲曲論著集成》（七）頁六一。

㉓ 裕瑞〈後紅樓夢書後〉，《棗窗閒筆》稿本，見一粟編《紅樓夢資料彙編》頁一四，北京：中華書局，一九六四年。

㉔ 此處「小戲」係指「娃娃班」，由年紀小的演員表演。第十一回賈敬壽辰亦有小戲，第五十四回「賈母便命將戲暫歇歇：『小孩子們可憐見的，也給他們些滾湯滾菜的吃了再唱。』」又《儒林外史》第二十四回：「鮑文卿雖則因這些事看不上眼，自己卻還要尋幾個孩子起個小班。」

了。恰好今日正月十五，榮國府中老祖宗家宴，待我騎了這馬，趕進去討些果子吃是要緊的。」說畢，引的賈母等都笑了。薛姨媽等都說：「好個鬼頭孩子，可憐見的。」鳳姐便說：「這孩子才九歲了。」賈母笑說：「難爲他說得巧。」便說了一個「賞」字。早有三個媳婦已經手下預備下小簸籮，聽見一個「賞」字，走上去將桌上散錢堆內，每人撮了一簸籮，走出來向戲台說：「老祖宗、姨太太、親家太太賞文豹買果子吃的。」說著，向台上便一撒，只聽豁啷啷滿台的錢響。

原本〈樓會〉這齣戲最末，扮演文豹的丑角用蘇白唸：「哈哈好笑我俚相公有子名妓就忘記子個隻老中牲哉，俚勿騎，讓我來騎轉去……唔篤走開點，馬來哉馬來哉！」隨即下場。而這回他在榮府演出，多加幾句應景的唸白，博得眾人一陣歡喜而得了滿台賞錢，這當場抓哏即興發揮的表演，相聲謂之「現掛」，很具機智故而討喜。略爲一提的是，文豹此時忽然跳出戲外發此科諢，正如《紅樓夢》第十五回寶玉欲與秦鐘「細細算帳」時及第十八回元妃省親時，「石頭」忽然跳出來向讀者發表一番感受與看法，類似戲曲表演之「說破」、「打背躬」，如此變換小說一貫的敘述層次，脂批讚爲「意想不到之大奇筆」、「眞是千奇百怪之文」[25]亦是曹雪芹運用「戲場章法」之妙筆。

小說《紅樓夢》中人物科諢達爆笑等級的自然是劉姥姥，主要表演是少見多怪，常出憨相。第六回她爲女婿坐困窮鄉靠薄田艱難度日，只得捨老臉到城裡碰運氣，一進榮國府初見自鳴鐘，嚇得不住展眼兒……這次她忍恥告幫得了二十兩的周濟。二進榮府原爲道謝而去，不料眾人對這久經世故的村嫗頗感興趣，因她頗合賈母的心，於是一頓二十多兩的螃蟹宴、滿頭戴花、鑲金象牙筷子、黃楊木套杯、吃鴿蛋、茄鯗、見八哥、說省親別墅是「玉皇寶殿」、到怡紅院錯認美女畫而碰壁、試穿衣鏡……種種奇遇舉止有如戲台上淨丑誇張的妝容、言語與身段。其實，劉姥姥心裡是雪亮的，她有意配合鳳姐鴛鴦「哄著老太太開個心」，充當鼻子上抹白粉的「女篾片（清客）」，而她也成功完成任務並滿載而歸，就這來看她的確有當丑角的本事。但她三進榮府爲的是救巧姐，知恩仗義體現她的善良本質，故而戚序本第四十一回回後脂批說：「劉姥姥之憨從利」，不免失之片面且偏頗。

至於王熙鳳的科諢則是有目的的。她在賈母面前之所以得寵，處事幹練之外，最以詼諧著稱，只要有鳳姐在，就滿室生春，熱鬧可喜。她一向「貧嘴賤舌」，「放誕無禮」，最喜說笑逗趣取樂，所謂「我們二嫂子的詼諧是好的」，「有她一人來，說說笑笑，還抵得十個人的空兒」。賈母爲了賈赦討鴛鴦做妾而大生氣，一家人嚇得戰戰兢兢，她開始施展才能，先假意派了賈母的不是：「誰教老太太會調理人，調理的水蔥兒似的，怎麼怨得人要？」我若是男人，我也要她。逗得賈母發笑：「這樣，我也不要了，你帶了去，給璉兒放在屋裡，看你那沒臉的公公還要不要了！」鳳姐兒道：「璉兒不配，就只配我和平兒這一對燒糊了的捲子和他混罷。」說的眾人都笑起來了。（第四十六回）她與賈母玩牌時會故意輸錢，又故意抵賴說：「（我）這一吊錢頑不了半個時辰，那裡頭（賈母放錢的小木匣子）的錢就招手兒叫他了。」引的賈母眾人笑個不住。那時平兒怕錢不

㉕ 詳參本書頁一五四〈從小說到戲曲——《紅樓夢》重構之難〉「敘事體與代言體」。

夠，又送了一吊來。鳳姐道：「不用放在我跟前，也放在老太太的那一處罷。一齊叫進去倒省事，不用做兩次，叫箱子裡的錢費事。」賈母笑的手裡的牌撒了一桌子，推著鴛鴦，叫：「快撕他的嘴！」（第四十七回）她雖文化修養不高，不會吟詩、行酒令打燈謎，但心伶口俐談笑風生，博得滿堂老少尊卑的歡悅。鳳姐如此擅科諢，卻不是丑角。她只是把丑角的姿態當工具使用罷了，看她毒設相思局、弄權鐵檻寺、大鬧寧國府、誘殺尤二姐……一樁樁命案背後是她的貪汙受賄與殘忍。所以她是專使權謀狡詐的美貌「副淨」㉖，京劇中其行當則近於潑辣旦。

黛玉是幽默的

戲曲舞台上使用科諢的腳色一般只有淨丑而已，李漁《閒情偶寄》曾指出：「爲淨丑之科諢易，爲生旦外末之科諢難。」尤其生旦係男女主角，在明清傳奇才子佳人劇中，須顧及清逸端雅形象，不宜做出突梯滑稽之表情與身段。然而小說《紅樓夢》中黛玉的科諢詼諧卻是時有展現的，如上述劉姥姥二進榮府帶來不少草根野趣與鬨然笑聲，鴛鴦說她是「女篾片」，黛玉直說是個「母蝗蟲」，當姥姥聽那簫管悠揚穿林度水而來的音樂，喜的手舞足蹈起來時，黛玉對寶玉笑道：「當日聖樂一奏，百獸率舞，如今才一牛耳。」眾姊妹都笑了。而賈母讓惜春爲姥姥畫大觀園圖時，黛玉說這畫的名字就叫「攜蝗大嚼圖」，引得眾人前仰後合地哄笑，湘雲爲此還笑得連人帶椅都歪倒了。又姥姥胡謅村莊上有個極標緻的茗玉姑娘（做了鬼）下雪天抽柴火，寶玉特感興趣，黛玉若無其事地藉科諢酸了他，寶釵等都笑了，寶玉瞅黛一眼，也不答話。接著爲了惜春要作畫，寶釵開始列出筆、絹、染料、炭、鍋、罐……等畫具數量不下兩百，黛玉笑著悄聲向探春道：「想必他糊塗了，把他的嫁粧單子也寫上了。」探春笑個不住，寶釵回：「狗嘴裡還有象牙不成！」單是劉姥姥進大觀園一事，就讓黛玉連爆不少科諢。其他如端陽佳節，襲人因前晚挨了寶玉的窩心腳，晴雯又跌折了扇子，彼此發生口角，晴雯在旁哭著，黛玉進來笑道：「大節下怎麼好好的哭起來，難道是為爭粽子吃爭惱了不成？」惹得寶玉和襲人嗤的一笑。無論大小科諢，處處透顯著黛玉之靈竅，總讓人忍俊不住。而與戲曲最直接相關的是，第二十二回寶釵生日那天點了一齣〈魯智深醉打山門〉，寶玉以為是齣熱鬧戲，寶釵笑道：「要說這一齣熱鬧，你還算不知戲呢。」於是把這戲的韻律、詞藻誇耀一番，並將【寄生草】曲文默唸了出來，喜得寶玉拍膝畫圈稱賞不已，又讚寶釵無書不知，黛玉見狀道：「安靜看戲罷，還沒唱〈山門〉，你倒〈妝瘋〉了。」說的湘雲也笑了。此處庚辰本脂批云：

> 趣極！今古利口莫過於優伶，此一詼諧，優伶亦不得如此急速得趣，可謂才人百技也。一段醋意可知。

由上述文豹所發科諢可知戲劇表演是當下的藝術，因而演員在舞台上的臨場反應極為重要，必須有

㉖ 清代仲振奎《紅樓夢傳奇》即以鳳姐為「副淨」，只是不敷墨而作艷粧，詳參拙文〈襲人為何是丑角——從清代紅樓戲談起〉，見本書頁一九二～一九五。

利口才足以應付各種突發狀況。此處黛玉見寶玉直誇寶釵，內心醋妒難禁，發此「裝瘋」雙關科諢，大為優伶所不及，據此可見黛玉之戲曲素養與慧黠機智。

釵一謔抵顰半部之謔

而寶釵一向雍容嫻雅，平靜而精細地處理著一切，因為任何舉止都得合乎壼範懿德，所以她的科諢不多，即便偶爾有些諧趣之語也多屬雅謔，她外貌雖含蓄內斂，心裏卻是極清楚的。如黛玉對劉姥姥「母蝗蟲」一謔甫出，寶釵即對黛玉與鳳姐的科諢很有條理地作了一番析評比較：

世上的話，到了鳳丫頭嘴裡也就盡了，幸而鳳丫頭不認得字，不大通，不過一概是市俗取笑。更有顰兒這促狹嘴，他用《春秋》的法子，將市俗的粗話撮其要，刪其繁，再加潤色，比方出來，一句是一句。這「母蝗蟲」三字，把昨兒那些形景都現出來了。虧他想的倒也快。」眾人聽了，都笑道：「你這一注解，也就不在他兩個以下。」

冷靜而理性的寶釵分析果然有理，而在第二十五回寶玉遭五鬼魘魔，後得雙眞將其通靈寶玉持頌一番，邪祟稍退乃漸痊癒。當黛玉聞得寶玉吃了米湯，省了人事，別人未開口，她先就念了一聲「阿彌陀佛」，此時寶釵回頭看了黛玉半日，嗤的一聲笑道：「我笑如來佛比人還忙：又要講經說法，又要普渡眾生，這如今寶玉、鳳姐姐病了，又燒香還願，賜福消災，今才好些，又管林姑娘的姻緣了。你說忙的可笑不可笑。」讓黛玉不覺紅了臉，此處庚辰本脂硯齋側批云：

這一句作正意看，餘皆雅謔。但此一謔抵顰兒半部之謔。

足見寶釵平日罕言寡語，守拙裝愚，但必要時刻微帶醋意、不即不離的科諢一出，竟能把向來機鋒時出的顰卿羞倒。清代王希廉看出釵黛之間的微妙糾葛，其《紅樓夢回評》第二十九回評云：「黛玉說寶釵專留心人帶的東西，有意尖刻；寶釵裝沒聽見，亦非無意，只是渾含不露。」第三十回評曰：「寶釵怒而能忍，借靚兒尋扇發話，又藉戲文譏誚寶黛，其涵養靈巧固高於黛玉，而其尖利處亦復不讓。」竟也從謔語看出寶釵的尖利。至於第三十三回寶玉因金釧投井、賈環告狀而將被賈政笞撻時，急託人傳信求救，偏遇一聾婆子將「要緊」聽成「跳井」、「小廝」聽作「了事」，作者運用戲曲常見的諧音誤會法，蒙府本脂批云：「寫老婆子愛說無要緊的話，眞如見其人，如聞其聲。」第二十八回寶玉與蔣玉菡、薛蟠等喝酒行令並唱曲，每人所作各自肖其口吻，妓女雲兒唱：「荳蔻開花三月三，一個蟲兒往裡鑽……我不開了你怎麼鑽？」甲戌本脂批云：「雙關，妙！」而薛蟠所作女兒悲、愁、喜、樂之第三句「女兒喜，洞房花燭朝慵起」，眾人都詫異道：「這句何其太韻？」薛蟠接著唸第四句「女兒樂——」內容犯了李漁所言科諢宜「戒淫褻」之原則，然脂批認爲「有前韻句，故有是句。」實則科諢過於俗惡，有傷大雅，宜儘量避卻免遭爭議。

結語

曹雪芹以橫絕一世的才華結撰小說第一異書《紅樓夢》，其筆致雖如春雲出岫、流水行地般自然，然其運筆恰如小說第七回脂批所言「無縫機關難見，多才筆墨偏精」，除一般散文辭賦、小說、繪畫等數十種秘法之外，由於作者戲曲涵養淵厚，當初「立意要作傳奇」，因而小說中別有一種「戲場章法」串插其間，而與他最是知契的脂硯齋亦極懂戲，藉由脂批的抉幽發微，或可一窺此絕妙章法之箇中門徑。

就小說佈局而言，開頭的一段女媧煉石補天之頑石神話，作者定稿爲脫窠臼雖未標作「楔子」，而脂批直揭此段係楔子且爲作者手筆，承繼的是元雜劇的開場楔子精神，爲小說主角「正邪兩賦」性格與頑石涉入紅塵始情終悟之歷劫預作鋪墊。第二十五回賈環故意推翻燈油燙傷寶玉事件，則屬過場楔子，使接下來銜怨已久的趙姨娘有了發動五鬼作魘的動力，也讓小說情節安排顯得更爲堅實而合理。第五回寶玉夢遊太虛幻境，所見十二釵畫冊，所聆〈紅樓夢曲〉十二支，皆預示紅樓女兒之身世與命運，而此套曲首支【引子】述小說之創作緣起，末曲【飛鳥各投林】則預示朱門貴族盛極而衰之最終結局，正與宋元南戲之「題目」、明清傳奇之「副末開場」性質相同。而傳奇例用兩闋詞由副末（或末）一人上場，以述創作旨趣與劇情梗概，此等格範謹嚴而近庸板累贅，於是曹雪芹雖借鑑戲曲「副末開場」之舊套，卻突破腳色與宮調之限制而別有創發，由十二舞女唱演，曲兼容南北，牌名全寓雙關意涵，係作者別出機杼之自度曲。至於古典戲曲「空舞台」濃縮時空之化用，如第二十一回賈璉追逐平兒求歡之調笑，第九十八回黛玉歸天時襯以寶玉娶寶釵之婚慶音樂等皆有所體現。而戲曲搬演所重調劑排場冷熱之手法，在小說《紅樓夢》前後回之情節佈設中隨處可見，脂批特別拈出第二十四回寫醉金剛一段，有如「書中之大淨場」，在《紅樓夢》充滿女兒艷恨穠愁、香流滿紙的書寫中，實在頗能點醒看官們的倦眠。

在小說人物塑造方面，作者參酌傳統戲曲腳色出場之程式，對王熙鳳、賈寶玉等「角兒」的出場，另磨新墨，重搦銳筆，寫得彩光四映，奇致繽紛；尤其寶黛初相見的那一刻，似曾相識的感覺道出了亙古以來人類神秘的愛情傳說。而對於賈環、寶釵、襲人的出場，作者並未採戲曲程式，其間另有深意存焉。至於梨園界頗為重視之科諢手法，曹雪芹因著個人善謔情性，整部《紅樓夢》奇談妙語頗堪解頤，除了呈現當時劇場演員自發科諢如第五十三回文豹之機智外，也按小說人物身分個性之不同，設計出莊諧不一的科諢，頗符合戲曲賓白「肖似口吻」之訣竅，其中鳳姐、劉姥姥之發科諧謔有如淨丑，而黛玉的幽默利口，脂硯齋認為比一般優伶急速而得趣，更說平時罕言寡語的寶釵一謔可抵顰兒半部之謔，他如湘雲、翠縷、麝月……之詼諧亦不遑枚舉；至於薛蟠之科諢雖也肖似口吻，但卻踩了「戒淫褻」的紅線。綜觀《紅樓夢》中由古典戲曲提煉而成的「戲場章法」，有如廻峰舞雪，奇彩紛披，從而成就此部小說「傳神文筆足千秋」底絕世風華。

家樂戲班風華

——梨香院的「十二官」

《紅樓夢》醞釀至脫稿之際正值雍、乾年間，是清代戲曲藝術繁榮昌盛時期，帝王后妃擁有龐大的樂部，王公戚畹、縉紳士夫及巨室豪門大都「家有梨園，皆極一時之選」。當時曹家雖已漸趨敗落，似無繼續蓄養家樂戲班的能力，但世族簪纓豐贍的禮樂文化對曹雪芹影響至深，《紅樓夢》中瓊筵綺席、檀板金樽的靡麗享受，體現的是時代風尚與豪門風雅，而明清家樂戲班之流風餘韻亦於此得以窺知。小說中梨香院的「十二官」，其藝術丰采耀人心目，其燕居生活與特殊戀情，除如實反映家伶之遭際外，或有作者寄寓微旨存焉，其遣散後之結局與前代女優有何異同？此外，十二官之腳色問題，歷來迭有異說，尤其文官之腳色隸屬，學界目前仍乏確論，凡此皆有待作進一步說明。

一、明清家樂戲班風尙之體現

明代中葉之後，特別是明末清初時期，戲曲空前繁盛，蓄養家班成爲一時風尙，顧炎武《日知錄》記載：「今日士大夫才任一官，即以教戲唱曲爲事，官方民隱，置之不講，國安得不亡，身安得不敗。」清代初中期此風尤熾，究竟家班有何迷人之處？其興盛原因爲何？而《紅樓夢》所寫赴姑蘇買伶與組建家班之形制、內容，皆有其歷史淵源。

㈠享樂、夤緣與儀制所需

清康、乾年間豪門養優蓄伎蔚爲風潮，對曹雪芹創作《紅樓夢》產生莫大影響。當時上自王公大臣，下至地方官員，莫不熱中此道。如成親王永瑆、愼靖郡王允禧、平西王吳三桂、靖南王耿精忠、世襲輔國公經照、大學士明珠、和珅、吏部尚書李天馥、宋犖、軍機大臣福康安、大司寇張北海、總督伍拉納、吳興祚、畢沅、巡撫浦林、江寧織造曹寅、蘇州織造李煦、兩淮巡鹽御史李陳常、巡鹽御史季振宜等等，都有家庭戲班。……連一個小小的大名游擊，竟也養優伶數十人。所以當時民間歌謠加以諷刺說「芝麻官，養戲班。」祇要財力許可，一般衣冠世族也與富商大賈同樣自備戲班，且不只一部，而當時蓄名班、建名園，所謂「二美兼具」①被視爲人生的兩大享受。尤其蘇州的拙政園，有大小舞台，傳說此園初爲曹雪芹的祖父曹寅購得，後歸雪芹之舅祖李煦，雪芹也曾在此園中生活過。②

宏大富麗的園林搭配音姿妙選的家班，堪稱人生至樂。而此等至樂是多方面的，首先，在古代缺乏電器化音響設備時，若想看戲，毋須舟車勞頓，只需一聲傳喚，家伶即至，如《紅樓夢》第五十四回元宵夜，外定的小戲子演過之後，賈母仍在興頭上，於是在更深夜冷時，命人傳喚梨香院

---

① 詳參徐扶明《紅樓夢與戲曲比較研究》頁六～七，上海古籍出版社，一九八四年。

② 見徐恭時〈芹紅新語〉，《紅樓夢學刊》頁二一六～二一七，一九八〇年第一輯。

的家伶立即帶著彩衣來，按她的「新樣兒」演幾齣戲讓大夥兒瞧瞧。其次，有些家班主人如曹寅、尤侗、查繼佐、王文治等，既能創作劇本，又熟諳歌舞，像湯顯祖「自掐檀痕教小伶」般地幫家伶排練，自然能達到「朝斑管而夕氍毹」的效率，讓劇作家甫一脫稿即付搬演，藉此自炫才華樂在其中。晚明出身仕宦家庭的貴公子張岱（一五九七～一六七九），其父祖輩家班即有六副，演出長達四十餘載。崇禎初年，他改編《冰山記》，帶領家班北上兗州爲父親祝壽，席上獻演，守道劉半舫指出該劇之不足。當晚，張岱馬上塡詞增補七齣，督促家伶連夜背記、排練，次日攜家伶赴道署搬演，劉半舫驚異之餘乃與之定交。③說明家班是主人身分、地位的象徵，有時更是結納攀緣的重要資本，而演戲娛賓、以戲會友是當時文士乃至名宦巨卿的一般交際。在人情往來中，主人常應邀出借家班或主動送戲他宅，形成必要的應酬。《紅樓夢》中官宦人家有無喜事常互請看戲，互送戲班演出，禮尚往來締結情誼，如第八十五回賈政升任工部郎中，王子騰和親戚家立即送一班戲來慶賀；第一百零四回賈政初膺外任，不諳吏治，由江西糧道被參回來，眾親朋也「都要送戲接風」；第九十三回臨安伯因府裡新到「名班」唱兩天戲，就請相好的老爺們去瞧個熱鬧。而由於家班被視爲主人的資財，主人有權將其餽贈轉讓以謀取更大的利益，如曾任知府的王文治，除與湖廣總督畢沅詩文唱和結翰墨之緣外，亦曾贈家伶以求提攜；揚州鹽商也常邀縉紳士夫聆曲觀戲，或贈家伶以爲干進之階。在悅目娛耳、多方夤緣的過程中，家班儼然成爲政治交易的一道亮色籌碼。

如果說王公貴冑、富商巨賈的蓄養家班是競誇豪奢，那爲承應帝王南巡或后妃歸省所備家樂戲班則是國體儀制所需，違錯不得。康熙、乾隆多次南巡，江南各地方官吏、豪商爲博龍顏一悅，籌辦接駕大典無不殫精竭慮揮霍撒漫，靡麗異常，競建園林，樓台相接無一處重複；趕排新戲，精製戲服，物色名角，窮極物力以供宸賞。據載當時鎮江岸上曾設一枚大桃，煙火乍迸，桃砉然裂開，劇場中峙，上有數百人獻演《壽山福海》新戲。諸多家庭戲班爭出鋒頭，藉以獲賞邀譽提高地位，如喬萊的家樂曾獲康熙賞賜銀項圈，「因名其部曰賜金班」。而康熙四十四年南巡至蘇州時，曾親點曹寅所撰《太平樂事》全本以慶賀萬壽（佚名《聖駕五幸江南恭錄》），當時御前獻藝的可能就是曹寅的家班。《紅樓夢》第十六～十八回寫曹府爲慶祝元春歸省，除奉旨修建省親別墅大觀園之外，特地赴蘇州買伶新組戲班，而這趟選優、採購樂器行頭，加上聘請教習，一次花費竟高達五萬兩銀子。元宵燈夜，大觀園內帳舞蟠龍，簾飛彩鳳，金銀煥彩，珠寶爭輝，元妃的金黃鸞鳳版輿緩緩行來，說不盡太平氣象，富貴風流。這潑天的喜事把銀子都花的淌海水似的，脂批云：「眞有是事，經過見過」、「非經歷過，如何寫得出」，並強調「借省親事寫南巡，出脫心中多少憶昔感今」，就中家庭戲班的亮麗演出，也正符應著皇家儀制規定之所需。

---

③張岱《陶庵夢憶》卷七「冰山記」條云：「魏璫敗，好事作傳奇十數本，多失實，余爲删改之，仍名《冰山》。……是秋攜之至兗爲大人壽，一日宴守道劉半舫，半舫曰：『此劇已十得八九，惜不及內操菊宴及逼靈犀與囊收數事爾。』余聞之，是夜席散，余塡詞督小傒強記之，次日至道署搬演，已增入七齣，如半舫言。半舫大駴異，知余所構，遂詣大人，與余定交。」見明．張岱撰，馬興榮點校《陶庵夢憶》頁七十，上海古籍出版社，一九八二年。

㈡蘇州買伶

賈府爲了隆重迎接元妃歸省，特地派賈薔「下姑蘇聘請教習，採買女孩子，置辦樂器行頭等事。」由於賈薔對此道不甚在行，所以「帶領著來管家兩個兒子，還有單聘仁、卜固修兩位清客相公一同前往」，以便隨時顧問。《紅樓夢》此處如實呈現當時各種戲班爭赴蘇州採買優伶學戲的風尚，如蘇州織造兼兩淮巡鹽李煦，在蘇州買幾個女孩教成一個戲班，報效給康熙皇帝。（《李煦奏摺》）楊士凝〈捉伶人〉詩云：「江南營造轄百戲，搜春摘艷供天家。賄通捷徑冀寵利，自媒勾致姑蘇差。」（《芙航詩襭》）故清宮戲班中常見蘇州優伶，乾隆時內廷在景山設立的民籍優伶教習所，學生三分之二是蘇揚子弟。吳長元《燕蘭小譜》所載雅部崑曲藝人十七人中有十四人籍隸江蘇，胡企祉〈侯朝宗公子傳〉載：「買童子吳閶，延名師教之。」吳震方〈買吳兒〉詩云：「千金買吳兒，命工誨之歌。廣曲傳新聲，朝夕奏陽阿。」陳森《品花寶鑑》亦云：「京裡有個什麼四大名班，請一個教師，到蘇州買了十個孩子。」此類記載不勝枚舉。

當時無論宮廷、民間，職業或家庭戲班，爲何以江南蘇伶作爲採購之首選？其原因在於江南兒女多水靈清秀，適合氍毹搬演。早在宋代南戲興盛時，就出現不少吳中藝人，張炎《山中白雲詞》【滿江紅】注云：「韞玉，傳奇惟吳中子弟爲第一流。」豪侈而有清尚的張鎡（一一五三～一二〇七）到浙江海鹽建園蓄優，明．李日華《紫桃軒雜綴》卷二載其「作園亭自恣，令歌兒衍曲，務爲新聲，所謂海鹽腔也。」到了元代經楊梓、貫雲石等人改革，至明代嘉靖年間，已然形成體局靜好、清柔婉轉的唱演風格，據明．張牧《笠澤隨筆》云：「萬曆以前，士大夫宴集，多用海鹽戲文娛賓客……若用弋陽、餘姚則爲不敬。」當時縉紳公侯之家都蓄有海鹽腔家班，這婉孌纏綿、歌板舞衫的風格，在上流社會廣爲流傳，甚至連蘇州人也風靡學習海鹽腔，如《金瓶梅詞話》中多次提及海鹽子弟演唱戲文之事，第七十四回云：「海鹽子弟張美、徐順、荀（苟）子孝生旦都挑戲箱到了。」而第三十六回也提到周（徐）順與荀子孝，當安進士問他們是哪裡子弟時，荀子孝道：「小的都是蘇州人。」

然而人情追新慕異與藝術上的精益求精是永無止境的。嘉靖之前，蘇州人不學家鄉本有的崑山腔而學海鹽腔，主要因爲元代顧堅所傳崑山腔唱法未盡完善，「平直無意致」（清·余懷〈寄暢園聞歌記〉），無法與海鹽、餘姚、弋陽諸腔相比，嘉靖時徐渭《南詞敘錄》載：「惟崑山腔止行於吳中」。而當嘉、隆間曲聖魏良輔出現後，曲壇風尙丕變，他「憤南曲之訛陋，盡洗乖聲，別開堂奧」（《度曲須知》），爲改革崑曲而「足跡不下樓十數年」，結合工簫、擅笛、善唱的張梅谷、謝林泉、過雲適等器樂與度曲高手十餘人，加上專工絃索的張野塘，研發出「調用水磨，拍捱冷板，聲則平上去入之婉協，字則頭腹尾音之畢勻，功深鎔琢，氣無煙火，啓口輕圓，收音純細」的水磨調唱法、兼容南北器樂之長，豐富並提高伴奏藝術，於是崑山腔達到前所未有的高度，自明萬曆至清乾隆，雄踞曲壇幾近兩個多世紀。徐渭謂其「流麗悠遠，出乎三腔之上，聽之最足蕩人。」萬曆年間已達「四方歌曲必宗吳門」的局面（徐樹丕《識小錄》卷四〈梁姬傳〉）聲勢壓倒了海鹽腔，明·顧起元《客座贅語》謂：「今又有崑山，較海鹽又爲清柔而婉折，一字之長，延至數息。士大夫稟心房之精，靡然從好，見海鹽等腔已白日欲睡。」王驥德《曲律》亦載：「舊凡唱南調者，皆曰海鹽，今海鹽不振，而曰崑山。」崑曲既已雄踞曲壇主流，於是明清兩代的家樂戲班乃以崑曲爲主要演唱聲腔，其他地區的伶人因母語關係而難悟度曲訣竅，家班主人雖不惜千里重資羅致吳門教習以教其伶伎，然終不及吳人遠甚。乾隆時小說《歧路燈》描寫河北有家官宦後代，自幼好弄鑼鼓，在當地教了些小孩，聘兩位蘇州教師「整串了二年多，才出的場，腔口還不得穩。」李漁直說「選女樂者必自吳門」（《閒情偶寄・聲容部・習技第四》）。於是赴蘇州買伶成爲時代風尚，蘇州地區便成爲家班伶人的主要供應地。范濂《雲間據目鈔》卷二載萬曆後期，「蘇州鬻身學戲者甚眾，又有女旦、女生插班射利。」唐甄《潛書・存言》指出：「吳中之民，多鬻男女於遠方。」《玉華堂兩江示稿》亦載：「蘇郡有等囮戶，見窮人家女兒，即行謀買，在家蓄養，貪得多金。」《紅樓夢》中所寫賈薔赴蘇州採買十二個女孩，組成賈府的家班女戲，這與清代康、乾年間的歷史社會情況正相吻合。

(三)家班之形制與風尚

《紅樓夢》所寫賈府家班女戲十二人，是曹雪芹的想像之數嗎？陸蕚庭、徐扶明認爲與「金陵十二釵」之說有關連。④事實上，若從明清女樂家班的規模形制來看，女戲十二人並非虛構而是實寫，它與金陵十二釵並無甚關係。如明正德間呂佐家善西域舞的回女即有十二人；嘉靖時無錫葛救民亦有「孌奴號十二釵」；據梧子《筆夢》載萬曆年間江蘇常熟錢岱家班女優亦十二名；明末麻城周文江「送赤金三千兩，女樂十二人於（馬）士英」作爲賄賂；吳偉業〈過東山朱氏畫樓有感〉詩，寫蘇州洞庭東山朱必掄家女戲班，詩前小序云：「諸姬十二人，艷妝凝眸。」鈕琇《觚賸》記海寧查繼佐「盡出橐中裝，買美鬟十二，教之歌舞。」女優人數之所以爲十二，一是編舞的需要，如民間採茶舞、扮十二月花卉、唱十二月小調……，十二人最適合舞隊配搭。二是演戲行當的需要，自明萬曆至清乾隆間，戲曲腳色見諸記載者，如王驥德《曲律》與李斗《揚州畫舫錄》所列腳色名稱雖有異同，而腳色數目大抵以十二最爲常見，因一般較正規化的戲班，應具備十二腳色，若人數太少則不敷支配。然而有時限於經濟能力或只演生旦折子戲等各種原因，有些家班女戲僅七八人或八九人不等。⑤

至於《紅樓夢》中十二官多爲十一、二歲少女，亦與明清家班女伶學藝年齡相符，如《筆夢》中寫徐太監選女樂四名饋送錢岱，張五兒、馮觀舍「時年十二」。錢謙益《初學集》卷十六〈冬夜觀劇歌〉云：「氍毹蹴水光盈盈，繡屛屈膝圍小伶。十三不足十一零，金花繡頂簇隊行。……」從生理條件來看，十二歲上下係較適合學藝的年齡，太小則未諳曲意，過大則筋骨漸硬，習練身段恐勤苦而難成。此外，略爲一提的是，曹寅家班原由未成年男優組成，其《太平樂事．自序》中稱表兄酷愛明代陳鐸的《太平樂事》，寅乃「勒家童令演之」，尤侗《悔庵年譜》

---

④ 徐扶明《紅樓夢與戲曲比較研究》頁四十云：「陸萼庭同志告訴我：這大概與『金陵十二釵』之說有聯繫，而與『江湖十二腳色』無關。我認爲這是可能的。……『紅樓十二官』像『金陵十二釵』一樣，都是以十二爲成數。」

⑤ 詳參胡忌、劉致中〈論家班女戲〉頁六一～六二，《戲劇藝術》一九八三年第四期。

「康熙三十一年」條亦提及曹寅令「小優」搬演其《清平調》雜劇，而《紅樓夢》之家伶全爲女優，除明清蓄伶風尚之外，亦應與曹雪芹偏愛且最瞭解「女兒」之特殊性格有關。

現存明清家班史料大都強調家班主人對家伶的多方栽培與指導，如張岱《陶庵夢憶》卷二載朱雲崍未教戲前，先教琴、琵琶、提琴、簫管與歌舞，使女戲歌舞神態「長袖緩帶，繞身若環，曾撓摩地，扶旋猗那，弱如秋藥……」恍若仙女下凡，難怪「見者錯愕」。吳越石培養家伶，「先以名士訓其義，繼以詞士合其調，復以通士標其式」，找不同專家先作劇本解讀，依次再教唱腔、身段格範。祁豸佳則「精音律，咬釘嚼鐵，一字百磨，口口親授。」（《陶庵夢憶》卷四〈祁止祥癖〉）上述這些家班主人是少數的玩戲名家，本身既是戲迷又精於排演藝術，方能如此親授顧誤。而一般培訓家伶更普遍的情形是主人聘請男或女教習來指導，如錢岱家班中的兩位教習：沈娘娘「少時爲申相國家女優」、薛太太係「舊家淑媛也，善絲竹」（據梧子《筆夢》）阮大鋮聘男教習陳遇所等人教吹彈、唱演；而有「魏良輔遺響尚在」之譽的蘇崑生則受聘到冒襄水繪園中教女伶水磨調唱法。曹寅家班中的曲師可考知者有王景文、朱音仙兩位，皆擅北曲，於曹寅之創作與家伶之排戲頗有助益。⑥《紅樓夢》對賈府家班教演情況的描寫，如第十八回元妃省親前，「賈薔已從姑蘇採買了十二個女孩子，並聘了教習，以及行頭等事來了。……就令教習在此（梨香院）教演女戲。又另派家中舊有曾演學過歌唱的眾女人們，如今皆已皤然老嫗了，著他們帶領管理。」雖略去教習名字與教戲情形，但仍明白道出賈府家班係由教習負責教授，並由賈府早年曾學過唱曲的年老僕婦充當管理，與明清時期家班教演主要由教習或曲師承擔之事實相符。

宋元時期，我國戲曲舞台上搬演的南戲、北劇或宋金雜劇院本，不論其篇幅長短，皆是首尾俱全的一個整體。然而到了明清兩代卻出現「折子戲」的演出，即從全本戲（主要是南戲、傳奇）中揀選一、二或若干齣進行表演，不考慮劇情是否連貫（因觀眾率已熟知本事），只注重唱唸身段等表演之精緻化。折子戲之形成及蔚爲風潮，與家班主人之品賞需求有關，因爲一般數十齣的全本大戲，需耗費幾晝夜方能演畢，無雄厚財力難竟其功。何況長篇傳奇爲顧及演員之排場調度，需設置若干過場戲穿插其間，導致演出效果並非齣齣精彩，難符賓主觀聽要求，於是精選並打磨若干藝術特色鮮明之折子戲，於盛筵宴客之際或酒闌席散之後演出，便成爲明清家樂戲班的搬演時尚。

據梧子《筆夢》所記錢岱家班之「演習院本」計有十本：《躍鯉記》、《琵琶記》、《釵釧記》、《西廂記》、《雙珠記》、《牡丹亭》、《浣紗記》、《荊釵記》、《玉簪記》、《紅梨記》，而這十本戲從未演出過全本，女伶們各有所擅，如張素玉、韓壬壬擅〈蘆林相會〉、〈伯喈分別〉；張二姐、吳三三擅〈芸香相罵〉、〈拷打紅娘〉；徐備瑤擅張生，周連璧擅紅娘……「以上十本，就中止摘一二齣或三四齣教演。」教習既未教整本戲，家伶自然「戲不能全本，每媢一二齣而已。」當時諸多詩文筆記提及觀演家班演出時長僅爲一個下午或一個夜晚，可知所演已非全本而是折子戲了。其間極少數搬演全本戲者，非豪門巨賈（如鹽商），則爲家班主人自撰之劇本。《紅樓夢》中賈府每次演戲往往多達十餘齣，如第十一回演戲「唱了八九齣了」，鳳姐又點了兩齣；第二十二回寶釵生日點了兩齣，鳳姐、黛玉、寶玉、湘雲……等近十人俱各點了戲，且「接齣

⑥ 參楊惠玲〈曹寅家班考論〉，《紅樓夢學刊》二〇一一年第二輯。

扮演」；第五十四回唱過《八義記》八齣，賈母又點兩齣；只第十八回元妃歸省時略少，先點四齣，另加兩齣，僅作儀制活動之點綴而已。綜觀《紅樓夢》演戲雖齣目較多、搬演時間略長，但家伶與外訂戲班所演全是折子戲，如《牡丹亭》全本五十五齣，《紅樓夢》所演僅第十一回之〈還魂〉，第十八回之〈遊園〉、〈驚夢〉、〈離魂〉與第五十四回之〈尋夢〉共五齣折子戲；而《八義記》雖稱「八齣」，亦僅〈觀燈〉、〈翳桑〉、〈評話〉、〈鬧朝〉、〈撲犬〉、〈付孤〉、〈盜孤〉、〈觀畫〉……等八個零散折子戲而已⑦，皆非全本大戲，可說是明清家班搬演之實際反映。

此外，值得一提的是，小說第十八回元妃歸省時看了齡官的戲，要她再演兩齣，賈薔便指定齡官演〈遊園〉、〈驚夢〉，她執意不從，表示「此二齣原非本角之戲」，定要作〈相約〉、〈相罵〉。此處脂硯齋藉齡官之怠演，道出家班主人鮮見諸史料記載的一段心聲：「按近之俗云：『能養千軍，不養一戲。』蓋甚言優伶之不可養之意也。大抵一班之中，此一人技業稍優出眾，此一人則拿腔作勢，轄眾恃能，種種可惡，使主人逐之不捨，責之不可，雖欲不憐而實不能不憐，雖欲不愛而實不能不愛。余歷梨園弟子廣矣，各各皆然。亦曾與慣養梨園諸世家兄弟談議及此，眾皆知其事，而皆不能言。今閱《石頭記》至『原非本角之戲，執意不作』二語，便見其恃能壓眾，喬酸姣妒，淋漓滿紙矣。復至〈情悟梨香院〉一回，更將和盤托出，與余三十年前目睹身親之人現形於紙上。使言《石頭記》之爲書，情之至極，言之至恰，然非領略過乃事，迷陷過乃情，即觀此茫然嚼蠟，亦不知其神妙也。」色藝拔尖特出的家伶自是恃能壓眾、喬酸姣妒，家班主人妙賞其表演，感心嫮目、蕩氣迴腸之餘，對傲嬌拿俏的尤物，既愛且憐又覺其可惡。這番情迷家伶的一段甘苦談，來自數十年目睹身親之領略，其內心之周折百轉，寫來自然生動而眞實，令人玩味不置。

二、十二官之丰采與情戀

古代優伶身分卑微常遭人輕賤，然而賈府梨香院的十二官似乎幸運得多，她們雖是家庭貧困，被賈府用銀子買來學戲，「入了這風流行次」，但這群女子是爲了迎接元妃歸省慶典，特意到姑蘇採買而來的家優，自然不同於一般的小戲子，誠如芳官所言，她們就算是學戲，「也沒在外頭唱去」，比外面衝州撞府、走南投北的職業演員——「路歧」還尊貴些，即便後來因皇太妃薨逝，按國喪儀制不得筵宴演戲，將她們分在各房名下，而畢竟元妃恩寵的十二官「原是些玩意兒」（探春語），供主人破悶解憂，此刻闔家上下雖無十分敬畏之意，尤其那些心懷舊怨的眾婆子們也「不敢來廝侵」（第五十八回）。這十二個學戲女孩的丰采與情戀糾結，小說中所顯者不過齡、芳、藕

---

⑦明末無名氏《八義記》（徐元所作，今無傳本）共四十一齣，明清戲曲選集如《醉怡情》、《綴白裘》、《納書楹曲譜》與近現代《六也曲譜》、《集成曲譜》所選齣目齣數皆未盡相同，並非專指固定的八齣戲。

三官，唯作者布設鮮少閒筆，行文多寓深心，就中照見《紅樓》人物幾抹幽暗，也折射出寶玉情路之漸悟與坎壈。

㈠芳官亮彩照見紅樓幾抹幽暗：乾娘‧趙姨娘‧襲人

梨香院的十二官由於身世遭際特殊，正值青春年華，學的是當時被列爲禁書的《西廂記》、《牡丹亭》等才子佳人風流韻事，唱的是「如花美眷，似水流年」的旖旎情懷，她們帶著一派蓬勃朝氣來到簪纓世族的賈府之中，自然會被覺得「口角鋒芒」、不甚安分守禮。然其搬演才藝，正是揮灑青春的熱情體現，因而在元妃省親時的獻演節目中，「一個個歌欺裂石之音，舞有天魔之態。雖是妝演的形容，卻作盡悲歡情狀。」因情入戲自能動人觀聽，第二十三回「牡丹亭艷曲警芳心」，「只聽見牆內笛韻悠揚，歌聲婉轉，林黛玉便知是那十二個女孩子演習戲文呢。」連平常不留心戲文的黛玉都能聽到「原來奼紫嫣紅開遍，似這般都付與斷井頹垣。良辰美景奈何天，賞心樂事誰家院」四句吹到耳內，「明明白白，一字不落」，足見十二官唱得字正腔圓，感慨纏綿，才能使黛玉「魂隨笛轉，魄逐歌銷」（脂評），如醉如痴，站立不住，仔細忖度，不覺心痛神癡，眼中落淚……。

生活中光彩照人的芳官堪稱梨香院中的佼佼者，是曹氏筆下極意經營的人物，在小說中出場的次數較其他家伶多。第五十四回大過年諸戲競奏期間，賈母在親家太太們前爲逞新奇殊異，特地讓芳官唱了一齣只用提琴、簫管伴奏的高境界〈尋夢〉，眾人聽得鴉雀無聞，芳官度曲才藝之卓絕可知。自第五十八回各官宦家因國喪而遣發家伶，賈母將芳官派與寶玉使喚，作者才開始著意描寫芳官的日常品性，也從而帶出紅樓人物之若干側寫。當芳官被乾娘打時，「只穿著海棠紅的小棉襖，底下絲綢撒花袷褲，敞著褲腿，一頭烏油似的頭髮披在腦後，哭的淚人一般。」雖未妝扮，依然耀眼。待晴雯幫她梳洗挽了個慵妝髻，沒一頓飯工夫，她已破涕爲笑替寶玉吹湯了。接著寶玉想探詢藕官園中燒紙錢的緣由，因襲人在旁不便開口，於是向芳官使個眼色，芳官便裝頭疼不吃飯了，等襲人一走再向寶玉細說原委。此處作者夾註按語說：「芳官本自伶俐，又學幾年戲，何事不知？」舞台上的歷練讓她越發明慧機智，她倚仗著寶玉而瞧不起賈環，釀出薔薇硝事件對抗趙姨娘；也战斁著情勢想把要好的柳五兒引入差輕人多的怡紅院當丫鬟。到了第六十三回絢爛至極的壽怡紅夜宴，芳官打扮得格外亮麗，「越顯的面如滿月猶白，眼如秋水還清」，天眞活潑地與寶玉划拳，那夜她唱的是歌欺裂石的一段仙曲【賞花時】「閒踏天門掃落花……」，還開齋盡興喝酒，「吃的兩腮胭脂一般，眉梢眼角越添了許多丰韻。」珠喉婉轉、明眸善睞的她次日還被寶玉改扮男裝，贏得耶律雄奴、溫都里納乃至「野驢子」等諢稱。

伶俐機智、明爽坦直的芳官，其人格特質最富魅力之處在於絕不屈就的嶙峋傲骨，而這當與其身世、遭際有關。小說雖未明確交代芳官的出身，但第六十二回她曾說：「我先在家裡，吃二三斤好惠泉酒呢。」家境想來原屬寬綽，後來學了戲，越增膽識，正如晴雯說的：「芳官不省事，不知狂的什麼！也不過是會兩齣戲，倒像殺了賊王、擒了反叛來的！」而這點明爽傲骨也映照出紅樓幾抹幽暗。首先，就優伶認乾娘之風氣來看，原是希望貧苦被賣學戲的小戲子能得到庇護，也方便管理，此風古今皆有，反映優伶的社會隔離現象。⑧《紅樓夢》中的十二官似乎全有乾娘，如芳官的乾娘是寶玉的丫頭春燕之母何媽，藕官的乾娘是春燕的姨媽夏媽。這些乾娘被派到習藝場所梨香院去照看家伶，如芳官乾娘爲其洗頭，也有著職務上的看管權威。但她們對乾女兒並無感情可言，反而從中漁利，剋扣月錢，等到戲班解散，這群女孩被分派到各房供使喚，她們便不再買乾娘的帳，而處處表示反抗了。第五十九回春燕說：「藕官認了我姨媽，芳官認了我媽，這幾年著實寬裕了。如今挪進來也算撒開手了，還只無厭。你說好笑不好笑？」藕官也說她乾娘這兩年也不知賺了她多少東西，可見乾娘們剋扣乾女兒的錢，春燕也承認是事實。第五十八回芳官跟了她乾娘去洗頭，情形是：

他乾娘偏又先叫了他親女兒洗過了後才叫芳官洗。芳官見了這般，便說他偏心，「把你女兒剩水給我洗。我一個月的月錢都是你拿著，沾我的光不算，反倒給我剩東剩西的。」他乾娘羞愧變成惱，便罵他：「不識抬舉的東西！怪不得人人說戲子沒一個好纏的。憑你甚麼好人，入了這一行，都弄壞了。」

娘兒兩個吵鬧起來，她乾娘益發羞愧，便在她身上拍了幾把，芳官哭起來，寶玉讓襲人、晴雯、麝月輪番訓說震嚇，才把芳官的乾娘給壓制下來。地位不高的乾娘此等可鄙行徑，作者藉芳官洗頭一事作了生動的如實描繪。

其次，趙姨娘的鄙俗卑陋，也因爲芳官的以粉替硝事件而被再度聚焦顯現出來。第六十回寫芳官不肯把好友蕊官所贈擦春癬的薔薇硝轉送給賈環，而代之以茉莉粉，如此生活瑣屑之事為何演變成七八人扭打亂作一團的全武行？經緯萬端的《紅樓》鉅著，其間每一根絲線皆具因果關連而彼此相互牽引呼應著。這事原與趙姨娘無干，但賈府因為有寶玉在，賈環的地位始終無法改變，她也永遠出不了頭，於是第二十五回「魘魔法姊弟逢五鬼」，她受馬道婆慫恿，使出最卑劣狠毒的作法手段，而這條毒計以失敗告終；第五十五回鳳姐小產、探春理家時，她的兄弟趙國基死了，連襲人母親死了還賞四十兩，而她只從親生女兒手裡領二十兩銀子，雖涕泗縱橫亦分文未增。舊恨新愁堆疊著無可排遣，正值太妃薨喪，凡誥命等皆入朝隨班，按爵守制，賈母婆媳祖孫每日得入朝隨祭，至未正以後方回，於是趙姨娘說：「趁著這回子撞屍的撞屍去了，挺床的挺床，吵一齣子，大家別心淨，也算是報仇。」再加上藕官乾娘夏婆子的撥火，認為得罪這幾個唱戲的「小粉頭」也是有限的，唆使她去「把威風抖一抖」，還說「倘或鬧起，還有我們幫著你呢！」這類撐腰打氣的話，此刻得意氣足的趙姨娘走上來便將茉莉粉照著芳官臉上撒去，罵道：

「小淫婦！你是我銀子錢買來學戲的，不過娼婦粉頭之流，我家裏下三等奴才也比你高貴些的，你都會看人下菜碟兒！」……芳官那裏禁得住這話，一行哭，一行說：「沒了硝，我才把這個給他的。若說沒了，又恐他不信，難道這不是好的？我便學戲，也沒往外頭去

---

⑧ 參俞大綱〈曹雪芹筆底的優人和優事〉，收於《紅樓夢藝術論》（甲編三種）頁四一五～四一九，台北：里仁書局，一九八四年。

唱。我一個女孩兒家，知道什麼是『粉頭』『面頭』的！姨奶奶犯不著來罵我，我只不是姨奶奶家買的。『梅香拜把子——都是奴幾』呢！」

芳官直率地反唇相譏，擊中趙姨娘要害，馬上挨了兩個耳刮子，接著潑哭潑鬧起來，當下葵、荳、藕、蕊四官聞信說：「芳官被人欺侮，咱們也沒趣，須得大家破著大鬧一場，方爭過氣來。」四人手撕頭撞裹住趙姨娘，襲人著急眞心拉架，晴雯笑著假意去拉，最後這場全武行結束在探春的教訓，說母親「何苦自己不尊重，大吆小喝失了體統」。這場鬧劇以芳官朗豁之美、慧、驕、狂，對照出趙姨娘之貪、愚、卑、俗，也體現出平常受人輕賤的優伶，遇事則合力團結的光明藝德，而從探春口中稱許默默無聞、安分守己且得人好評的周姨娘，也對比出趙姨娘不顧體統、呆癡狠毒、惹人嗤議等人格陰暗面。

至於紅樓人物中向來溫柔和順、似桂如蘭的襲人，歷代紅學研究者對她的評價褒貶不一，而她是否告密，也成爲熱議的焦點，若從滿身亮彩的芳官這一視角來看，或可窺見若干端倪。如第六十三回寶玉生日群芳開夜宴鬧到深夜，「襲人見芳官醉的很，恐鬧他唾酒，只得輕輕起來，就將芳官扶在寶玉之側，由他睡了。自己卻在對面榻上倒下。大家黑甜一覺，不知所之。」爲何襲人將很可能吐酒的芳官扶到寶玉身邊讓他倆同榻，自己卻若無其事地躺到另一張床上？俞大綱認爲芳官的光彩在此回正「達到絢爛的頂點，連襲人也不得不讓她一席之地。」⑨ 襲人是自嘆不如、眞心謙讓嗎？且看次日拂曉，「襲人睜眼一看，只見天色晶明，忙說：『可遲了！』向對面床上瞧了一瞧，只見芳官頭枕著炕沿上，睡猶未醒，連忙起來叫他。……那芳官坐起來，猶發怔揉眼睛。襲人笑道：『不害羞！你吃醉了，怎麼也不揀地方兒亂挺下了？』芳官聽了，瞧了一瞧，方知道和寶玉同榻，忙笑的下地來說：『我怎麼吃的不知道了。』……」天一亮，襲人最先檢視的是對面床上的芳官，果然如她所料，芳官正與寶玉同榻而眠，於是她當眾奚落芳官「不害羞！」是芳官「不揀地方兒亂挺下」嗎？當然是襲人扶她到寶玉之側睡下的，而襲人「卻在對面榻上倒下」，襲人做事一向周全認眞，怎會如此疏忽？作者這看似閒筆的一個「卻」字，透露的正是襲人深藏的心機，這是明爽坦直的芳官所難以知曉的。

芳官之前反抗乾娘、回擊戰勝趙姨娘，似乎不影響她的美妙生活，反而更添亮彩，但到了第七十七回她槓上視美女如野獸的王夫人，被扣上「狐狸精」的罪名時，被攆已是必然。當王夫人親自到怡紅院「查人」，訓斥了四兒，更指名要查問芳官，開口便說：「唱戲的女孩子，自然是狐狸精了！上次放你們，你們又懶待出去，可就該安分守己才是。你就成精鼓搗起來，調唆著寶玉無所不爲！」芳官笑辯道：「並不敢調唆什麼。」王夫人笑道：「你還強嘴！……你連你乾娘都欺倒了。豈止別人！」這回透露著王夫人的「查人」是因得有情報：「我身子雖不大來，我的心耳神意時時都在這裏，難道我通共一個寶玉，就白放心憑你們勾引壞了不成！」而她安置在怡紅院的「心耳神意」與襲人脫不了干係，因寶玉聽王夫人「所責之事皆係平日之語，一字不爽」，而他尋思芳官被攆的原因對襲人說：「芳官尙小，過於伶俐些，未免倚強壓倒了人，惹人厭。」是的，那夜芳官唱曲、吃酒，「兩腮胭脂一般，眉梢眼角添了許多丰韻」，怎不惹人厭！此刻襲人的城府與心計

⑨ 見俞大綱〈曹雪芹筆底的優人和優事〉頁四二四。

也因芳官而被燭照出些許幽暗。

㈡齡薔之戀折射出寶玉之情悟與悲戀

《紅樓夢》中寫齡薔之戀斷斷續續不足三千字，作者用筆簡練且酣暢，將純摯、難以表達卻沒有結局的愛情刻畫得眞切動人，也映帶出寶玉情路中心境的體悟、轉折與滄桑。

齡官是梨香院中劇藝成就最出類拔萃的，美麗而高傲，元妃歸省時，她御前獻藝博得「極好」稱讚和「甚喜」的恩賞，額外賜物又傳諭再演，她雖怠演，賈妃仍命「不可難爲了這女孩子，好生教習」，對她滿是關愛與憐惜。賈薔「係寧府中之正派玄孫，父母早亡，從小兒跟著賈珍過活，如今長了十六歲，比賈蓉生的還風流俊俏。」他「外相既美，內性又聰明」，雖不免沾染鬥雞走狗、賞花玩柳之紈袴習氣，但在學堂裡見金榮欺負秦鐘，他想挺身出來抱不平又恐傷了顏面，便用計調撥不諳世事的茗煙出頭反擊。第十六回他下姑蘇採買十二官，臨行時鳳姐要安插兩名親信，他忙陪笑說：「正要和嬸嬸討兩個人呢，這可巧了。」很是具有隨機應變之能力。清代涂瀛《紅樓夢論贊》說：「賈薔，市井小人耳，烏足以言風雅。然其於齡官，意柔柔而斐亹，情欵欵而紆縈，似非不知道者。……可與言情矣。」指出賈薔不過是市井浮華子弟，夠不上風雅品味，但他對齡官的一片款款柔情是眞摯而纏綿的。而這齡薔之戀，作者寫來竟是情致旖旎、韻味悠然，令人尋繹不盡。

畫薔的無聲震撼

《紅樓夢》第三十回大觀園裡，赤日當空，樹陰合地，滿耳蟬聲，靜無人語的五月天：

那薔薇正是花葉茂盛之時，寶玉便悄悄的隔著籬笆洞兒一看，只見一個女孩子蹲在花下，手裏拿著根綰頭的簪子，在地下摳土，一面悄悄的流淚。……他雖然用金簪劃地，並不是掘土埋花，竟是向土上畫字。……畫來畫去，還是個「薔」字。再看，還是個「薔」字。裏面的原是早已痴了，畫完一個又畫一個，已經畫了有幾十個「薔」。外面的不覺也看痴了，兩個眼珠兒只管隨著簪子動，心裏卻想：「這女孩子一定有什麼話說不出來的大心事，才這樣個形景。」

這嬌弱的女孩在薔薇花下癡情地畫了幾十個「薔」字，被驟雨淋濕，竟渾然不覺，引得寶玉「癡及局外」。根據人類學家研究，原始人非常重視自己的名字，且極力保護它。如北美印第安人「把自己的名字看作不僅是一種標記，而且是自己的一部分，正如自己的眼睛和牙齒一樣，並且相信對自己的名字的惡意對待就會像損害自己的機體一樣造成同樣的損害。」有些愛斯基摩人年老時又取了新的名字，希望獲得新的生命。而「西里伯斯的托蘭波人相信只要你寫下一個人的名字，你就可以連他的靈魂和名字一起帶走。」⑩因此若對某個人極度愛戀並反覆書寫其名字，也能將愛的訊息傳遞給對方。這種與巫術產生鏈接的原始信仰，在文明社會中仍長期被保留著，齡官畫薔展現的即是

---

⑩ 參英．J．G．弗雷澤著，徐育新、汪培基、張澤石譯，劉魁立審校《金枝》頁二四五，北京：新世界出版社，二〇〇六年。

這古老習俗遺迹的一種癡情。

而當齡官正心癡意迷地畫薔時，「忽一陣涼風過了，唰唰的落下一陣雨來」，驟雨忽至是五月陰晴不定的天氣使然，或者另有新意？雪芹只是白描並未加按語，而《淮南子．本經訓》：「倉頡作書而天雨粟，鬼夜哭。」道出文字無聲的神奇力量，齡官這「說不出來的大心事」化成幾十個「薔」字，有如《牡丹亭》中可以超生死、忘物我、通眞幻的「至情」，竟似能感天動地得片雲致雨。

情悟識分定

寶玉原是齡薔之戀的局外人，一日想起《牡丹亭》曲，便到梨香院想找齡官唱，這才發現她是前次畫薔的癡情女子，第三十六回「識分定情悟梨香院」寫著：

寶玉素習與別的女孩子玩慣了的，只當齡官也同別人一樣，因進前來身旁坐下，又陪笑央他起來唱「裊晴絲」一套。不想齡官見他坐下，忙抬身起來躲避，正色說道：「嗓子啞了。前兒娘娘傳進我們去，我還沒有唱呢。」……寶玉從來未經過這番被人棄厭，自己便訕訕的紅了臉，只得出來了。

寶玉一向在女兒群中備受寵遇，第六十三回群芳開夜宴的戚序本回後脂批即云：「寶玉品高性雅，其終日花圍翠繞，用力維持其間，淫蕩之至，而能使旁人不覺，被人不厭。」這回他剛進梨香院時，寶官玉官都笑嘻嘻地讓坐，沒想到卻突然遭到齡官的「棄厭」，可說是「其平生所僅有者」（姚燮《讀紅樓夢綱領》）。遭此冷遇，寶官點破說：「只略等一等，薔二爺來了叫他唱，是必唱的。」不久，賈薔出現，爲討好齡官，他買來了會銜鬼臉旗幟的雀兒，逗得眾女孩子都覺有趣，唯獨齡官認爲是在譏諷自己身陷「牢坑」，慌得賈薔連忙賭誓拆籠、放雀。當賈薔爲了她得吐血症急著要去請大夫時，她叫道：「站住！這會子大毒日頭地下，你賭氣子去請了來我也不瞧。」滿懷柔情似水，卻偏以冷淡的態度表達，看得寶玉不覺癡了，這才領會了畫薔底深意。

齡官對寶玉的冷，表明她對賈薔的專注，姚燮於該回評曰：「小紅不得志於寶哥，然後有芸兒；齡官既得志於薔兒，又安有於寶哥也？」寶玉親自感受了齡官對自己的冷和對賈薔的熱，有如冰水澆頭，不得不重新審視自己的存在價值，前夜他還想著眾女子的眼淚爲他哭成大河，才算死的得時，而今目睹齡薔熱戀，讓他清醒地認識到自己不可能得眾女兒的眼淚，只能是「各人各得眼淚罷了。」寶玉愛情觀的初步淨化，歸功於誠摯專一的齡薔之戀，因爲自此之後他「深悟人生情緣，各有分定。」

映照寶黛悲戀

齡官的形象，在寶玉眼裡，第三十回畫薔時她「眉蹙春山，眼顰秋水，面薄腰纖，裊裊婷婷，大有林黛玉之態。」清代涂瀛〈紅樓夢問答〉云：「或問齡官是誰影子？曰：是林黛玉離魂影子。」其〈齡官贊〉亦云：「齡官憂思焦勞，抑鬱憤懣，直於林黛玉脫其影形，所少者眼淚一副耳。」解盦居士《石頭記臆說》也表示：「微特晴雯爲顰顰小影，即香菱、齡官、柳五兒，亦無非爲齆齆寫照。」齡官之所以被看作是黛玉的一個影子，除眉眼水靈含愁、纖腰裊娜的形態之外，身體單弱咯血，同是寄人籬下卻高傲自尊而孤僻，工愁善病再加上癡情、敏感又愛使小性，因此對所愛者常有「心是口非」的曲折表達，爲了珍視自己的情操，不惜作踐身體，同時也折磨著愛她的人。

齡薔之戀結束在第三十六回逗雀兒的高潮之中，此後情節如何發展，作者未作任何交代，祇知十二女伶因老太妃薨而被遣發，齡官既視賈府爲「牢坑」，自然離府遠走，從此生死未卜，而她與賈薔社會地位懸殊，論婚配簡直是種奢望，這場定無姻緣的愛情，正是「以齡官命運的不濟映照黛玉一生的不幸，以齡薔戀情的沒有著落，襯托寶黛愛情的最終無望。」⑪張岱《陶庵夢憶》所寫的名旦朱楚生，氣質與齡官相類，「雖絕世佳人無其風韻，楚楚謖謖，其孤意在眉，其深情在睫……勞心忡忡，終以情死。」齡薔之戀的悲劇恰如戚序本第三十回評所嗟嘆的：「愛眾不常，多情不壽。風月情懷，醉人如酒。」而這不也正映照著寶黛令人忻慕又歎惋的還淚悲戀。

㈢藕葯蕊假鳳虛凰之微旨

古代以同性戀爲題材之小說頗多，戲曲如明代王驥德《男王后》與清初李漁《憐香伴》皆引人矚目，然而描寫演員之間同性戀的曲籍、小說卻不多見。元代夏庭芝《青樓集》記述「色藝表表在人耳目」之雜劇、院本、南戲、諸宮調等戲曲、說唱女藝人百十餘位，另涉男伶三十餘人，卻未嘗觸及同性戀事；清乾隆間陳森《品花寶鑑》雖極意鋪寫風流才子與男旦之綺情雅懷，然演員彼此間的斷袖戀情則鮮少著墨。事實上，不論古今中外，演員因台上台下朝夕相處、休戚與共的封閉環境，很容易傳情入戲、以戲為眞，從而萌生同性戀情，若全團性別一致，此風尤甚。《紅樓夢》中的十二官皆為女伶，小生藕官與小旦菂官、蕊官鎭日裡扮演才子佳人劇，由戲生情以假作眞，也就有了夫妻般的繾綣恩愛，第五十八回「杏子陰假鳳泣虛凰」裡，當寶玉問起藕官為何在大觀園中燒紙錢時，芳官答道：

你說他祭的是誰？祭的是死了的菂官。……他竟是瘋傻的想頭，說他自己是小生，菂官是小旦，常做夫妻，雖說是假的，每日那些曲文排場，皆是眞正溫存體貼之事，故此二人就瘋了，雖不做戲，尋常飲食起坐，兩個人竟是你恩我愛。菂官一死，他哭的死去活來，至今不忘，所以每節燒紙。後來補了蕊官，我們見他一般的溫柔體貼，也曾問他得新棄舊的。

曹氏如實摹繪了戲班內「假鳳虛凰」這常發生卻鮮見記載的特殊現象，涂瀛的〈藕官贊〉云：「以戲為眞，無往而非眞也，惟在有情與無情耳。藕官多情，故以戲情為眞情，因是由戲入眞，由眞入魔，由魔入惡，而患且不測。非遇多情公子，其能已於禍耶？」而當詢及藕官為何得新棄舊時，芳官轉述藕官的理由是：

---

⑪ 見王燕平〈論齡薔之戀的價值和作用〉頁二八六，《紅樓夢學刊》一九九三年第三輯。

他說：「這又有個大道理。比如男子喪了妻，或有必當續弦者，也必要續弦爲是。便只是不把死的丟過不提，便是情深意重了。若一味因死的不續，孤守一世，妨了大節，也不是理，死者反不安了。」你說可是又瘋又呆？說來可是可笑？寶玉聽說了這篇呆話，獨合了他的呆性，不覺又是歡喜，又是悲嘆，又稱奇道絕。

寶玉爲何會對藕官的「呆話」稱奇道絕，這「眞情揆癡理」的理據是人生在世總有與生俱來該盡的責任與義務，即便一生追求逍遙自在的莊周也藉孔子之口在《莊子・人間世》裡提出：「天下有大戒二：其一命也，其一義也。子之愛親，命也，不可解於心；臣之事君，義也，無適而非君也，無所逃於天地之間，是之謂大戒。」血緣親族的孝道倫理與大我的社會責任，終未可因愛情驟逝而全然拋卻不顧，若爲執念著舊愛而孤守無後，妨了人倫「大節」，那反而會讓死者感到不安。王國維即指出《紅樓夢》具有倫理學上之價值：「《紅樓夢》者悲劇中之悲劇也，其美學上之價值即存乎此。然使無倫理學上之價值以繼之，則其於美術上之價值尚未可知也。今使爲寶玉者，於黛玉既死之後，或感憤而自殺，或放廢以終其身，則雖謂此書一無價值可也。」⑫

除了這層盡己之性的大道理之外，《紅樓夢》行文鮮少虛筆，從歷來紅學家的析評不難窺知箇中另有作者寄寓之微旨。清・陳其泰《紅樓夢》第五十八回評云：「有此癡情，自然生出癡事。藕官哭奠假妻，乃氣機所感，無足怪者，力爲護持，固其所宜。芳官『他不是忘了』云云，預爲黛玉死後之寶玉分辨。一片靈機，如游仙界，若認作閒文，便屬敷衍可厭。」足見藕官在菂官死後又與蕊官好上，這段癡理並非閒筆，而是爲黛玉死後，寶玉另娶寶釵預作分辨。而從同樣第五十八回中老太妃喪，十二官被遣發，王希廉特於此處評曰：「藕官、芳官、蕊官三人一氣，偏分給寶玉、釵、黛，亦是隱隱相照。」說明蕊官之所以配給寶釵，應與釵蕊兩人同是再續的新歡有關。陳蛻《憶夢樓石頭記泛論》也指出：「蕊（按：應作藕）官焚奠藥（按：應作药）官……並述藕（按：應作蕊）官相繼後諸人戲語，喻黛玉死後，釵、玉相愛時期，不忘黛玉，又一伏筆。」由此益可見《紅樓》思精理熟、伏脈周密之筆法。

三、十二官之藝名風尚與腳色爭議

梨香院的十二個女伶皆以「官」作爲藝名，就中當與其歷史背景、時代風氣有關。而「腳色制」向來被視爲中國傳統戲曲之鮮明特徵，自宋元南戲發展到明清傳奇，數百年歲月間，對腳色之命名與認知，不論劇作家與演員，或家班與職業戲班之間皆未必相同，從而增加腳色名義之複雜性。有關《紅樓夢》十二官中旦角分行義涵之遷變與「文官」究竟屬何腳色？學界看法不一，茲嘗試釐述之。

⑫ 見王國維《紅樓夢評論》第四章「《紅樓夢》之倫理學上之價值」，一粟編《紅樓夢資料彙編》頁二五七，北京：中華書局，一九六四年。

㈠乾隆間演員藝名以「官」爲風尚

古代伶優地位卑賤，「家有三斗糧，不入梨園行」，一般平民只要入了「優」這一行，就會被迫放棄族姓，改用藝名，以免辱沒祖宗世德。而藝名之擇取，除了來自師徒、師兄弟間的師承關係，或樂戶親屬間的繼承關係之外，通常會與當時的社會風尚有關，若有某演員名噪一時，就會產生倣名效應，許多演員藉勢跟進推銷，形成風潮。如元代戲曲演員流行以「秀」當藝名，《青樓集》中就有珠簾秀、賽簾秀、梁園秀、曹娥秀、順時秀、小娥秀、天然秀、天錫秀、天生秀、連枝秀、李芝秀、丹墀秀、翠荷秀、大都秀、孫秀秀、簾前秀、燕山秀等，其中賽簾秀與燕山秀皆是珠簾秀的高徒，天生秀是天錫秀的女兒，而「善唱，工於花旦雜劇」的荊堅堅，因表演風格相近，而被人呼爲「小順時秀」。晚清「伶界大王」譚鑫培，其父嗓音宏亮而有「叫天」之號，故人稱鑫培爲「小叫天」。

清康熙間家樂戲班的演員藝名喜用「雲」字，如冒辟疆家的徐紫雲，朱必掄的家伶也叫紫雲，山陰祁家則有個鮮雲。而查繼佐的男女家伶則別具巧思地以「些」命名：雲些、月些、柔些、留些、葉些、澄些、珊些、梅些、紅些、風些等，這「十些班」不僅藝名別緻，且聰俊能解風情，頗令觀者醉心，聽者艷羡。

乾隆年間，演員以「官」當藝名轉而成爲時尚，據吳長元《燕蘭小譜》所載，北京花部地方戲演員有陳銀官、王桂官、鄭三官、彭萬官；雅部崑曲計有四喜官、周四官、姚蘭官、錫齡官、李琴官等十餘人，故《金台殘淚記》云：「南方梨園旦色半曰某官，考《燕蘭小譜》所記，京師昔亦然矣。」李斗《揚州畫舫錄》卷九載歌喉清麗、色技俱佳者，有趙大官、趙九官、大金二官、小金二官、陳銀官、巧官、麻油王二官、楊大官、楊三官、吳新官、汪大官、閔得官、沈四官、陸愛官、佟鳳官、夏大官、蔣大官、小腳陳三官……不下二十人。而顧阿夷的雙清班崑腔演員中，喜官的〈尋夢〉得金德輝唱口眞傳，另有玉官、巧官、金官、二官、秀官、康官、申官、六官、四官等亦各極其藝，表演出色。《儒林外史》第三十回莫愁湖演戲賽曲，奪魁的前兩名是小旦鄭魁官、葛來官。而《都門紀略》、《弋腔考原》所載「崑高十三絕」藝人中有池財官、大頭官。《品花寶鑑》裡有蓉官、琴官、琪官。《簷曝雜記》載有方俊官頗韶靚，李桂官亦波俏可喜。曹雪芹好友敦誠在《鷦鷯庵雜志》裡曾提及允禧的家伶有蟬官，亦用「官」作藝名，當在乾隆初年時。迨至乾隆末、嘉慶初，北京戲曲演員雖仍有用「官」作藝名者，而更多的是以「林」作藝名，僅《日下看花記》（作於嘉慶六年，一八〇一）即有二十多人，如桂林、彩林、玉林、九林、三林、雙林、福林、鳳林、寶林、文林、秀林、太林、喜林、春林、翠林……等。⑬ 碻知《紅樓夢》中的十二官以「官」作藝名，完全符合乾隆初中期梨園界之社會風尚。

---

⑬ 參徐扶明《紅樓夢與戲曲比較研究》頁一二〇～一二三。

㈡十二官中旦角義涵之承衍

中國古典戲曲無論劇本結構或場上技藝皆以「腳色制」爲中心，腳色制既是整套表演體系的重要內容，也是戲曲班社建制的原則。而由於時代的遷變，加上家班與職業戲班審美好尚之差異，對戲班腳色編制之安排皆不盡相同，其中旦角分行有關正旦、小旦、貼……之指涉義涵，亦因時代、劇種、班社之不同而有所改變。茲因《紅樓夢》十二官皆爲女伶，旦角人數又最多，而齡官之拒演是否牽涉跨行當演出？其腳色「小旦」從明代家班到近現代崑台搬演，箇中名義之遷變過程如何？皆値得深入探討。

傳統戲曲腳色體制初成於宋元南戲，分生、旦、淨、末、丑、外、貼等七行。明代之後，由於文人所撰傳奇鴻篇鉅製，情節複雜曲折，時空變換頻繁，場上人物明顯增多，原有的七門腳色不敷支應，於是開始出現以「小」命名的細家門，從嘉靖後期到萬曆前期的傳奇，如《虎符記》、《竊符記》、《紅拂記》、《浣紗記》、《玉合記》、《琴心記》漸次湧現小生、小旦、小淨、小末、小丑、老旦……等種種腳色，而當時的腳色安排較多隨意性，這些細家門的派生主要在解決場上人物繁多的問題，尚未形成自身的表演格範，如《浣紗記》中主角生是范蠡、旦是西施，其他配角由小生扮勾踐，小旦演道士公孫勝之妻，而勾踐夫人卻由貼應工，在近代崑台常演的《浣紗記・別施分紗》中，勾踐夫人例由老旦扮飾較爲合理。⑭足見當時崑劇之腳色體制仍在變化之中，尚未趨於成熟、定型。

萬曆後期，經過不斷總結舞台搬演之經驗，腳色制之發展漸趨明確而成熟。據梧子《筆夢》所載江蘇常熟人錢岱自備崑班女樂一部，家班共計十一個腳色：老生（正生）、小生、正旦、小旦、備旦（貼旦）、老旦、大淨、二淨（副淨）、小淨（丑）、末和外。稍晚的王驥德《曲律．論部色第三十七》記載更明確：「今之南戲，則有正生、貼生（或小生）、正旦、貼旦、老旦、小旦、外、末、淨、丑（即中淨）、小丑（即小淨），共十二人，或十一人，與古小異。」其中「雜」之增入，則爲十二人（如《揚州畫舫錄》），重要的是男主角已定名爲「正生」，主要扮演青年書生，「小生」則屬生行副角，多扮青少年，有時也演中老年次要男性。與「正生」相對之「正旦」係女主角，多扮才貌雙全之大家閨秀，或端莊賢淑之貞婦。旦行副角有老旦、小旦與貼，老旦演穩重慈祥之年老婦女，小旦多扮俏麗風流之少女或少婦，如《義俠記》之潘金蓮和《水滸記》之閻婆惜；貼則多扮丫鬟等身分較卑微之少女，小旦與貼有時可以相通。腳色之配置，與清乾隆時李斗《揚州畫舫錄》大致相符⑮，其中若干腳色之指涉義涵雖與李斗說法略有出入（詳下文），但仍可看出「江湖十二腳色」在明萬曆後期已大致形成，而其形成與家班之組織不無關聯。至於其他職業

⑭明．葉良表《管鮑分金記》，明代富春堂本亦由貼扮演管仲之母，此時傳奇劇本「貼」之腳色大抵沿南戲體制指第二女主角，即重要配角之義，而非後來轉指年輕女子；「小旦」此時亦僅指次要女性配角而已。

⑮李斗《揚州畫舫錄》卷五云：「梨園以副末開場，爲領班；副末以下老生、正生、老外、大面、二面、三面七人，謂之男腳色；老旦、正旦、小旦、貼旦四人，謂之女腳色；打諢一人，謂之雜。此江湖十二腳色，元院本舊制也。」頁一二二，北京：中華書局，一九六〇年。

戲班的腳色配置較爲複雜，不像家班以演文戲爲主，它必須面對廣大觀眾不同的欣賞品味，不斷豐富劇目，拓寬戲路並加入定量的武戲，因而分工較爲細密，如乾隆間玩花主人編輯的《綴白裘》初集收錄十四幅插圖，顯示康乾時期職業崑班之腳色計有十五種⑯。

《紅樓夢》中十二官的腳色組織自然是家班體制，與職業戲班迥異，其行當設置僅有八個：小生、正旦、小旦、老旦、大花面、小花面、老外、末。腳色較一般家班精簡許多，尤其少了「貼」行，其生旦配置是小生——寶官、藕官；正旦——芳官、玉官；小旦——齡官、蕊官、葯官。可以看出「正旦」指的是大家閨秀型，因芳官曾於第五十四回榮國府慶元宵時唱過整齣〈尋夢〉，第六十三回寶玉生日時唱過〈掃花〉【賞花時】，雖說《綴白裘》中以「貼」扮何仙姑，而在崑台搬演折子戲時，〈掃花〉更常用「旦」來扮演。至於齡官所屬的「小旦」究竟扮演何種類型女子？元妃省親時，齡官不肯演〈遊園〉、〈驚夢〉，理由是「自爲此二齣原非本角之戲，執意不作，定要作〈相約〉〈相罵〉二齣。」乾隆年間《消寒新詠》曾記載崑曲小旦扮演〈獨占〉〈相罵〉之類的戲，且《綴白裘》第五集選錄〈相約〉〈相罵〉，老旦扮男主角皇甫吟之母，貼旦扮女主角之侍女芸香，至今崑台表演依然是〈遊園〉、〈驚夢〉由閨門旦扮演小姐杜麗娘，〈相約〉、〈相罵〉由貼旦（小旦）扮丫鬟芸香。可見齡官想演丫鬟而不肯演小姐，她的本來腳色是「小旦」。然而李斗《揚州畫舫錄》卻稱：「小旦謂之閨門旦。」足見《紅樓夢》中崑曲腳色之義涵，與今崑台一般說法較接近，而與李斗所記不盡相符。

若再細予分析，元妃歸省那晚已點了四齣戲，演完太監道：「貴妃有諭，說齡官極好，再作兩齣戲，不拘那兩齣就是了。」既是「再作」，表示前四齣戲齡官已演過部分劇中人物，茲檢視元妃所點四齣戲中「小旦」之表演：〈仙緣〉，係八仙群戲，「貼」扮何仙姑，戲分極微，無甚表現。〈乞巧〉，「貼」扮織女，只在開場唱越調引子【浪淘沙】和越調過曲【山桃紅】，並與小生牛郎於齣末唱【山桃紅】，見證明皇貴妃的七夕盟誓，因係配角又處天界，唱腔、身段沖澹閒雅，自然不如主角生旦之深情而纏綿，舞台表現亦頗有限。〈離魂〉⑰，「貼」只開場時唱一支仙呂宮引子【金瓏璁】，與杜麗娘病危時唱半支【黃玉鶯兒】而已，其餘科白則是含悲細意服侍即將離魂的小姐，就春香一貫「賊牢」的形象而言，此齣小旦（貼）之表演，實無多大亮點。至於〈豪宴〉中的「小旦」，演的是戲中戲《中山狼》裏的趙簡子，他射獵中山，放箭中狼，尋不著狼隨即下場，舞台上的趙卿英武颯爽，他只與旦扮生的東郭先生有幾句對白而已，並無任何唱腔。⑱可能這雄姿英發的形象讓元妃留下深刻印象，或者元妃欣賞齡官能扮仙界女神、人間丫鬟，又能演雉尾小生。

⑯ 參楊惠玲《戲曲班社研究：明清家班》頁一二一～一二五，廈門大學出版社，二〇〇六年。

⑰ 湯顯祖《牡丹亭》第二十齣〈鬧殤〉，發展至清代《綴白裘》、《審音鑑古錄》、《七種曲》與近代《集成曲譜》，舞台演出多芟翦作〈離魂〉，詳參拙著《重讀經典牡丹亭》頁一九八～一九九，臺灣商務印書館，二〇一五年。此處春香所唱曲牌，係據王季烈、劉富樑《集成曲譜》頁五七一～五八三，台北：古亭書屋，一九六九年。

⑱ 朱淡文誤以爲齡官扮〈豪宴〉中《中山狼》雜劇之主角東郭先生，唱六支北仙呂【點絳唇】套曲而令元春稱讚不已，見氏著《紅樓夢研究》頁一五〇，台北：貫雅文化事業公司，一九九一年。實則此劇小旦所飾係配角趙簡子，而非東郭先生。

又或者如徐扶明所言，齡官的戲路較寬，可以兼跨後世崑台中閨門旦與貼旦兩個行當，即主演〈乞巧〉之楊貴妃或〈離魂〉之杜麗娘等閨門旦的戲[19]，而梨園界能跨行演出的畢竟只有少數人，且是偶爾為之而已。此外《紅樓夢》中沒有「貼」這一行當，因而原本「貼」中活潑俏皮的丫鬟類型，也就歸併到「小旦」這個行當裡了。而「小旦」似乎仍保留著錢岱家班中俏麗少女、少婦這類型的特質，如此才能和小生談情說愛、配戲當夫妻，也才會引發藕官對小旦菂官、蕊官這番假鳳虛凰的恩愛。

近現代崑曲腳色分工愈趨細微，「小旦」這一門腳色，可能因為它指涉人物形象略多，就分類而言稍嫌模糊，於是被悄然刪汰了。楊蔭瀏〈天韻雜談〉曾記先輩李靜軒對腳色之剖析，將崑曲腳色總括為十六種，所謂「六生六旦四花面」，其中旦角已分成六種：「老旦演老年婦女，正旦演節烈女子，作旦演童年男子……四旦即刺殺旦，常演巾幗英雄。五旦演美貌少婦，六旦演風情侍婢。」五旦係閨旦門，大家閨秀型，如《青塚記》之昭君；六旦即貼旦，風流俏麗，如《水滸記．挑簾》之潘金蓮或俏丫鬟類。[20]至於「小旦」這個稱呼，雖偶爾在梨園界裡被人隨意提及，但在戲曲學術上，「小旦」這個行當幾乎已然消失久矣。

(三)文官是哪門腳色？

《紅樓夢》中梨香院的十二官揭示了清乾隆年間家樂戲班構成的某些特徵，至於其所屬腳色，第五十八回老太妃薨逝，朝廷禁止蓄養家伶唱戲，在詢及十二個女孩去留意願時，作者將各人行當大致敘列出來，此回未列明腳色的寶官與玉官，則在第三十回中點出：「原來明日是端陽節，那文官等十二個女子都放了學，進園來各處玩耍。可巧小生寶官、正旦玉官等兩個女孩子，正在怡紅院和襲人玩笑，被大雨阻住。」茲將兩回所述諸官腳色臚列如次：

小生：寶、藕　　正旦：芳、玉　　小旦：齡、葯、蕊

大花面：葵　　小花面（丑）：荳　　老外：艾　　老旦：茄

十一官腳色係按《紅樓夢》原著所載，殆無疑義。㉑觀此腳色配置，可看出小生、正旦和小旦出場頻率高，往往一色配眾伶，以備不時之需，其他腳色則一色配一伶，且生旦人數占一半以上，充分體現「十部傳奇九相思」之審美品格。而梨香院十二女伶中，唯獨文官所扮腳色作者未加點明，於是學界出現不同看法，劉水雲直接表示文官之腳色「不詳」，徐扶明、俞曉紅認為是小生，周汝昌主張是正生，另有說是丑的。㉒事實上，作者原著雖未直接明寫文官扮哪門腳色？或演過哪些戲？

---

⑲見徐扶明《紅樓夢與戲曲比較研究》頁一〇七。

⑳詳參《楊蔭瀏音樂論文選集》頁三～五，上海文藝出版社，一九八六年。

㉑徐扶明《紅樓夢與戲曲比較研究》頁一〇五將小生寶官之腳色誤作小丑。

㉒見劉水雲〈《紅樓夢》中賈府家班與清雍乾年間的家樂〉頁一六六，《紅樓夢學刊》二〇一一年第二輯；徐扶明《紅樓夢與戲曲比較研究》頁一〇五；俞曉紅〈《紅樓夢》「戲中戲」敘事論略〉頁二七〇，《紅樓夢學刊》二〇一八年第一輯；周汝昌《紅樓奪目紅》頁九五，北京：作家出版社，二〇〇三年。

但從小說行文筆法、家班組織體制、文官應對舉止以及清代紅學家之重要評點，皆可揆度推斷出文官確切之腳色。

首先，就小說行文來看，《紅樓夢》提及賈府家班女伶時常用「文官等十二女子」語氣，如第二十三回「賈薔又管理著文官等十二個女戲並行頭等事，不大得便」，第二十七回「正走著，只見文官等十二個女孩子也來了」，第三十回「那文官等十二女子都放了學」，第五十四回「梨香院的教習帶了文官等十二個人」等，可見文官是領頭代表，即班首、團長。其次，就戲班組織架構而言，不論家庭戲班或職業戲班都必須有團長，從宋元南戲到明清傳奇，儘管「末」在戲台上多扮演次要腳色，但在現實生活中，他卻是擔任團長的重要職務，因南戲、傳奇皆以副末（或末）開場，在正戲演出之前先上台吟誦或唱兩闋詞牌，簡述劇情大要與劇作家之創作旨趣㉓，也唯有身任團長的「末」腳方能作此開場。

此外，第五十四回榮國府元宵夜宴時，賈母看完外訂的《西樓記》、《八義記》，也聽過評彈說書之後，興致正濃，爲逞殊異，她特地喚來梨香院的十二官說：「你瞧瞧，薛姨太太這李親家太太都是有戲的人家，不知聽過多少好戲的。這些姑娘都比咱們家姑娘見過好戲，聽過好曲子。如今這小戲子又是那有名玩戲家的班子，雖是小孩子們，卻比大班還強。咱們好歹別落了褒貶！少不得弄個新樣兒的。」於是安排芳官唱〈尋夢〉、葵官演〈惠明下書〉，在伴奏與容妝上另出新樣，而當時代表回話的正是文官，她笑道：「這也是的，我們的戲自然不能入姨太太和親家太太姑娘們的眼，不過聽我們一個發脫口齒，再聽一個喉嚨罷了。」賈母笑道：「正是這話了。」李嬸薛姨媽喜的都笑道：「好個靈透孩子！他也跟著老太太打趣我們。」文官聰明機敏，故能博得薛姨媽「靈透」的讚譽，而她口齒伶俐亦符合末腳重唸白功夫之特點。

由於文官具備上述「末腳」之種種特徵，無怪乎清代著名紅學家姚燮《紅樓夢總評》曰：「文官爲梨香班首。」陳蛻《憶夢樓石頭記泛論》云：「文官等十二人，是十二釵之襯映，亦十二釵之魂也，故以文領班。」將十二官與十二釵作比附，實無甚精義，可略而不談，唯姚、陳二人皆一致肯定文官爲梨香院之班首，故其腳色當爲末腳無疑。

四、遣散之後——女優的結局

十二官因元妃歸省而齊聚賈府，又因宮中老太妃薨而被蠲免遣發。按照清代喪禮制度，后妃薨逝，內務官員之妻須每日齊集宮中舉哀奠祭，二十一日後，方請靈入先陵，再隨靈送葬等儀制，《紅樓夢》第五十八回云：「凡誥命等皆入朝隨班按爵守制」，所寫喪儀情形與《大清會典事例．康熙五十六年孝章后喪禮》大致相符。只是清制后妃薨逝：「王以下文武各官，不嫁娶，不作樂，凡二十七日。軍民人等，凡七日。」但小說提及當時朝廷曾「敕諭天下：凡有爵之家，一年內不得

㉓ 詳參本書〈從脂批看《紅樓夢》中的「戲場章法」〉之「南戲傳奇『副末開場』之活用」頁八六～八七。

筵宴音樂，庶民皆三月不得婚嫁。」說法略近誇張，又云尤氏見「各官宦家，凡養優伶男女者，一概蠲免遣發。」亦未見明文規定。㉔至於「可憐一曲《長生殿》，斷送功名到白頭」事件，係發生於康熙二十八年佟皇后國喪百日期間，並非全年禁樂。而徐扶明認為賈府遣散戲班「似乎與『國喪』有關，其實不然」，因第五十五回鳳姐自白：「若不趁早料理省儉之計，再幾年，就都賠盡了」，第五十六回探春等人「搜剔小利」，力圖「以補不足」，到第五十八回，適有國喪機會，便趁機把戲班遣散了。如此表面上冠冕堂皇，不致損傷官宦之家的顏面，歸根結底仍在經濟越趨艱難。徐氏另舉清康、乾間，家班主人過於豪奢揮霍因而破家，城市戲園漸多，花部興起，演員技壓家班崑伶……種種因素在在顯示《紅樓夢》所寫情景，「確實是清代中葉家庭戲班衰落前夕的迴光返照。」㉕

而戲曲史上一般女伶與教習被遣散之後，其實另有出路，然《紅樓夢》一秉小說既定的人生悲調而未遑細寫，如元代《青樓集》中吹彈歌舞擅美的女伶，年老色衰時多充任教習，而明清家樂戲班中的女教習亦多來自家班女伶，如錢岱家班中的女教習沈娘娘，原是申相國時行家班中的女伎。有些女伶成年後，除家班主人「自納」或贈人之外，有相當一部分被遣散，這些被遣散的女伶，或入青樓，或入民間職業戲班。再如被「賞音之最」的王煙老稱為「魏良輔遺響尚在」的蘇崑生，教過青樓女妓、職業藝人，也教過家班女戲，體現家伶、教習與民間職業戲班間之密切關係。㉖其中有些家班主人訓練嚴格，自能培養出演藝非凡之家伶，如《陶庵夢憶》載阮大鋮細心講解劇本，其家伶「知其義味，知其指歸，故咬嚼吞吐，尋味不盡。」祁豸佳為家伶磨腔時，「咬釘嚼鐵，一字百磨，口口親授。」張岱訓練家伶，有「過劍門」之稱。而出色的家伶縱因主人家勢敗落慘遭棄擲，再赴歌場謀生時，仍能令觀者驚爲絕藝。這類被遣散的家伶對民間戲曲興盛與發展所帶來的促進作用，《紅樓夢》亦未遑述及。

梨香院的優伶該如何遣散？尤氏與王夫人商議，每位教習給八兩，令其自便，而十二官原是好人家兒女，因家道無能而被賣來學戲，賈府乃體仁沐德之家，遂沿祖宗舊例，聽其意願發放，願去者，給幾兩銀子作盤纏；戀恩不捨者，留下分散在園中作奴僕使喚。結果「所願去者止四五人」，皆令其乾娘領回家去，單等她親父母來領，雖然書中未明言去者爲誰，但從留下的來看，所去者係齡官、寶官、玉官三人，至於葯官，從後文藕官燒紙錢點出此時她已身亡。

留下來的八官，賈母先挑聰敏伶俐又識大體的文官自使，將芳官指與寶玉，蕊官送寶釵，藕官給黛玉，葵官送湘雲，荳官給寶琴，艾官送探春，尤氏便討了茄官東府去。「當下各得其所，就如倦鳥出籠，每日園中遊戲。眾人皆知他們不能針黹，不慣使用，皆不大責備。其中或有一二個知事的，愁將來無應時之技，亦將本技丟開，便學起針黹紡績女工諸務。」看來賈府對這些女孩甚是寬厚，然而紅塵中的現實人生每因性格、世俗成見種種因素，變得崎嶇而逼仄。

古代倡與優同屬下九流，但賈府的十二官是爲皇妃歸省的特殊使命而買來的，元妃係其保護

㉔參俞大綱〈曹雪芹筆底的優人和優事〉頁四二六～四二七。

㉕參徐扶明《紅樓夢與戲曲比較研究》頁一七～二一。

㉖參胡忌、劉致中〈論家班女戲〉頁六三、六八，《戲劇藝術》一九八三年第四期。

傘，一旦散了學，地位驟降，被視爲比府裡下三等奴才還低賤。但學戲的年輕女孩天眞而任性，並未認清這現實，連心思較單純的晴雯都批評芳官：「不省事，不知狂的什麼，也不過是會兩齣戲，倒像殺了賊王，擒了反叛來的。」而作者也以旁觀者的口吻道出：「因文官等一干人或心性高傲，或倚勢凌下，或揀衣挑食，或口角鋒芒，大概不安分守禮者多。」如此性格焉能不與人結怨、被人設計？於是芳官因洗頭水而與乾娘鬧吵，又因茉莉粉替去薔薇硝，尺水興波地引來眾官圍打趙姨娘，這事雖被探春平息，但艾官暗將夏婆子告了一狀，又引發新的波折；藕官與乾娘夏婆子向來不睦，芳官因一塊糕的小事得罪蟬兒；與芳官交好的柳氏因爲添菜而得罪司棋……種種恩怨糾葛使得不安分的小戲子成爲箭靶。第七十七回王夫人到怡紅院「查人」，開口便說：「唱戲的女孩，自然是狐狸精了！」罵芳官「成精鼓搗，無所不爲」，於是「吩咐上年凡有姑娘分的唱戲的女孩子們，一概不許留在園裏，都令其乾娘帶出去，自行聘嫁。」芳官被攆後，自然不肯任乾娘找人聘嫁，於是與藕官、蕊官「尋死覓活，只要剪了頭髮做尼姑去」，美優伶斬情歸水月，原想自己主宰命運，掙出一片自由的晴空，沒料到竟被智通、圓心兩個老尼姑「拐去作活使喚」。小說裡的尼庵究非淨土，水月庵的智能與櫳翠庵的妙玉，其遭際可知，這悽苦的餘音似乎比晚境泠然清寂的陳圓圓、卞玉京更加悲愴。而書中未直接寫明結局的葵官、艾官、荳官，也必是被乾娘帶出度過此後的黯淡歲月。至於將大觀園的風亭月榭視作「牢坑」的齡官，王希廉〈紅樓夢總評〉云：「是死是生，作何著落，並未提及，似有漏筆。」雖是漏筆，而其悲劇卻可預見。豈止是齡官，梨香院眾官莫不寥落，而陳蛻《憶夢樓石頭記泛論》云：「大觀園之風流雲散，則先於菊部託之矣。」足見十二官聲沉音寂之結局，正是大觀園女子風流雲散之悲兆。

從小說到戲曲
——《紅樓夢》重構之難

當《紅樓夢》猶然以抄本形式在民間流傳時，便已出現「好事者每傳抄一部，置廟市中，昂其值得數十金」的奇景，成爲文士墨客娛目雅玩的爭逐對象，經學家郝懿行《曬書堂筆錄》曾載：「余以乾隆、嘉慶間入都，見人家案頭必有一本《紅樓夢》。」①由於小說本身的瓌奇豔異，於是續本與戲曲說唱等改編之作蠭出，裕瑞《棗窗閒筆》云：「此書自抄本起至刻續成部，前後三十餘年，恆紙貴京都，雅俗共賞，遂浸淫增爲諸續部六種，及傳奇、盲詞等等雜作，莫不依傍此書創始之善也。」②然而後出模其本事之重構作品雖紛然迭現，而率皆難以比肩，其間亦存在若干問題值得省思。

戲曲與小說文體不同，小說爲純文字之平面文學作品，戲曲則是一門包納劇本、音樂與舞台表演之綜合文學與立體藝術，宜於案頭清玩的小說，未必能改編成適合場上搬演的好戲。《紅樓夢》事多人眾、奧衍閎深，在重構時必然衍生諸多創作困難與限制，其中「腳色制」係傳統戲曲在創作與搬演方面有別於小說與西方話劇之重要特徵，《紅樓夢》中女性人物過多，傳統戲曲中的旦行不敷支應，是歷來公認的重構難題。一部《紅樓夢》小說，卻能敷演出數百部紅樓戲，迄今熱潮未減。在此，探究清代紅樓戲爲何較小說原著遜色，以及近現代紅樓戲之得失，當能引人省思案頭經典如何重構方能化成場上經典之深刻問題。

一、小說與戲曲文體之差異

曹雪芹因戲曲胎息淵厚，家族之間蓄養家樂戲班，舅祖李煦採辦、訓練戲樂供奉內廷，祖父曹寅創作雜劇傳奇，又是粉墨登場的戲迷，他長期耳濡目染，自是放浪形骸，「時演劇以爲樂」。如此的戲曲氛圍使得才調優長的他，「當日發願不作此書，卻立意要作傳奇」（第二十二回脂批）。既是當初發願不寫這部小說《紅樓夢》，而立意要創作一本傳奇，那他爲何半途而廢？與小說相比，戲曲創作究竟有何難度？竟使曹雪芹望而卻步。小說與戲曲其文體本質上的差異，以及《紅樓夢》整體敘述模式與悲調題旨難以發揮且不適於搬演，應是箇中關鍵因素。

(一)敘事體與代言體

雖然小說與戲曲同爲人物紛繁、情節曼衍之敘事性文學，李漁曾以「無聲戲」命名其小說集，而晚清姚華也將戲曲稱作「有韻之說部」③，然而兩種文體確有其本質上的差異，小說爲純文

①見一粟編：《紅樓夢資料彙編》頁三五五，北京：中華書局，一九六四年。
②見一粟編：《紅樓夢資料彙編》頁一一三。
③姚華《曲海一勺・駢史》云：「雜劇、傳奇更拓前規。觀其事必依託，詞必荒唐，明所作之非眞，知其

字之文學作品，而戲曲則是一門包納文學劇本、音樂伴奏、唱唸身段表演、舞台美術等的綜合藝術。在敘事視角方面，小說可第一、第三人稱自由運用，既可以第一人稱自述心曲，又能旁筆烘托或用第三人稱作側面評論；反觀戲曲大抵僅能以第一人稱代劇中人物立言，「絕不容許劇作家在自己的作品裡伸出頭來大發議論。」④正因爲小說是用文字來塑造人事物諸般形象，它可以敘述和描寫，也可以發議論或感慨；戲曲則只能透過劇中人物的語言和身段來表現，台上的文武場音樂與現代劇場的燈光、字幕、多媒體、舞美等，都僅能作陪襯烘托而已。所以小說的運筆方式是較爲多樣而自由的。如小說《紅樓夢》第一回即設定此部紅樓故事皆爲石頭所記，而第十五回作者避而不提寶玉撞見秦鐘與智能兒得趣之後，如何與秦鐘細細算帳，於是以通靈玉被鳳姐帶走爲由，說「寶玉不知和秦鐘算何賬目，未見眞切，未曾記得，此係疑案，不敢纂創。」又第十八回元妃省親時，園中說不盡太平氣象，富貴風流，接著作者讓石頭探頭出來發一番感慨：「此時自己回想當初在大荒山中，青埂峰下，那等淒涼寂寞；若不虧癩僧、跛道二人攜來到此，又安能得見這般世面。……其豪華富麗，觀者諸公亦可想而知矣。……諸公不知，待蠢物將原委說明，大家方知。」作者讓「石頭」忽然跳出來向讀者說自己的感受與看法，這種自我表白的手法，有如傳統戲曲表演時偶爾出現的「說破」⑤、打背躬所帶給觀眾恍悟的詼諧妙趣，如此變換敘述層次，使文字陡然跌宕而具奇趣，誠如脂批所言：「這方是世人意想不到之大奇筆。若通部中萬萬件細微之事俱備，《石頭記》眞亦太覺死板矣。」（第十五回）「自『此時』以下皆石頭之語，眞是千奇百怪之文。」（第十八回）然而程高本或以爲與全書敘述基調不統一，竟將第十八回石頭自思一段刪除，殊爲可惜。

尤其小說敘事體的優勢在於作者可以運用諸多筆法，將人物的外貌、性格、心理活動甚至可望而不可及，可意會而難以言傳的感覺，不斷地皴染、譬喻與烘托，而將它型塑出來，這在戲曲中卻不易實現，只能靠演員的唱唸身段來演繹。如小說中黛玉的神貌是「兩彎似蹙非蹙罥煙眉，一雙似喜非喜含情目，態生兩靨之愁，嬌襲一身之病，淚光點點，嬌喘微微，閑靜時如姣花照水，行動處似弱柳扶風，心較比干多一竅，病如西子勝三分。」如此空靈巧喻之筆致，可讓讀者聯想出無數個天仙般的黛玉。若搬上舞台，這惹人遐想聯翩的空靈之美就得具象化，即使當年風華絕代的梅蘭芳也曾招來魯迅的嗤議。⑥如何將此等妙不可言的文學之美轉化爲舞台上具象的美，這對編劇和演員而言，都是巨大的挑戰。

言之有故。無非演暢物情，表彰人事。……豐於篇幅，則致無不盡；實以科白，則意無不顯，可謂有容之詞章，有韻之說部也。」見任中敏編《新曲苑》（二）頁四八一，台北：臺灣中華書局，一九七〇年。

④徐扶明語，見氏著〈《紅樓夢》與紅樓戲〉一文，《《紅樓夢》與戲曲比較研究》頁二三七，上海古籍出版社，一九八四年。

⑤有關傳統戲曲「說破」之義涵與作用，詳參洛地《說破．虛假．團圓——中國民族戲劇藝術表現》頁一～六七，長春：吉林美術出版社，一九九九年。

⑥魯迅說：「我在先只讀過《紅樓夢》，沒有看見『黛玉葬花』的照片的時候，是萬料不到黛玉的眼睛如此之凸，嘴唇如此之厚的。我以爲她該是一副瘦的癆病臉，現在才知道她有些福相……」見《魯迅全集》第一卷，頁一八六，北京：人民文學出版社，一九八一年。

㈡當下藝術——戲曲受限於時空

戲曲是屬於當下性的表演藝術，它比小說多了時空的限制，「小說家有的是時間和空間，而戲劇詩人卻缺乏這兩樣東西。」⑦小說可以全景式的悠然鋪展現實生活全貌，就像《紅樓夢》中某個人物的一句話或一個行動，可能要事隔許久才能漸次發酵，伏線千里式的寫法在小說中是常見的。而讀者閱讀小說的時間，可以按自身能力作自由調配，數日、數月乃至數年，彈性頗大，所閱讀的章回亦可隨意揀擇，閱後而憶前，含咀英華、反覆翻閱有時更能觸發感悟。

戲曲則不然，必須在有限的時間、空間內完成表演，觀眾欣賞的時間是限定的，並且無法回顧溫習，若枝節過多，觀眾無法當下明瞭，則會影響接下來的看戲感受。因此舞台藝術本身即具有高度集中、高度情節化之特點，它必須迅速地展開戲劇衝突，精簡地展示人物關係及其命運，使觀眾能「一次過」地看完戲。即使明清傳奇的篇幅頗長，通常在三、五十齣左右，劇作家也不能將全部瑣事堆疊出來，而必須將重要事件——關目切分成一齣齣完整情節作集中表現，每齣各有中心，將具有重點的戲以明場表現之，次要環節則作暗場處理。⑧如是考量現實時空與實際搬演的處理方式，才能順利讓劇作奏之場上。清代楊恩壽認爲小說《紅樓夢》「原書斷而不斷，連而不連，起伏照應，自具草蛇灰線之妙」；但陳鍾麟的《紅樓夢傳奇》卻「強爲牽連，……頗似時文家作割截題，用意鈎聯，究非正軌。」⑨指出小說中草蛇灰線之妙筆，到了紅樓戲卻「強爲牽連」的敗筆。針對這問題，吳克歧也提出批評：

> 夫傳奇與演義，體製迥然不同。傳奇者傳其奇，藉片言單詞已足歌成雅奏；演義者演其義，非連篇累牘不能詳其始終。陳氏傳奇未明此理，致蹈演義之習，不免爲識者所譏。⑩

雖然吳克歧所論未盡周延準確，但卻指出演義小說與傳奇戲曲本質上的差異，小說儘可連篇累牘地將細節敘述得綿密而詳盡，而戲曲則須掌握劇情中可「傳」之「奇」作重點式發揮，才能攫住觀眾目光，陳鍾麟將戲曲當作小說來寫，難免遭識者譏誚。

㈢腳色制——戲曲之鮮明特徵

「腳色制」是中國傳統戲曲之鮮明特徵，西方劇作家係按劇情需要設計不同的劇中人物，演員直接化身爲劇中人物表演即可，而中國戲曲所有的劇中人物皆以生旦淨丑之腳色面目出現。（劇本一般標作「生扮某某上」，或直接作「旦上」）因此「腳色制」與劇作家之撰劇、演員之習藝具

---

⑦狄德羅《狄德羅美學論文選》頁三三〇，北京：中華書局，一九八四年。

⑧徐扶明〈試論明清傳奇長篇體製〉頁一〇二，《崑劇史論新探》，台北：國家出版社，二〇一〇年。

⑨楊恩壽《詞餘叢話》卷三〈原事〉，《中國古典戲曲論著集成》第九冊頁二七一，北京：中國戲劇出版社，一九五九年。

⑩吳克歧《懺玉樓叢書提要》頁三一七～三一八，北京：北京圖書館出版社，二〇〇二年。

有莫大關係，它可以說明劇中人物的類型與特質，也體現出演員專擅的技藝與在劇團中的地位。誠如洛地所言：「我國劇本（戲文—傳奇），向以腳色名目標榜。讀者讀劇本，人物未知而先知腳色——忠奸、善惡、妍媸知焉；聲色技藝，一似在目焉。」⑪腳色（行當）是具褒貶寓意的，尤其在古代眾聲喧闐、諸伶雜遝的茶樓舞榭表演場域，演員一出場的容妝身段，很能讓觀眾因易於辨識而入戲（與西方屏息觀戲之劇場氛圍迥異）。「腳色制」也具有以簡御繁的效果，戲劇旨在表現人生，「仰觀宇宙之大，俯察品類之盛」，對眾生萬象之映照力求豐贍，然而劇團演員有限，古希臘時代以層出不窮之面具作演繹，中國則採「腳色制」解決有限的演員與無限的眾生相之間的矛盾。如最早的宋代戲文《張協狀元》，劇中四十個人物，由生、旦、淨、末、丑、外、貼七門腳色（即七個演員）分別扮飾，而清．洪昇《長生殿》劇中七十餘人，用十一、二人的家班規模仍可搬演⑫。康熙四十三年（一七〇四），洪昇應江寧織造曹寅之邀至南京觀戲，當時曹寅或以其家班（約十二人）爨演《長生殿》，賓主盡歡三晝夜，一時傳爲盛事（事見金埴《巾箱說》）。

明清傳奇的腳色制，源自宋元南戲、雜劇而又有所發展，其腳色分工愈趨細密而完整，具體運用時又因劇作家與搬演情況不同而有所差異。清代紅樓戲問世之時，正值戲曲史上花雅之爭時期，崑劇班社腳色向以嚴謹見稱，這與它漫長的演變過程有關，後來所謂「六生六旦四花面」之格局，恰如崑腔水磨調係歷經無數歲月打磨凝鍊而成。而歷來有關腳色之命名與配置，文士劇本與戲班搬演實際是有差距的，文本多靜止而保守，戲班則應時而變動。元雜劇時期，腳色分行較爲簡單，除一人主唱之正旦、正末爲主角之外，其他均屬配角，而《西廂記》之紅娘腳色雖是俫旦，但劇本常簡化作「紅」。明代萬曆後期，梨園搬演在南戲「七子戲」基礎上普遍已發展成十門腳色，但有些劇作家無視於戲班時尚、舞台新潮，只按自己的個性、習慣來撰劇。如湯顯祖「四夢」在腳色配置上喜歡大而化之，《牡丹亭》只用八個腳色而已，《邯鄲夢》勉強增一小旦（盧生之子），但在第三齣〈度世〉只寫「扮呂仙」、「何仙姑持箒上」，乾脆不標腳色名稱，搬演時再由梨園界去界定。阮大鋮撰《燕子箋》時，對丫鬟梅香、院公亦未標出是何腳色，而直接簡化作「梅」、「院」。此外，「貼旦」在宋元南戲中早已出現，但晚明清初的李漁（一六一一～一六八〇）絕大多數不用，如最爲膾炙人口、享譽中外的《風箏誤》一劇即無「貼旦」一門，如此將貼旦視爲零碎性質，應屬李漁個人看法。

清代紅樓戲剛出現的乾嘉時期，李斗《揚州畫舫錄》所載「江湖十二腳色」，堪稱崑班腳色演變之成熟期，當時民間戲班手抄的演出台本稱作「江湖總綱」，而崑班藝人也習慣用這十二門腳色來搬演所有劇本中的人世百態且餘裕自如。⑬然而面對洸洋恣肆的小說《紅樓夢》似乎力有未逮，而且被公認爲紅樓戲重構之難題。

---

⑪ 洛地〈腳色制〉，《洛地戲曲論集》頁三四六，台北：國家出版社，二〇〇六年。

⑫ 參解玉峰〈「腳色制」作爲中國戲劇結構體制的根本性意義〉，《文藝研究》二〇〇六年第五期，頁八六。

⑬ 有關崑劇腳色之承繼期、成熟期與定型期，詳參陸萼庭〈崑劇腳色的演變與定型〉，《清代戲曲與崑劇》頁四九～八一，台北：國家出版社，二〇〇五年。

㈣音律與舞台

孔尚任〈桃花扇小引〉云：「傳奇雖小道，凡詩賦、詞曲、四六、小說家，無體不備。至於摹寫鬚眉，點染景物，乃兼畫苑矣。」單就劇本文學來看，戲曲之豐贍已臻「無體不備」（曹雪芹《紅樓夢》亦藉撰各式文體以炫才）。而除文學之外，作為一種立體的表演藝術，戲曲與宮調、曲牌等音律之學，以及排場、舞美等搬演問題皆息息相關。換言之，戲曲的創作不同於一般文學體製，它需要文學家、音樂家與表演藝術家三者密切配合，才能圓滿完成，也才足以體現戲曲藝術的特色。近代曲學大家吳梅〈新定《九宮大成南北詞宮譜》敘〉云：「余嘗謂歌曲之道有三要也：文人作詞，國工製譜，伶家度聲。」被吳梅譽為有清一代第一人的李漁，其代表著作《閒情偶寄》之〈詞曲部〉、〈演習部〉、〈聲容部〉即從戲劇之創作、搬演、編排與演員之揀選和訓練，全面關注戲劇之文學與表演藝術等相關問題。吳梅撰《顧曲麈談》，於作劇法多有擘析，在劇本創作方面，其中「結構謹嚴」、「詞采超妙」等項，似與小說無甚區別，然而減頭緒、劑冷熱、均勞逸、妙科諢等，則是小說所無，而為劇本文學所應恪守之要項。

至於音律一項，洵為戲曲之靈魂特徵，有關宮調、曲牌、板眼、聲腔等音樂聲律之學，允為曲學重心。蓋因傳統戲曲不涉音律則無法敷演，劇作者不諳音律，則無法使作品奏之場上。不僅南北曲作法不同，每支曲牌之聲調、句法、押韻皆有固定格律。而曲牌本身所蘊含的曲情與性質；曲牌之間如何按其聲情而組織成套，以及根據悲歡離合的劇情而調劑排場等戲曲專業學問亦不可不知，否則劇作將無法演之氍毹，終究只能成為案頭清供而已。⑭

而這類音律、排場乃至舞台美術如穿關服飾、佈景道具等學問，皆是平面文學如小說等無需考量的問題。僅以創作一支曲牌爲例，李漁即表示是件「令人攬斷肺腸」之事，其文云：

至於填詞一道，則句之長短，字之多寡，聲之平上去入，韻之清濁陰陽，皆有一定不移之格。長者短一線不能，少者增一字不得，又復忽長忽短，時少時多，令人把握不定。當平者平，用一仄字不得；當陰者陰，換一陽字不能。調得平仄成文，又慮陰陽反覆；分得陰陽清楚，又與聲韻乖張。令人攬斷肺腸，煩苦欲絕。此等苛法，儘勾磨人。作者處此，但能佈置得宜，安頓極妥，便是千幸萬幸之事，尚能計其詞品之低昂，文情之工拙乎？……總諸體百家而論之，覺文字之難，未有過於填詞者。⑮

每支曲牌的曲文長短、字數不一，其聲調之平上去入，韻協之清濁陰陽，皆有一定而不可移易之格律。這類「苛法」，猶如「戴著鐐銬跳舞」⑯，已讓人「煩苦欲絕」，何況詞采工拙、詞品高下更

---

⑭ 詳參拙著《近代與學二家研究——吳梅、王季烈》頁一一二～一三五、一九七～二二八，台北：臺灣學生書局，一九九二年。

⑮ 李漁《閒情偶寄・詞曲部・音律第三》，《中國古典戲曲論著集成》（七）頁三二，北京：中國戲劇出版社，一九五九年。

⑯ 聞一多〈詩的格律〉，《北京晨報・副刊》，一九二五年五月十三日。

是文士頗爲在意的評騭指標，在磨人的音韻格律下攀登曲壇高峰，其難度迥非一般文學創作所可比擬。

二、《紅樓夢》本身重構爲戲曲之難

明清長篇戲曲之所以稱爲「傳奇」，主要在於其劇本有「奇」可「傳」，李漁說：「古人呼劇本爲『傳奇』者，因其事甚奇特，未經人見而傳之，是以得名，可見非奇不傳。」⑰主張創作傳奇劇本宜「脫窠臼」。小說《紅樓夢》雖也寫家庭閨閣閒情細事，然以世所罕見之還淚說、太虛幻境神話映照金紫貴冑之榮枯興衰，情節新奇，手法高妙，雖云「大旨談情」，迥非一般才子佳人「千部共出一套」的模式——「胡牽亂扯，忽離忽遇，滿紙才人淑女」等「通共熟套之舊稿」，亦非「一味淫邀豔約、私訂偷盟」之可比，所寫「情癡色鬼、賢愚不肖者，悉與前人傳述不同。」（小說首回）足見作者力求「令世人換新眼目」，極符合劇本創作題材、手法之新奇，而全書環繞寶黛愛情悲劇所生發形形色色複雜而尖銳的衝突，極具傳奇的戲劇性，令人目眩神驚、稱奇賞絕。

由此看來，《紅樓夢》既是「創始之善」，本身擁有重構爲戲曲的諸多有利條件，而當時續本、傳奇與說唱等改編之作亦紛然蠭出，但據清·聽濤居士《紅樓夢散套·序》云：

《石頭記》爲小說第一異書，海內爭傳者以數十載，而旗亭畫壁，鮮按紅牙。⑱

自從乾隆五十六年（一七九一）一百二十回程高本《紅樓夢》刊刻成書，加速這部小說的傳播，除續本迭出之外，更引發不少雅士興起改編成戲之動機。然而改編戲雖多，卻「鮮按紅牙」，很少能搬上舞台實際爨演，是否《紅樓夢》小說本身即存在難以重構爲戲曲之致命因素？其緣故大致有以下幾方面：

㈠事繁人眾枝節多

《紅樓夢》描寫內容極其廣袤，人物多，事件多，場面多。單就榮國府人數估算起來，「從上至下，也有三四百丁，事雖不多，一天也有一二十件，竟如亂麻一般。」⑲如此豐贍之題材，原本可爲紅樓戲之改編提供豐沛資源。然而就觀眾接受心理而言，戲曲比小說多了時空的限制，因爲

---

⑰ 李漁《閒情偶寄・詞曲部・結構第一・脫窠臼》，《中國古典戲曲論著集成》（七）頁一五。

⑱ 阿英編《紅樓夢戲曲集》頁四八二，北京：中華書局，一九七八年。

⑲ 因《紅樓夢》版本問題，各家統計數字略有差距：清嘉慶年間諸聯《紅樓評夢》云「除無姓名及古人不算外，共男子二三二人，女子一九八人。」姜祺《紅樓夢詩・自序》：「男子二三五人，女子二一三人」，咸豐時姚燮《紅樓夢人索》：「總計男二八二人，女二三七人。」

它是一種當下性的表演藝術，觀眾無法在有限的時間內接收過多人事紛繁的情節訊息。李漁《閒情偶寄》曾言：「一本戲中，有無數人名，究竟俱屬陪賓，原其初心，止為一人而設。……此一人一事，即作傳奇之主腦也。」並強調「頭緒繁多」為傳奇之大病；吳梅《顧曲麈談》更站在觀劇者立場，說明「一日半日之間，而欲明此劇中情節，全在一線到底，無旁見側出之情，則孰主孰賓，一覽而知矣。若喜設關目，多添角色……線索既紊，將使觀場者茫然不知其事之始末。」

清代紅樓戲作者亦深有此感，仲振奎云：「《紅樓夢》篇帙浩繁，事多人眾，既不能悉載其事，亦不能遍及其人。」（《紅樓夢．凡例》）萬榮恩也說：「其中卷帙浩繁，難以盡述，倘欲枝枝節節而為之，正恐舞榭歌台，曲未終而夕陽已下，紅裙翠袖，劇方半而曙色忽升。雖曰窮態極妍，究非到處常行之技」使他不得不「急加刪校」（《紅樓夢傳奇．自序》）由於必須在有限的時間、空間內完成表演，劇作家就得刪枝節「減頭緒」，凸顯戲劇衝突，才能抓住觀眾的注意力。足見篇幅宏博的《紅樓夢》要改編成戲並不容易，它考驗著劇作家必須領略原著精髓，又熟諳戲曲搬演要求，兩者缺一不可。

此外，《紅樓夢》小說篇幅長，線索繁多，其情節內在結構較為複雜，並非如一般古典小說之線性式敘事，而是在草蛇灰線、伏線千里之外，又有交相連結且相互制約的網狀式結構，也正因如此線索細密交織的敘述方式，才層層織出立體的人物形象及其背後頗為深廣的小說世界。然而這些優點卻成了改編紅樓戲的困擾，因為它頭緒紛雜，與傳統戲曲歷來堅持的減頭緒等線式敘事迥不相類。

㈡愛情主線缺乏戲劇性

愛情題材向來是戲曲搬演中最易讓觀眾投入且津津樂道的部分，尤其明清傳奇中的名劇《牡丹亭》、《南西廂》、《長生殿》、《桃花扇》，乃至《荊釵》、《紫釵》、《幽閨》、《拜月》、《白蛇》……愛情關目占全劇半數以上者不遑枚舉。愛情劇之所以吸引觀眾，除了生旦才貌俊逸的妝扮，演員唱唸身段功底佳，情節設計上，兩人往往一見鍾情，相互試探、挑逗應對時，眼波流轉出無限情意，又或丫鬟傳話遞柬、花園贈金、私訂終身、高中狀元、締婚團圓，這類才子佳人式的風月熟套，雖曹雪芹不屑爲之，卻在戲曲舞台上頗受青睞且百演不厭。反觀作者「追蹤躡跡」、能將「兒女眞情發洩」而出的《紅樓夢》，旖旎纏綿不盡，洵是寫情聖手，然而這「令人換新眼目」的小說第一異書，搬上舞台卻減色不少，其原因當與愛情主線之戲劇性不足有關。

平凡的才子佳人劇爲何較受歡迎？主要在於戲曲搬演受現實時空限制，需要高度集中情節高潮，迅速推展劇情，才能波瀾迭生，因爲場子一瘟，戲劇性不足，觀眾很容易進入夢鄉或覺索然無趣。於是恰如相聲之組織「包袱」，不斷埋伏大小不同的「哏」，使觀眾保持著盎然的神情。而戲劇則藉巧合、誤會、表贈信物、焚香盟誓、強勢的第三者……種種讓觀眾印象深刻又吸睛的關目，緊緊抓住觀眾的注意力，從而形成戲劇性很足的一台好戲。

而《紅樓夢》中愛情主線的寶黛情感發展，幾乎與上述才子佳人劇背道而馳。縱然寶黛因木石前盟而在初見時有相看儼然的似曾相識感，但他倆從小「一桌吃，一床睡」地長大，兩小無猜耳鬢廝磨、點滴培養出的感情畢竟不同於男女間的「一見鍾情」。這條感情線的發展極爲細緻而緩慢，歷經多年的醞釀、培養與拉扯，才漸漸「磨」出純澈而深摯的愛情。待情根深種後，礙於傳統禮教，這份深情「癡病」卻又成了不能說破的伏流，就如第二十九回所描繪的，寶玉「早存了一段心事，只不好說出來，故每每或喜或怒，變盡法子暗中試探。那黛玉偏生也是個有些癡病的，也每用假情試探，因你也將眞心眞意瞞了起來，只用假意，我也將眞心眞意瞞了起來，只用假意，如此兩假相逢，終有一眞。其間瑣瑣碎碎，難保不有口角之爭。」於是「兩個人原本是一個心，但都多生了枝葉，反弄成兩個心了。」如此這般瑣碎的口角之爭，書中多的是，這雖是愛情路上的眞實寫照，但如是周折而幽微的情思意緒，如「求近之心，反弄成疏遠之意」如何化爲舞台上的人物行動，的確有其難度。

寶黛之間既沒巧合、信物，也沒花園贈金、私訂終身，寶玉更沒攫得高魁好拜堂成親，單是讓晴雯傳遞舊帕，就已讓黛玉「渾身火熱，面上作燒」，而誓言也僅寶玉單方面的說「做和尙」等等癡話而已。兩人偶有肢體接觸，也只如第十九回黛玉幫寶玉拭腮上胭脂膏痕，寶玉拉黛玉袖子聞香，還呵她癢，之後仍是「斯斯文文的躺著說話兒」，這種柏拉圖式又思無邪的親暱感，在傳統戲曲舞台上很少演繹過。太愚說：「《紅樓夢》作者寫寶黛戀愛故事，顯然和一般才子佳人式的傳奇小說有性質上的根本不同。傳奇小說的記錄是單線的，而寶黛的故事是多角的；才子佳人的戀愛多半是無個性的喜劇，而寶黛故事是性格完整的悲劇。」[20]寶黛兩人的故事，作者運用多面向描述，而這份秘情好了又壞，進了又退，拎不出可觀性高的衝突點，缺乏戲劇性，致搬演不易。其中較具戲劇張力而能搬上舞台者，則屬「共看《西廂》」與「葬花」[21]，唯搬演時長不足，皆難各成一折，故重構時多將此二關目合爲一齣，清代仲振奎之〈葬花〉，萬榮恩之〈警曲〉，吳蘭徵之〈詞警〉，朱鳳森之〈葬花〉諸齣與梅蘭芳之《黛玉葬花》和馬蘭之黃梅戲《紅樓夢》皆如此。實則「西廂記妙詞通戲語」在第二十三回，而「埋香塚飛燕泣殘紅」已是第二十七回，中間的賈芸與小紅情事、寶玉與鳳姐遭魔魘、寶玉引《西廂》曲文傳情、薛蟠邀宴、寶釵撲蝶……等枝節頭緒俱已刪汰，乃能併爲一折，而〈葬花〉雖新人耳目，終究成了一齣「人保戲」的冷戲，致搬演率不高。

至於罕言寡語、沖澹閒遠的寶釵，脂批說：「寶卿待人接物，不疏不親，不遠不近。可厭之人，亦未見冷淡之態形諸聲色；可喜之人，亦未見醴蜜之情形諸聲色。」（第二十一回）面對人事，她常處於旁觀者狀態，而其言行舉止也很難構成「第三者」形象，小說中種種戲劇性之不足也造成改編的困難。

(三)腳色制與紅樓戲之扞格

《紅樓夢》小說中的人物立體、複雜而眞實，周汝昌說：「蓋雪芹之寫人各有其身份、思想、感情、職責與立足點，各有其道理、緣由，各自恰如其分，而並非有意劃分善惡好壞也。」㉒小說

---

⑳ 太愚《紅樓夢人物論》頁二〇二，收於《紅樓夢藝術論》，台北：里仁書局，一九八四年。太愚所言「才子佳人的戀愛多半是無個性的喜劇」，失之以全概偏，如《西廂記》之鶯鶯，《牡丹亭》之杜麗娘，《桃花扇》之李香君，《焚香記》之敫桂英……皆頗具個性，人物鮮明而出色。

㉑ 「黛玉之死」係重要關目，然屬續書之筆，重構者多另加「焚稿」、「瑛弔」乃能構成一齣折子戲。

㉒ 周汝昌《周汝昌校訂批點本石頭記》頁四二五，南京：譯林出版社，二〇一一年。

作者僅客觀描述人物的言行而不作論評，讓觀眾自己去感受與判斷。而一旦改編成戲曲，則必須遵循戲曲以「腳色制」爲中心之特點，乃能創作或搬演。面對洸洋恣肆的小說《紅樓夢》，傳統戲曲的「腳色制」明顯地出現扞格，原因在於小說原著人物數逾四百，且女性提及名字者約一百八十九人。女子數量龐大正是這部小說底特色，它原是一部爲女兒作傳、歌哭哀嘆之「女兒之書」，只是要將它改編成戲曲搬演時，便出現諸多問題。

首先，女性人物過多，必須刪汰揀選出較具特色者，方能付諸場上，而「江湖十二腳色」中，屬於「旦」行者僅老旦、正旦、小旦、貼四種而已，這與小說中女子數量簡直不成比例。清代紅樓戲中，仲振奎的《紅樓夢傳奇》，用旦角扮的劇中人物有十多個；萬榮恩的《醒石緣》，旦扮人物二十多個；陳鍾麟的《紅樓夢傳奇》，旦扮人物竟高達五十多個，還不包括「眾旦」扮的丫鬟、仙女、宮娥、女尼、女伶、花神、村姬等沒名字的「雜」類人物。這無論在職業戲班或家班，皆不可能有如此眾多的旦角演員。而舞台演出時各腳色之出場人物數量與場次，必須調配勻稱，達到合理平衡，否則全場盡是旦角有何看點？

其次，腳色制中行當之劃分，係以類型、特質爲標準，而《紅樓夢》中之女子，其年齡相仿，其氣質、性格在作者筆下各各不同，鮮活而立體，這些獨一無二的眾多女子若搬上戲曲舞台，在腳色制的框架篩選下，大抵僅能歸併出二、三類而已，如黛玉、寶釵、湘雲、探春、迎春、妙玉、寶琴……等，在小說中形象截然不同，但在古典戲曲中，其氣質、形象亦僅屬大家閨秀之「閨門旦」一種而已，於是小說作者在人物塑造上辨析纖毫的超凡功夫至此竟無用武之地。

此外，一般戲班的演員編制，每一家門（行當）最多僅三、四人，如「小旦」一行能搬演五個以上劇中人物而觀眾不會淆溷嗎？㉓即便演員具兼扮能力，所謂「一趕三」，但改扮太多，就會造成演出忙亂，在舞台調度上亦恐有難度。若不兼扮，則戲班縱使財力雄厚，亦難竟其功。如梅蘭芳當年爲了排《群芳集艷》這部據第六十三回「壽怡紅群芳開夜宴」而改編的紅樓戲，出場人物二十七個，只寶玉一角爲男性、史太君由老旦扮演之外，其他二十五個全由旦行應工，無論哪家班社皆無如此眾多的旦行演員，於是打破班社界限，集各班旦角如尚小雲、荀慧生、趙榮深、陳永玲、王吟秋、毛世來、宋德珠……於一堂（全是乾旦），結果戲是編好了，卻始終沒上演㉔。足見小說《紅樓夢》改編爲戲曲，「腳色制」是歷來公認的難題。

略爲一提的是，就觀眾接受學來看，小說作者對寶玉的形容至少是「神彩飄逸，秀色奪人」，而楊懋建認爲「每恨《紅樓夢》曲子既唱遍旗亭，而搬演寶玉者，率皆庸惡陋劣，金聖歎所謂忤奴，每見之，輒令人三日不快。」因爲崑曲格高調雅，在當時劇壇獨享「雅部」美譽，飾演崑劇中的男女主角氣質要求較高，必須具有「書卷氣」，而扮飾寶玉者要求尤高，以致當時梨園所演率皆難獲識者青睞，能讓楊懋建滿意的只有林韻香，「若韻香者，始爲怡紅公子，春容大雅，動

㉓ 二〇一一年北方崑曲劇院（簡稱北崑）推出「大型崑曲青春豪華版」《紅樓夢》，上本飾演薛寶釵的邵天帥，下本改飾林黛玉，釵黛皆屬閨門旦，唱唸做表無甚區別，僅僅兩位劇中人物，觀眾已感辨識困難。

㉔ 見鈕驃：〈京劇紅樓戲摭遺——致吳小如先生的公開信〉，《紅樓夢學刊》一九八一年第三輯。

合自然，庶乎仿佛遇之矣。」而韻香竟是平常「淵然靜穆，不苟言笑」的「道光年間崧祝部旦角」（《辛壬癸甲錄》）以旦角飾寶玉乃合其意，而這也說明小說中的寶玉原帶有一種「女兒」般的特殊清柔氣質。碻知重構《紅樓夢》爲戲曲時，演員之揀選洵非易事。

三、紅樓戲之繁興與侷限

「一自紅樓傳艷曲，不教四夢擅臨川」[25]《紅樓夢》曲子既「唱遍旗亭」，足見自嘉慶初年至晚清，紅樓戲之搬演頗盛。而清代紅樓戲爲何能盛極一時又驟然轉衰？除小說《紅樓夢》原不易重構爲戲曲已如上述之外，清代文士所編紅樓戲皆較原著遜色，劇作本身亦有其內在缺失，而觀近現代諸紅樓名戲之得失，亦可爲將來重構經典紅樓戲取得借鑑。

㈠清代紅樓戲之興衰

小說《紅樓夢》前八十回早在乾隆初年已有脂硯齋重評抄本，到了乾隆五十六年（一七九一）程偉元、高鶚刊行百二十回本問世，刻本翻印日多，行銷快速，遍於海內，一時風行，幾乎到了「家置一集」的盛況。當時人們日常所見條幅、車窗、彩燈甚至女子嫁粧上，都時興繪有《紅樓夢》的畫圖；詩詞、酒令與子弟書、彈詞開篇、廣東木魚書、岔曲、時調、鼓書、琴書、墜子等說唱曲藝紛興蝟起，莫不以《紅樓夢》作爲題材訴情抒怨，而這「寫不盡興衰怨」的《紅樓》現象，也帶動紅樓戲的創作熱潮。

清代的紅樓戲，據不完全統計，約二十餘種，惜佚失泰半，今僅存十餘種，大抵集中於嘉慶至道光（一七九六～一八五〇）五十餘年間，其劇作依次爲：仲振奎《紅樓夢傳奇》、劉熙堂《游仙夢》、孔昭虔〈葬花〉、萬榮恩《醒石緣》、吳蘭徵《絳蘅秋》、吳鎬《紅樓夢散套》、譚光祜《紅樓夢曲》、石韞玉《紅樓夢》、朱鳳森《十二釵傳奇》、陳鍾麟《紅樓夢傳奇》、許鴻磐《三釵夢》、周宜《紅樓夢佳話》、褚龍祥《紅樓夢塡詞》、無名氏《十全福》，另有徐子冀、張琦各撰《鴛鴦劍》等等。㉖由於作者多屬知名文人，對原著深有感發，才興起改編成戲的念想，如仲振奎在「喜其書之纏綿悱惻，有手揮目送之妙」之餘，對小說中人物油然而生好惡之情，「哀寶玉之痴心，傷黛玉、晴雯之薄命，惡寶釵、襲人之陰險」；萬榮恩「擊節再三，留戀太息者久焉」，乃將之譜作傳奇；吳蘭徵覺得「作者眞有一種抑鬱不獲已之意，若隱若躍」，而決定「傳其奇」。另有對別人改編不甚滿意者，乃另出機杼別撰新劇，如許鴻磐覺之前的續作「似畫蛇足」，吳蘭徵對

㉕ 清・了一山人〈紅樓夢樂府題辭〉，阿英編《紅樓夢戲曲集》頁五二二，北京：中華書局，一九七八年。

㉖ 阿英編《紅樓夢戲曲集》錄有十種，缺《游仙夢》。此十餘種率以主流聲腔崑曲撰成傳奇、雜劇，其他桂劇（唐景崧撰）、京劇、粵劇則不在此列。

他人所作亦「未盡愜意」；陳鍾麟對於仲振奎、萬榮恩、吳鎬之劇作「不襲三家一字，亦足樹幟詞壇」（姚燮語），彼此相互較勁、爭奇鬥勝的競作風氣，從而擴大了紅樓戲的編創效應。

新戲迭出也引發搬演需求。當時仲振奎的《紅樓夢傳奇》最爲流行，其〈自序〉云：「成之日，挑燈漉酒，呼短童吹玉笛調之，幽怨嗚咽，座客有潸然沾襟者。」吳克岐《懺玉樓叢書提要》亦提及：「當時貴族豪門，每於燈紅酒綠之餘，令二八女郎歌舞於紅氍毹上，以娛賓客，而〈葬花〉一齣，尤爲人傾倒。」仲振奎以排場取勝，清末崑旦小桂林、徐小寶曾於上海丹桂茶園排演過全本；石韞玉的《紅樓夢》也曾在旗亭大會唱演過。梨園中諸多伶人皆曾演過紅樓戲，如嘉慶年間三多班旦角朱麒麟「精於崑劇，演《紅樓夢》全本，扮黛玉，顰蛾斂黛，旖旎嬌羞，宛若瀟湘妃子後身也。」（《眾香國》）道光時京中集秀班崑旦錢雙壽（字眉仙）擅演〈葬花〉；三慶班旦角陳鳳翎（鸞仙）演〈葬花〉、〈警曲〉「哀感頑豔，悽惻酸楚」（《長安看花記》）；春台班旦角胖雙喜與吳金菊演〈葬花〉、〈折梅〉皆卓絕一時；而演寶玉者，上文提及楊懋建以林韻香「春容大雅」爲最佳。名角搬演《紅樓》，所引發的效應尤其巨大，以致惹出禁戲風波，《得一錄》卷十一〈翼化堂條約〉提及《紅樓夢》被列入「永禁淫戲目單」，「如敢點演，立將班頭送官究責，或罰扣戲錢三千文，以儆將來。」、「以上各種風流淫戲，誨淫最甚。而近世人情，沿於習俗，每喜點演。」[27]這則警示正說明紅樓戲常被點演，受到觀眾喜愛已蔚爲風尚。

清代紅樓戲大都爲崑曲劇目，而乾隆年間的花部弋陽腔攢興，劇壇正是「花雅爭衡」的局面，吳梅曾云：「乾隆以上，有戲有曲；嘉道之際，有曲無戲；咸同以後，實無戲無曲。」[28]紅樓戲繁興的嘉道之際，花雅之爭使得崑曲漸次衰落，「有曲無戲」顯示崑曲僅剩小眾文士鍾愛。之後，崑劇藝人顛沛老死，或為謀生而與花部皮黃、徽戲、梆子同台演出，時勢所逼，崑腔頹風難挽，曲冷聲殘，何況這些戲本身還存在諸多不利搬演之問題，清代紅樓戲亦隨之汩沒消歇。

(二)清代紅樓戲較原著遜色之原因

清代紅樓戲作者群知名文士孔昭虔、許鴻磬、朱鳳森、石韞玉、陳鍾麟皆進士出身，石韞玉甚至狀元及第，他們大都在朝為官或書院中講學，仲振奎係泰州書香世家，吳蘭徵之夫俞用濟為姚鼐門人，如是家世背景，之所以撰劇，不過偶爾官場失意，孤悶無聊，為蠲愁排悶而創作，非為謀生或搬演而寫，自娛色彩濃厚。故其運筆雖綺靡綿麗，情致哀豔，然思想皆軌於正統，甚且雜摻佛道宿命觀，已無小說原著中之叛逆神采。又非諳熟場上搬演之道，導致劇作流於案頭，終至束諸高閣。其中布設人物、鋪排情節，間有待商榷之處：

第一，曲解原著人物形象。小說原著前八十回中作者所謂夢幻、色空意旨，原屬老莊道家與佛理之哲學思維，而程高本續書後四十回則開始出現民間宗教信仰觀念。清代紅樓戲承繼續書之世俗化、宗教化傾向並再度加強，導致劇作中宗教思想越發濃厚㉙，人物形象也隨之披上命定、因果

㉗ 清・余治《得一錄》頁八〇三～八〇四，台北：華文書局，一九六九年。

㉘ 吳梅《中國戲曲概論》卷下，頁三七～三八，台北：學海出版社，一九七九年。

㉙ 詳參本書〈尤三姐形象之爭議〉頁二四七～二四九「宗教色彩濃厚」。

報應等迷信色彩。如仲振奎爲依循戲曲常見的大團圓結局，而硬湊上《後紅樓夢》以求「合歡之義」㉚，使黛玉藉絳容金魚之力還魂，晴雯藉柳五兒之屍回生，湘雲亦修仙有成，勸合寶黛團圓。情節荒誕無稽固無足論，其他劇中人物形象頗遭扭曲則最是可議，如石韞玉的《紅樓夢》〈定姻〉一齣寫元春降旨要寶玉與黛玉成親，寶玉不肯，黛玉竟說：「婚姻事，天生在，不由人私意安排」，竟把內心嚮往杜麗娘追慕至情的黛玉曲解成宿命論者。而陳鍾麟的《紅樓夢傳奇》末齣〈幻圓〉，更藉尤倩姬（尤三姐）之口評道：「大凡佛家所取者眞性，所忌者機心，那薛寶釵一生機心用事，安得再成正果。」讓用盡心機的寶釵得到惡果。如此爲解愁補恨，構設仙界證緣的團圓美夢，進而曲解人物形象，使原著動人的藝術魅力驟失，實不足取。

另外，囿於前述「腳色制」之限制，由於小說《紅樓夢》中女性人物過多，導致旦角不敷支應，仲振奎乃以「淨扮賈母，不敷粉墨。副淨扮鳳姐，丑扮襲人，皆敷艷粧，不敷墨。老旦扮史湘雲，與作旦粧扮同，餘仍舊。」（《紅樓夢傳奇・凡例》）雖是基於調劑行當的權宜之法，也不敷粉墨以免影響美觀，但賈母慈愛和煦、鳳姐騷艷詼諧、襲人賢惠體貼、湘雲英豪豁朗的一面全被隱去，與小說中的形象頗有差距，無怪乎梁廷枏《籐花亭曲話》批其「腳色不相稱」。

第二，不諳排場，冷場過多。戲劇的生命在舞台，李漁嘗云：「塡詞之設，專爲登場」（《閒情偶寄》），而清代諸多紅樓戲作者如孔昭虔、朱鳳森、周宜等僅重塡詞而忽視排場藝術，以致劇作皆未嘗奏之場上。而曾在舞台上搬演過的仲振奎、陳鍾麟劇作，冷場子亦明顯居多，其文詞又過於典雅，致普及性不高，赧生居士《紅樓夢攤簧》開首云：「紅豆村樵（即仲振奎）改作傳奇，又只是文人擊節，學士傾心，城市鄉村，不能遍及。」排場是戲曲能否順利搬演的關鍵，許之衡表示：「作傳奇第一須知排場，……此為最要關鍵。」（《曲律易知》）何謂排場？王季烈云：「悲歡離合，謂之劇情；演劇者之上下動作，謂之排場。欲作傳奇，此二事最需著意。」（《螾廬曲談》）簡言之，即按每齣劇情之不同，安排腳色上下場，不可勞逸不均；調劑各場文武冷熱交替，並揀選適合的音樂作配搭，這一切場上藝術之運用，可統稱為「排場」。㉛

清代紅樓戲中有關大觀園聯詩、結社的情節，戲劇氛圍雖文雅卻偏冷靜，在萬榮恩、朱鳳森、吳鎬、陳鍾麟等劇作中皆有相關改編，其出現頻率竟高過劉姥姥這「熱」場戲；而〈黛玉葬花〉中的寶黛誤會也被刪除或弱化，改成黛玉抒懷的「冷」場戲，文人依著自己熟悉的詩詞結社情節儘作改編，而忽略觀戲心理，場子一瘟，觀眾便提不起勁看戲了。楊恩壽《詞餘叢話》曾精確指出陳鍾麟劇作之弊病：「先生工制藝，試帖為十名家之一。度曲乃其餘事，儘多蘊藉風流、悱惻纏綿之作，惜排場未盡善也。」徐扶明也批評陳劇場子又散又碎，「好像『拉洋片』一般」。該劇完全依據小說敷衍，缺少剪裁與發展，因而顯得拖沓冗長，缺乏戲劇衝突。

㉚ 仲振奎《紅樓夢傳奇．凡例》云：「前《紅樓夢》讀竟，令人悒快於心，十日不快，僅以前書度曲，則歌筵將闌，四座失色，非酒以合歡之義，故合後書為之，庶幾拍案叫快，引觴必滿也。」

㉛ 參拙著《近代與學二家研究——吳梅、王季烈》頁一一三。吳梅《顧曲麈談》亦云：「如上一折以生為主腳，則下一折再不可用生腳矣；上一折以旦為主腳，則下一折亦不可用旦腳矣，他腳亦然。此其故有二也，一則優伶更番執役，不致十分過勞，二則衣飾裙釵更換頗費時間。」

而較懂排場的仲振奎，明顯縮減劇中聯詩作對的篇幅，考量「熱」場需求，而另添〈海陣〉一齣，演探春深諳戰略，與周瓊、周瑞父子奉旨掃蕩群盜的打鬥戲。梁廷枏《籐花亭曲話》稱讚此劇排場佳：「且藉周瓊防海事，振以金鼓，必不終場寂寞，尤得本地風光之法。」只是讓探春指揮海戰，一變而成了紮靠戴翎又舞劍的刀馬旦，矯枉過正，不符小說原著形象。

第三，昧於音律，難付氍毹。律爲曲之魂。然創作清代紅樓戲之文士除仲振奎之外，大都不諳音律，而周貽白認爲：「以《紅樓夢》編爲傳奇或散齣的仲雲澗、陳鍾麟、吳鎬等都各有表見，雖未能單獨名家，還算不逾矩矱。」㉜事實上，這三人中陳鍾麟「度曲乃其餘事」，吳鎬「向以詩文著聲」，戲曲乃「其餘技」，僅仲振奎「所著樂府，概以紅豆村樵署名，至今未梓者尚十五種，吳越紙貴，時無不知有紅豆村樵者。」㉝陳鍾麟不通音律最爲嚴重，自云：「余素不諳協律，此本皆用四夢聲調，有《納書楹》可查。檢對引子以下，大約相仿，惟工尺頗有不諧，度曲時再行斟酌。」㉞王季烈對清末劇作家不諳音律，以致音乖字別難以搬演的情形，在《螾廬曲談》卷三「論譜曲」中曾有明確分析：「其武斷從事者，往往張冠李戴，以致音乖字別，如陳厚甫《紅樓夢傳奇・凡例》云『此本皆用四夢聲調，有《納書楹》可查對，引子以下大約相仿』云云，幾似曲牌相同，即可用同種之宮譜；又同治末年，俞曲園先生自撰新曲，規仿〈彈詞〉，令伶人阿掌強以〈彈詞〉之宮譜歌之；光緒壬寅六月，萬壽聖節，張文襄在鄂宴外賓，盛張古樂，有彈琴崑曲等項，其崑曲曲詞，文襄自撰，亦令度曲者強以舊譜之工尺唱之。凡此皆文人不諳音律，好爲武斷，歌者不明聲律之原，無從糾正，以致貽此笑柄。」說明陳鍾麟、俞樾、張之洞等雅好崑曲，卻又昧於音律，硬將他劇之工尺譜套上同曲牌之己作，不究四聲腔格，不明主腔觀念，率爾操觚，致貽笑柄。

吳梅亦曾批陳劇「曲律乖方，未能搬演」。

以《紅樓夢》小說中耀人心目之共看《西廂》與葬花來看，仲振奎〈葬花〉一折，寶黛共看《西廂》時，用陶寫冷笑的越調【調笑令】、【小桃紅】，與前半段寶玉感落花飄零用悽愴怨慕的商調【山坡五更】相對，聲情穩諧合律。而陳鍾麟之〈讀曲〉，寶黛共看《西廂記》、《牡丹亭》，其曲牌則全然蹈襲《牡丹亭・驚夢》一齣之聯套，但卻把此齣首曲【繞池遊】移到齣末，再加【尾聲】即下場。實則【繞池遊】係商調引子，常作爲腳色上場時所用（如〈驚夢〉），而陳鍾麟不知曲牌性質，竟將它移至齣末；又其〈餞春〉寫黛玉葬花，用商調曲牌，聲情雖合，但【鶯啼序】僅早期《白兔記》疊用四支成套，後來聯入【二郎神】或【集賢賓】套中，多只連用兩支而已，但陳鍾麟卻疊用了七支，不知於律何據？如此曲牌舛誤，音律乖方，無法付紅牙奏之場上。

此外，黛玉葬花時的形象，小說第二十三回寫她「肩上擔著花鋤，鋤上掛著花囊，手內拿著花帚。」吳鎬《紅樓夢散套》寫黛玉「肩擔花鋤佩紗囊攜羽箒上」（朱鳳森同此），與原著相仿。而仲振奎作「旦珠笠、雲肩、荷花鋤，鋤上懸紗囊，手持帚上」，與原著相比，可見珠笠（吊珠斗笠）、雲肩㉟爲仲振奎所創。而這娟秀倩麗的扮飾也眞實呈現在清代舞台上，頗爲當時旦角所喜

㉜ 周貽白《中國戲劇史長編》頁四三九，北京：人民文學出版社，一九六〇年。

㉝ 湯貽汾《雲澗詩鈔・序》，泰州圖書館藏嘉慶辛未年興寧刊本。

㉞ 陳鍾麟《紅樓夢傳奇・凡例》，阿英編《紅樓夢戲曲集》頁八〇四。

㉟ 雲肩又稱爲雲披，由一片或數件繡片縫合而成，周圍附以流蘇，多以絲緞織錦製作，係圍頸披於肩頭之飾物。繡片形狀多爲如意雲頭式，故名雲肩。

愛，如楊懋建描繪：「眉仙嘗演《紅樓夢・葬花》，為瀟湘妃子，珠笠、雲肩，荷花鋤，亭亭而出，曼聲應節，幽咽纏綿。」（《長安看花記》）現今舞台上的黛玉雖少戴防曬飄逸的珠笠，但多著浪漫的雲肩，如一九五八年徐進版越劇與錫劇之〈葬花〉。

值得注意的是，黛玉花鋤上的砌末（道具）係「花囊」（或作行囊、紗囊），質料是蠶絲製的絹袋，因第二十三回黛玉有言「如今把他掃了，裝在這絹袋裡，拿土埋上，日久不過隨土化了，豈不乾淨。」然而孔昭虔的〈葬花〉卻是「小旦持花籃、花帚上」，萬榮恩〈埋香〉作「貼擔花鋤、竹籃上」，吳蘭徵〈埋香〉另作「貼旦背花籃，持花帚，掃花上」，將花囊改作花籃或竹籃。試想，如此一改，則與葬花詞中「未若錦囊收艷骨，一抔淨土掩風流」詞意不愜，演員身段亦難符原著之細秀，然而現代舞台上搬演之〈葬花〉，諸多劇種如京劇、越劇、錫劇、黃梅戲、粵劇、曲劇等皆受此誤導，黛玉花鋤所掛皆為花籃，頗堪商榷。

㈢近現代紅樓戲之得失

小說改編成戲曲讓人得以從對人物故事的幻想轉為視覺聽覺上之直接享受，平面文學乍現為立體藝術，娛樂方式因豐富而帶來滿足。然而優異奇絕的小說未必能改編成出色的戲曲，卷帙浩繁、事多人眾、寓意深遠的《紅樓夢》，在重構上出現相當的難度。但儘管清代紅樓戲率皆無法與小說原著爭輝，近現代紅氍毹上依然不斷湧現異彩紛呈的紅樓戲曲，試圖嬰演出昔日小說曾有過的輝煌。

一部《紅樓夢》小說，卻能敷演出數百部紅樓戲。兩百多年來，據小說原著而改編的戲曲，總以尊重原著精神，呈顯人物性格和命運，且能體現原著之美感為佳構。清代不少紅樓戲因劇作家自身思想之侷限，而試圖扭轉人物的悲劇命運，且劇中雜摻佛道因果命定色彩㊱，如仲振奎採傳統戲曲常見的大團圓結局，許鴻磐用佛學觀簡化人物的性格命運，降低作品的思想審美高度，洵難企及小說原有的「意趣神色」。

民國之後，紅樓戲被成熟的劇種與名伶大量編演於舞台上，以京劇最多。出身於梨園世家的梅蘭芳為京劇「四大名旦」之首，早期以演傳統劇目為主，中後期在齊如山、羅癭公等文士協助下，移植、改編不少時裝戲與古裝新戲，《黛玉葬花》、《千金一笑》、《俊襲人》三部紅樓戲皆其演藝事業最輝煌時所編演。此外，歐陽予倩編演《鴛鴦剪髮》、《寶蟾送酒》，以及以秦鐘為主的《饅頭庵》和以二尤為主的《鴛鴦劍》；荀慧生則另編《平兒》、《香菱》等劇搬演。

梅蘭芳的紅樓新戲舞台效果奇佳，而這成功主要來自對前車之鑑的省思與苦心經營。光緒年間北京的「遙吟俯唱」票房就曾大膽嘗試搬演，排過〈葬花〉、〈摔玉〉，陳子芳扮黛玉，他的扮

㊱ 周育德〈明清曲論中的言情說〉：「明清兩代的士大夫，包括從事戲曲寫作的文人在內，大多是佛教與道教的信徒……常常處於宗教式的自責中，他們一方面承認自己是『情癡』，另一方面又幻想『澄清覺路』，從情的糾纏中解脫出來，常常是深自愧悔。這種矛盾在明清戲曲小說創作的實踐中有普遍的表現。」收於徐朔方、孫秋克編《南戲與傳奇研究》頁三四〇，武漢：湖北教育出版社，二〇〇三年。

相是梳大頭穿帔，如同花園贈金一類的小姐打扮，每逢黛玉出場，台下往往起鬨，甚至於滿堂來個倣笑，觀眾認為這不是理想的林黛玉，因而內行對於排紅樓戲便有了戒心。[37]於是梅蘭芳的黛玉造型一反常規，梳「品」字髻，飾以珠翠鬢花，上穿藕荷色軟綢短襖，下穿白色繡花百褶裙，腰間圍以薄紗小腰裙，外繫絲帶，並綴以玉佩。這一身裝束，甫一亮相，即驚豔全場，觀眾神往，恍疑仙子飛來，顰卿轉世。之後的《千金一笑》、《俊襲人》類此而引起轟動，使古裝戲盛極一時，風靡南北。

大陸文革前後，以階級鬥爭為綱的思潮，強調「反封建」的紅樓戲，如崑曲《晴雯》、錫劇《紅樓夢》、越劇《寶玉與黛玉》等，遠離原著的精神與審美，在政治風潮過後必然消歇於舞台。現當代的紅樓戲有些已不再上演，遑論流傳；有些地方戲如川劇《王熙鳳》、龍江劇《荒唐寶玉》各自發揮地方特色，也頗獲好評，但未造成全國性影響，故略而不論。就中公認紅樓戲史上影響最大、改編最為成功的經典之作是一九五八年徐進編劇的越劇《紅樓夢》，由徐玉蘭、王文娟主演，創演當年在上海大世界旁的共舞台連演五十四場，一九六二年被海燕電影製片廠拍攝成電影，一九七八年公映後掀起熱潮，上海三十六家電影院二十四小時連續放映，在當時票價僅兩毛錢的一九八〇年代，創下高達兩億的票房，[38]是紅樓戲演出史上的一座豐碑，一九八七年版的電視劇《紅樓夢》也大量借鑑它的妝容、服飾與身段。越劇《紅樓夢》之所以重構成功，實有其天然優勢，首先，越劇與《紅樓夢》有很多審美上的共通之處，著名劇作家洪深曾言：

越劇演員全都是女演員，這是使它取勝的一個因素，這裡絕不是說越劇用「女色」來吸引觀眾，而是因此構成表演某種戲情的特殊便利，因為越劇最初大半是「風情」的，寫男女之間私事，用女子扮演男人在舞台上描繪風情動作，觀眾除接受表演的本身以外，不會再引起反感和厭惡，所有的只是「風情」——表演本身的美而已。㊴

小說《紅樓夢》女性人物眾多，對「情」描寫細膩，其藝術本身具有不可替代的「風情」。源自江南的越劇委婉纏綿、清麗細膩而具詩意，審美意趣與《紅樓夢》深相契合。此外，另有一重要特點，「腳色制」自清代紅樓戲乃至近現代諸多劇種，皆被視為改編《紅樓夢》的最大難題。而越劇較為年輕，表演時常兼採崑劇、京劇甚至話劇之表現手法，對傳統戲曲腳色制之規範並未凜遵恪守，其行當從初期的「二小」（小生、小旦）、「三小」（增一小丑）再增一老生成為「四柱頭」，到最後參酌京、崑而發展成「六大腳色」。㊵但四〇年代戲曲改革後，便打破嚴格的行當界

㊲ 參劉文峰、于文青主編《北京戲劇通史》頁四四一，北京：燕山出版社，二〇〇一年。
㊳ 上海音像資料館，SMG電視新聞中心編：《上海故事：一個甲子的萬象更新》頁一三三，上海書店出版社，二〇〇九年。
㊴ 嵊縣政協文史資料委員會編《越劇溯源》頁二〇六，杭州：浙江文藝出版社，一九九二年。
㊵ 詳參上海越劇團藝術研究中心編，高義龍主編《越劇藝術論》，北京：中國戲劇出版社，二〇〇九年。

限，只保持基本的行當體制，再無腳色制之束縛，而全團女角於搬演《紅樓夢》顯得毫無壓力。

然而，重構紅樓戲就得「減頭緒」，越劇之所以成功，在於它以寶黛愛情悲劇爲主線，調整小說情節先後順序，而只選黛玉進府、識金鎖、讀《西廂》、不肖種種、笞寶玉、葬花、試玉、王熙鳳獻策、傻丫頭洩密、黛玉焚稿、金玉良緣、哭靈、出走等重要情節作爲關目，符合傳統戲曲線性敘事的舞台常規終致成功。只是相對來看，小說原著中宏博豐贍的內容，奇彩繽紛的世情百態，以及深刻雋冷的人生哲思，全被限縮成一線愛情，而無力再體現原作中的其他種種了。

二〇一一年崑曲申遺十週年之際，北崑推出「大型崑曲青春豪華版」《紅樓夢》，斥資甚鉅，話題度高，情節安排不盡合理。[41]舞台佈景極其華麗，採雕欄玉砌之園林設計，然而實物化的佈景與傳統戲曲靈動自由的舞台時空卻相牴觸，周育德先生即提出：

> 一是寶玉題匾一齣，按規定情景，舞台時空是流動的。景隨人移，人行景動，和梁祝的「十八相送」的性質是相同的。現在的舞台設計和舞台裝置是固定化的，與人物的舞台動作是矛盾的，看起來不協調。[42]

於是寶黛共看《西廂》是坐在佈景屋簷底下的欄杆上，而非原著的沁芳閘橋邊桃花底下一塊石上，這是寫實佈景帶來的侷限。曲牌聯套、句數、字數、平仄、押韻等皆不合格律，甚至出現京劇「十三轍」之用韻。[43]詞采平直而白話，有如北方鼓詞，全無崑曲「雅部」之典麗韻致；主角調度（如上本飾寶釵的邵天帥，下本改飾黛玉）讓觀眾難以辨識；唱腔層次僅屬「崑歌」，而非水磨化之崑曲口法；穿關服飾越劇化、話劇化……種種舛律現象誠有待商榷，也爲未來珍視傳統、重構眞正經典紅樓戲帶來省思——如何「傳古人之神，方爲上乘」。

㊶ 此劇頭緒紛雜，人物塑型與事件交代失之浮泛。如簡化鳳姐對尤二姐之用計手腕，二姐流產、吞金，竟只因鳳姐之延誤請醫；賈政心疼寶玉欲爲之娶親、探春公然頂撞王夫人……皆不符原著人物形象。尤其上本爲安排元妃省親之盛大場面作壓軸謝幕，竟讓劉姥姥等先於元妃遊逛大觀園，殊欠合理。

㊷ 周育德〈小談北崑版《紅樓夢》〉，《中國戲劇》，二〇一一年〇五期，頁一五。

㊸ 北崑版《紅樓夢》種種舛律現象，可參本人指導李夢瀟《《紅樓夢》重構問題之研究——以說唱、戲曲爲例》，輔仁大學中文研究所碩論，二〇一九年六月；新北市：花木蘭出版社，二〇二一年，頁一七七～一八三。

襲人爲何是丑角？
——從清代紅樓戲談起

海內爭傳數十載的小說第一異書《紅樓夢》，改編成戲曲的確有其難度，因爲「腳色制」是我國傳統戲曲在創作與搬演方面有別於小說與西方話劇之重要特徵，即劇中人物皆必以腳色展現且常寓褒貶之義。然而小說《紅樓夢》中，作者一貫運用隱晦筆法而不明示詆譽，以致讀者每人心中各有一部《紅樓》，人物評騭互異，擁薛、擁林兩派①至今依然對壘，而脂批「晴有林風，襲乃釵副」的說法，也使得作爲「寶釵之影子」②的襲人出現不同爭議。究竟溫柔賢慧、似桂如蘭的襲人在清代紅樓戲中爲何成了丑角？其性格中具有那些顯性優點或隱性缺點？脂硯齋等時人評語與續書（後四十回）筆法有何增異？迨至近現代紅樓戲中襲人形象曾否遷變或在氍毹搬演中已然淡化？箇中原委實耐人尋味。

一、襲人爲何是丑角？——清代紅樓戲之侷限

《紅樓夢》自抄本起至刻續成部，前後三十餘載，紙貴京都，雅俗共賞。在百二十回程高本正式刊印的第二年清乾隆五十七年（一七九二）出現了紅樓第一戲——仲振奎〈葬花〉一折，從此拉開清代紅樓戲改編的序幕。據今人統計，清代紅樓戲存目凡二十一種，但佚失泰半，今僅存十一種③，大抵集中於嘉慶至道光（一七九六～一八五〇）五十餘年間，其劇作依次爲：仲振奎《紅樓夢傳奇》（一七九七）、劉熙堂《游仙夢》（一七九八）、孔昭虔〈葬花〉（一七九九？）、萬榮

恩《醒石緣》（一八〇〇）、吳蘭徵《絳蘅秋》（一八〇五）、吳鎬《紅樓夢散套》（一八一五或稍前）、石韞玉《紅樓夢》（一八一九）、朱鳳森《十二釵傳奇》（一八二〇）、陳鍾麟《紅樓夢傳奇》（一八三五？）、許鴻磐《三釵夢》（一八四六？）、周宜《紅樓夢佳話》（？）。由於作者率爲知名文士，甚至是世家權貴，偶爾官場失意，孤悶無聊，乃撰劇以解愁補恨，自娛色彩濃厚，雖詞采研鍊靡麗，情致哀感頑艷，但大都未究音律、不諳排場，導致冷場過多而不利搬演，且思想雜摻佛道因果命定色彩，事涉荒誕，其境界較諸原著不啻霄壤，殊無足觀。

---

① 清・鄒弢《三借廬筆談》卷十一云：「己卯春，余與伯謙論此書，一言不合，遂相齟齬，幾揮老拳，而毓仙排解之，於是兩人誓不共談《紅樓夢》。」鄒弢係擁林派，許伯謙則是擁薛派，二人交篤，幾因《紅樓》而反目。

② 涂瀛〈紅樓夢問答〉云：「襲人，寶釵之影子也；寫襲人，所以寫寶釵也。晴雯，黛玉之影子也；寫晴雯，所以寫黛玉也。」見一粟編《紅樓夢資料彙編》頁三九〇。又陳鍾麟《紅樓夢傳奇》〈凡例〉第四條云：「晴雯是黛玉影子，襲人是寶釵影子，所謂身外身也。」見阿英編《紅樓夢戲曲集》頁八〇四，北京：中華書局，一九七八年。

③ 阿英編《紅樓夢戲曲集》（北京：中華書局，一九七八）錄有十種，缺《游仙夢》。另褚龍祥《紅樓夢填詞》則存天津圖書館。此十一種係以主流聲腔崑曲撰成傳奇、雜劇，其他桂劇（唐景崧撰）、京劇、粵劇則不在此列。

㈠清代紅樓戲之腳色配置

由於小說《紅樓夢》中之女性人物實在太多，出現在上述清代紅樓戲中者亦有四十餘人，爲方便比較，僅揀擇若干具有可討論性者於下表中呈現。其中孔昭虔〈葬花〉僅黛玉一人出場，故不入表；而劉熙堂《游仙夢》因發現較晚，該劇阿英編《紅樓夢戲曲集》未及錄入，亦無相關演出史料，且其內容大抵就小說第五回〈遊幻境指迷十二釵　飲仙醪曲演紅樓夢〉敷演而成，只是末尾多出「賈母知道寶玉夢中情事後，怕惹出麻煩，與賈政商議，把襲人給寶玉作通房。召襲人、寶玉前來，訓以勤勉讀書之語，賈母、賈政主持，寶玉與襲人相拜成禮。」④由長輩出面落實寶玉與襲人成親，洵屬狗尾續貂之贅筆，此劇亦不入表。其中置於斜線/前之腳色代表演出場次較多，置於後者則少。

清代紅樓戲人物腳色表：

人物	仲著	萬著	吳著	鎬著	石著	朱著	陳著	許著	周著
賈寶玉	生	小生	小生	生/小生	生	生/小生	小生/生	生	小生
林黛玉	旦	貼	貼/小旦	旦	旦/小旦	小旦	旦	小旦	小旦
薛寶釵	小旦	小旦	旦/小旦	小旦/旦		旦	旦	旦	旦
史太君	淨	老旦	老旦	淨	老旦	淨	老旦		淨

人物	仲著	萬著	吳著	鎬著	石著	朱著	陳著	許著	周著
王熙鳳	副淨	貼	貼	貼旦/雜旦	小旦	雜旦	花旦/貼/旦/雜		旦
李紈	正旦	正旦	正旦	老旦	雜	老旦	旦	老旦	
史湘雲	老旦	貼	貼/旦	雜旦		旦	旦		
尤三姐		貼		貼/雜旦			正旦/老旦		
紫鵑	雜旦	貼	貼	雜旦	貼	貼	貼	貼	旦
平兒			貼			雜旦	貼/旦		
雪雁	副淨	丑	丑	貼	花旦		貼		
晴雯	貼	貼	貼	雜旦		貼	花旦	貼	貼
襲人	丑	小旦	小旦		貼	丑	貼/旦		貼

從表中之腳色命名來看，清代紅樓戲作家對男女主角是「生、旦」或「小生、小旦」？看法並不一致，而這與出場次數多寡、戲份輕重無關。當時文士撰劇與戲班搬演對腳色的稱呼略有差異，如記錄乾隆年間梨園搬演的《揚州畫舫錄》有著名的「江湖十二腳色」：

④《游仙夢》本事見李修生《古本戲曲劇目提要》頁六〇三～六〇四，北京：文化藝術出版社，一九九七年。

梨園以副末開場，爲領班。副末以下：老生、正生、老外、大面、二面、三面七人，謂之男腳色。老旦、正旦、小旦、貼旦四人，謂之女腳色。打諢一人，謂之雜。此江湖十二腳色，元院本舊制也。⑤

十二門腳色中，「正生」係男主角，按才子佳人士的明清傳奇，大部分是風流儒雅的小生，如《牡丹亭》的柳夢梅、《荊釵記》王十朋、《西廂記》張君瑞，偶爾有中老年如《邯鄲夢》之盧生、《一捧雪》之莫懷古。而女主角按性格分，節烈文靜者爲「正旦」，如《琵琶記》之趙五娘、《竇娥冤》之竇娥；若美貌多情則屬「小旦」，而當時傳奇愛情戲爲主流，於是李斗在前段引文之後直接作界定：「小旦謂之閨門旦」。

其實「小旦」這一名稱在乾隆間「江湖十二腳色」之前即有，其「小」字大抵有兩種不同義涵，一指年齡小，小生之「小」亦如是，如《長生殿》擅擫笛的李謩；二指戲份少，係旦之副席，屬次要腳色，如《浣紗記》之公孫智妻，《桃花扇》之李貞麗，是女主角李香君之假母。至於崑劇舞台上飄逸瀟灑之男主角「小生」，明萬曆時湯顯祖《牡丹亭》之柳夢梅，文本僅寫作「生」，乾隆「江湖十二腳色」還只稱「正生」，李漁十種曲文本也只作「生」，其劇本中「小生」之「小」係指次角，如《風箏誤》中年齡較大的戚補臣，「小旦」則是女主角詹淑娟之母柳氏。

總括言之，明清傳奇的男女主角，在劇作家文本中大都作「生、旦」，但清乾隆時舞台搬演之梨園行話則作「小生、小旦（閨門旦）」。大約在清初，僅有少部分傳奇劇本會特別隨舞台伶優行話而標作「小生、小旦」，而此種新派標法會被看成是「俗優」之見。⑥清代紅樓戲對男女主角腳色之標示，「生、旦」與「小生、小旦」兩種皆有，而風流裊娜之黛玉偶作「貼」，雍容德範、沉穩大方之寶釵則未用「貼」，尚合腳色派定之規則。

從上表也能看出，同一劇中人物有時分別由二、三種腳色扮飾，如陳鍾麟《紅樓夢傳奇》中，〈嬌眠〉一齣，平兒是主角戲份多，以「旦」艷妝扮飾自憐身世，其他齣則作「貼」；吳蘭徵《絳蘅秋》中，薛蟠在第二齣〈望姻〉以「淨」出場，第二十一齣〈獃調〉遭柳湘蓮苦打時則改作「丑」，腳色更動主要因情境、戲份不同，尚屬合理。然而有時不合常規，如陳著傳奇中王熙鳳在花旦、貼、旦、雜之間不斷更換，顯得過於凌亂。而「旦」行所扮人物過多，著實是一大問題，如較懂舞台調度的仲著之「旦」也有十多個人物，萬著有二十多個，而陳著則超過五十多個（不包括「眾旦」所飾之仙女、丫環、女尼、花神、宮娥、村姬等）。就單折戲來看更清楚，對舞台搬演最陌生的陳著，〈掃雪〉一齣，旦角人物有十三個，〈送駕〉則宮娥、女伶、女尼……等一眾女旦近四十個（不包括老公四個），試想傳統戲班如何能有此陣仗龐大之旦角演員，而若讓演員一再改扮，觀眾將如何辨識？由於不熟悉腳色派定與搬演排場之關係，有些劇作家索性不標腳色名而直書

---

⑤ 清・李斗《揚州畫舫錄》頁一二二，北京：中華書局，一九六〇年。

⑥ 清乾隆初，夏綸《南陽樂》第一齣有眉批云：「北地王、崔夫人依古本當塡生旦腳色，奈時優開演新舊一切傳奇，凡原本寫生旦者，悉以小生、小旦充之，不知始於何時？作者五種……竟從俗優派定小生、小旦腳色。」

人物名字，如朱鳳森《十二釵傳奇》〈結社〉一齣出現「黛玉倚欄釣魚，寶釵手執桂花，探春、李紈、惜春立垂柳陰中看鷗鷺」之身段提示，而釵、黛、惜三人整齣戲中皆不知由何腳色扮演；這情形陳鍾麟最爲嚴重，《紅樓夢傳奇》全劇八十齣，一半以上皆未標出腳色名。除了劇作家不諳排場，有時也可能因爲旦角實在太多，《絳蘅秋》乾脆復古式地標注平貼、王貼、黛旦、襲旦、林旦、眾姬……，或直書人物名字鵑、雁、黛等，以免讀者弄混，而這情形也正是一種腳色（尤其是旦角）包括眾多劇中人物帶給劇作家編劇時所產生的困擾。

也正因爲小說中女性人物過多，傳統戲曲中的旦行不敷支應，於是清代紅樓戲中出現之前崑劇未曾有過的名稱。如「雜旦」一角，朱鳳森、仲振奎、吳鎬皆用指戲份略少之次要旦角。而萬榮恩則在〈探親〉一齣中另創「副老旦」來扮演邢夫人。此外，「花旦」一角，石韞玉以之扮雪雁，陳鍾麟以之扮王熙鳳、晴雯、香菱。元雜劇雖已然出現「花旦」一詞⑦，但以崑曲爲主流之明清傳奇本並無「花旦」之腳色名稱，迨至清乾隆年間花雅爭鳴時，雅部崑曲受花部影響乃出現此一腳色名，如寧波、金華等地方性草崑乃有此稱⑧，而今「花旦」在京劇中已成爲僅次於青衣之重要旦角。

至此不難發現以旦角派定紅樓女性人物已達飽和狀態，以至於年方青春的女子不得不被派作「老旦」，如「青春喪偶，心如槁木死灰」的李紈、太虛幻境的警幻仙姑、死後入道成仙的尤三姐，以及後來通仙悟道的史湘雲⑨，大抵著眼於其恬淡修道之寧靜性格。於是最懂搬演排場的仲振奎只能將襲人設爲「丑」，賈母派爲「淨」，王熙鳳則作「副淨」，除了旦角一門已無法再容納過多女性人物之外，襲人等被仲氏摒在旦門之外，其實另有戲曲腳色特有之褒貶寓意存焉。

㈡清代紅樓戲中襲人「丑」之特質

在「嘉道之際，有曲無戲」⑩崑曲漸失劇壇盟主寶座，僅賸文士雅愛，清代紅樓戲率皆淪爲案頭化之時，仲振奎的《紅樓夢傳奇》卻不僅活躍於舞台，迄今依然有曲譜供後人搬演參考⑪，儘管梁廷枏批評他「惟以副淨扮鳳姐，丑扮襲人，老旦扮史湘雲，腳色不相稱耳。」⑫認爲仲氏腳色設置失當，但吳鎬的《紅樓夢散套》同樣用「淨」扮史太君，而朱鳳森的《十二釵傳奇》除了「淨」

---

⑦元代夏庭芝《青樓集》：「凡伎，以墨點破其面者爲花旦。」明代朱權《太和正音譜・雜劇十二科》指出花旦雜劇爲煙花粉黛。

⑧吳新雷認爲如寧波、金華此類地方上崑班，近代因受花部亂彈（梆子、皮黃）影響，「便有了花旦專稱，實即從貼旦中派生出來的。」見《中國崑劇大辭典》頁五六九，南京大學出版社，二〇〇二年。

⑨小說原著中英豪闊大、霽月光風的史湘雲爽直曠達，在仲著中安排她孀居性情恬淡，從不縈心於花月，〈通仙〉折她悟道著道裝，固然以老旦扮演，但第十七齣〈花壽〉時她艷姿嬌慵，醉眠芍藥裀，腳色卻是老旦，則頗不相稱，因而仲氏於該劇〈凡例〉中說明「老旦扮史湘雲，與作旦粧扮同。」

⑩吳梅：「乾隆以上，有戲有曲；嘉道之際，有曲無戲；咸同以後，無戲無曲。」《中國戲曲概論》頁三七～三八，台北：學海出版社，一九七九年。

⑪吳新雷〈崑曲折子戲〈黛玉葬花〉的改訂本〉一文指出仲著「至今猶有曲譜留存，通行的《集成曲譜》中傳存了此戲的曲譜。」《紅樓夢學刊》二〇〇六年四月，頁二七五。

⑫梁氏《籐花亭曲話》卷三頁二三，台北：臺灣商務印書館，一九六八年。

扮史太君、「老旦」扮李紈之外，也同樣用「丑」扮襲人，可見仲氏的腳色安排曾獲共鳴。

與腳色制相應而生的是戲劇搬演的臉譜化。深諳舞台藝術的仲振奎當然明瞭賈母、王熙鳳、襲人若分別扮上大花臉、二花臉和丑的妝容，觀眾必感驚心駭目，所以他在〈凡例〉中特別聲明：「淨扮賈母，不敷粉墨。副淨扮鳳姐，丑扮襲人，皆敷艷粧，不敷墨。老旦扮史湘雲，與作旦粧扮同，餘仍舊。」⑬而用花臉的唱唸配上女性妝容，這在崑台表演上簡直史無前例，也算是一種突破，這種新嘗試搭配舞台調度得宜，因排場特勝、時人題詠最多而風行於氍毹之間。仲氏序中自云：「成之日，挑燈漉酒，呼短童吹玉笛調之，幽怨嗚咽，座客有潸然沾襟者。」許兆桂《絳蘅秋・序》亦云：「吾友仲雲澗於銜齋暇日曾譜之，傳其奇。壬戌春，則淮陰使者已命小部按拍於紅氍上矣。」吳克歧則提及：「當時貴族豪門，每於燈紅酒綠之餘，令二八女郎歌舞於紅氍毹上，以娛賓客，而〈葬花〉一齣，尤爲人所傾倒。」楊掌生《長安看花記》更指出：「故歌樓爲仲雲澗本傳習最多。」日本青木正兒也稱：「仲雲澗之作，最膾炙於人口，後日歌場中流行者即此本也。」⑭

仲振奎新奇的腳色安排之所以被觀眾接受，除了排場可觀之外，也因爲腳色蘊含之褒貶取向爲大眾所認同。孔尚任〈桃花扇凡例〉云：「腳色所以別君子小人」，王國維《古劇腳色考・餘說一》亦云：「主人之中多美鮮惡，下流之歸，悉在淨丑。由是腳色之分，亦大有表示善惡之意。」而《紅樓夢》的讀者大都與仲氏同樣「喜其書之纏綿悱惻，有手揮目送之妙」，也油然「哀寶玉之癡心，傷黛玉、晴雯之薄命」，因而當仲氏「惡寶釵、襲人之陰險」（〈自序〉）時，讀者、觀眾與諸多紅樓劇作家常把寶黛相離的原因，最終歸結到權力最高點，擁有決策權的賈母身上，認爲「填詞若準春秋例，首惡先誅史太君」⑮而提供賈母掉包計的王熙鳳，自然被看作是悲劇的幫輔者，成爲副淨。至於丑角，一般扮演的是奸邪小人，但也非最奸最惡者，洛地認爲「丑」亦屬離方⑯，如雪雁在仲著中作「副淨」，萬著、吳著中作「丑」，主要與她在黛玉臨終時，陪侍寶釵花轎而使癡幻的寶玉接受這場掉包計有關。而趙姨娘只出現在《絳蘅秋》一劇中，作者吳蘭徵將其腳色作「副淨」，蓋憎其鄙陋；王善保家的，其腳色非「副淨」即「丑」，皆含貶意。至於溫柔和順的襲人被設置成「丑」角，其爭議性更爲複雜。

首先，就出場次數而言，清代紅樓戲中襲人出現的次數遠比晴雯還多，原因在於她是貼身丫鬟，只要有寶玉在的場合她通常都會出現，而眞正以她爲主角的齣目不多，僅仲著之〈私計〉、吳蘭徵之〈嬌箴〉與陳著之〈喬勸〉，皆就小說原著第十九回「良宵花解語」、第二十一回「嬌嗔箴寶玉」敷演，〈嬌箴〉裡的襲人雖較嬌柔，而上場詩卻也透露她「何能撇卻閒花草，不使飛紅上別枝」的心思，〈喬勸〉則是「喬癡調笑著瘋魔」，有著「剩今夜淒涼明月，一渡銀河」的心

⑬ 仲振奎《紅樓夢傳奇・凡例》，清嘉慶四年綠雲紅雨山房刻本，《傅惜華藏古典戲曲珍本叢刊六十六》頁五，北京：學苑出版社。
⑭ 見青木正兒《中國近世戲曲史》頁四六九，台北：臺灣商務印書館，一九六三年。
⑮ 清・詹肇堂〈題辭〉，阿英編《紅樓夢戲曲集》頁一一五。
⑯ 見《洛地戲曲論集》頁三四二，台北：國家出版社，二〇〇六年。

計，〈私計〉更明白道出「怎生使個法兒，教他撇了林姑娘，娶了寶姑娘才好」的陰招，「私」、「喬」的齣目名稱凸顯襲人工於算計的一面。反觀與襲人相對的晴雯，在清代紅樓戲如〈扇笑〉、〈補裘〉中很是光彩動人，尤其寶玉爲她撰〈芙蓉女兒誄〉一事，許多劇作家用整齣鋪寫〈誄花〉、〈癡誄〉，筆下充滿憐惜、嘆惋。且晴雯縱然脾氣差，是塊爆炭，但她在所有紅樓戲中腳色非「貼」即「花旦」，而絕不至於以負面之「丑」應工，足見襲人存在若干性格之缺憾。

其次，清代紅樓戲中，襲人腳色即便非「丑」，亦出現諸多負面之描寫，如石韞玉《紅樓夢》〈婢間〉一折寫賈政怒笞寶玉後，貼扮襲人向王夫人進言：「我們姊妹又多，太太何不把二爺移出園來，又省了多少心？」免得「瓜邊李下，無事生風」，這齣寫得委婉，但齣目作〈婢間〉，係指襲人告密。此外，鈔本現藏天津圖書館的褚龍祥《紅樓夢塡詞》傳奇，全劇對以襲人爲主角的負面情節，如藉離開賈府情勒寶玉，寶玉挨打後藉機向王夫人進言……皆略去不寫，且以「旦」扮襲人，但卻在〈自序〉中說襲人「寶玉破荒，即開香洞，琪官拾芥，又作肉台。衛婦重做董妻，豈得爲人盡夫也。」[17] 極度諷刺襲人之淫蕩失德。

二、襲人性格之爭議——從小說原著、脂批、續書筆法觀之

上述清代紅樓戲對襲人腳色「丑」之設置與若干負面之側寫，其中是否僅屬當時某些劇作家個

人之偏頗觀點，抑或另寓小說原作者深心之褒貶？從命名寓意、較具爭議之告密事件與掣花籤、嫁琪官數端，就小說原著、脂硯齋批語與程高本續書筆法等不同視角，可以看出作者隱含的意義。

㈠命名寓意

小說《紅樓夢》作者於人地事物之命名，每寓有特殊義涵。人名如四春「元迎探惜」喻「原應嘆息」，馮淵即「逢冤」，封肅乃「風俗」，甄士（眞事）隱，賈雨村（假語存），霍啓（禍起），甄英蓮（眞應憐），卜世仁（不是人），單聘仁（善騙人）……；地名如青埂（情根）峰「無稽」崖，梨（離）香院；物名有千紅一窟（哭）、萬艷同杯（悲）……如此巧妙雙關之例不下數十。襲人雖非正釵，但作者卻費盡心思細意摹繪，而身爲作者知己的脂硯齋在下批語時也是斟酌再三，不譴是非、不住兩邊的筆法（評寶釵時亦如此），讓讀者各憑自我人生經驗去體會，這等高明的創作手法，每因讀者根器、際遇不同而引發兩極的好惡爭議。吾人若潛心細繹，則作者深心結撰之隱晦筆法，或可透顯端倪一二。

襲人姓花，原名珍珠，賈母讓她服侍寶玉才改名襲人，《紅樓夢》中凡改名者率寓有深意。如鸚哥原侍賈母，改侍黛玉才改名紫鵑，暗寓黛之泣血悲劇；甄英蓮改名香菱，以「根並荷花一莖

⑰ 參陳田珺〈孤本傳奇《紅樓夢塡詞》考論〉頁五三，《浙江師範大學學報》（社會科學版）二〇一七年第六期第四十二卷（總第二一三期）。

香」喻其可憐身世。襲人命名之由來，第二十三回賈政嫌「襲人」這名字起的刁鑽，寶玉回答：「因素日讀詩，曾記古人有一句詩云：花氣襲人知晝暖。……」賈政道：「可見寶玉不務正，專在這些濃詞艷賦上作工夫。」按寶玉的說詞，襲人之名是從南宋陸游〈村居書喜〉一詩而來，詩中描繪春日鄉間的悠然農趣，而賈政居然誤以爲是香艷詞賦的內容，可見他庸板少趣。重要的是，陸游此詩頷聯是「花氣襲人知驟暖，鵲聲穿樹喜新晴」，「驟」與「新」皆屬副詞，對仗方顯工整，而此處是寶玉記錯、作者筆誤嗎？其實不然。正如第四十回黛玉說最愛「留得『殘』荷聽雨聲」，作者絕非錯記李商隱〈宿駱氏亭寄懷崔雍崔袞〉詩之名句「留得『枯』荷聽雨聲」，乃是藉此寫敏感多愁的黛玉身世離怙失恃之「殘」。因此作者云襲人「知晝暖」，蓋暗指她只能於賈府烜赫時同享樂，而無法於其沒落晚景時共患難。⑱

王夫人曾誇讚：「若說沉重知大禮，莫若襲人第一。」（第七十八回）她賢惠識大體，照料寶玉生活無微不至，能嬌嗔規箴寶玉言行，脂評就說：「可謂賢而多智術之人」、「伶俐多智之人」，人際關係極圓滿，因她慣於「息」事寧「人」。第八回寶玉爲晴雯留下一碟豆腐皮包子，晴雯直說是被李奶奶取走，後來李奶奶又喝松露茶，二事齊發，氣得寶玉擲杯怒斥，立意要攆這位老乳母。此刻襲人「不過故意裝睡，引寶玉來慪她玩耍」一聽事態嚴重，遂連忙起來解釋勸阻，早有賈母遣人來問是怎麼了。她一方面謊稱是自己被雪滑倒，砸了鍾子，另方面又安慰（實則嚇止）寶玉：「你立意要攆他也好，我們也都願意出去，不如趁勢連我們一齊攆了，我們也好，你也不愁再有好的來伏侍你。」寶玉聽了這話，方無了言語。脂評：「足見晴卿不及襲卿遠矣。」第十九回寶玉爲襲人留了賈妃賜出的糖蒸酥酪，又被李奶奶吃盡，寶玉剛要發作，襲人又謊稱自己之前吃過曾肚疼鬧吐，「他吃了倒好，擱在這裡白糟蹋了。」於是寶玉信以爲眞便不追究。脂批：「與前文應失手碎鍾遙對。通部襲人皆是如此，一絲不錯。」第三十二回湘雲以仕途經濟勸寶玉因而鬧僵，也是她幫忙緩頰，故脂評：「襲人善解忿。」這種顧全大局、息事寧人的手法爲她贏得賢惠的美名，而這美名有不少是建立在她欺哄的習慣上。

第十九回她還迴護著李奶奶，但第二十回裡就被這「老背晦」（黛玉語）罵成是「忘了本的小娼婦」、「一心只想妝狐媚子哄寶玉」，是老者昏瞶？或者襲人果眞忘本又能媚哄寶玉？作者曾形容她：「這襲人亦有些癡處，服侍賈母時，心中眼中只有一個賈母；如今服侍寶玉，心中眼中又只有一個寶玉。」（第三回）從現任主子來看，她眞是竭力死忠之人，但從舊主子來想，有了新主忘舊主，就顯得寡情忘本了，第三十二回湘雲就對襲人直說：「那會子咱們那麼好，後來我們太太沒了，我家去住了一程子，怎麼就把你派了跟二哥哥，我來了，你就不像先前待我了。」唯有對眼前主子盡心，才能獲得即時的好處，所以她戮力盡職是有條件而非一無所求的，如此功利現實，若按王國維的哲理層次，對寶玉而言，襲人可代表「生活之欲」、「牝牡之欲」，而晴雯則是「超然於利害之外」的美感對象。⑲

---

⑱《紅樓夢》第五回襲人判詞是「似桂如蘭」，第二十八回蔣玉菡「拿起一朵木樨來，念道：花氣襲人知晝暖。」木樨即桂花，唐・盧照鄰〈長安古意〉詩末二句：「獨有南山桂花發，飛來飛去襲人裾。」亦似隱喻襲人多次更換侍主，由賈母、湘雲、寶玉，而後擇嫁蔣玉菡。

⑲參王國維〈紅樓夢評論〉，一粟編《紅樓夢資料彙編》頁二四四～二六五。

襲人自知才貌皆不出眾⑳，得用「術」經營人生。對未來生涯她已战斅過，當賈府這等豪門的下人比貧薄人家的小姐還體面，第五十五回鳳姐曾說：「便是我們的丫頭，比人家的小姐還強呢！」尤其貼身丫鬟有可能升作姨奶奶，所以第十九回當母兄要贖她回去時，她至死也不願，卻反過來對寶玉「先用騙詞，以探其情，以壓其氣，然後好下箴規。」脂評說她「多智術」，因爲這「騙詞」是謊稱將被贖身，惹得寶玉淚痕滿面再談條件。而好笑的是這三件箴規居然要求寶玉不管是否眞喜歡讀書，只要作出個喜讀書的「樣子」來，讓賈政能「在人前也好說嘴」；最重要的一件是「再不許吃人嘴上擦的胭脂」。她善於擒縱，運用權術情緒勒索寶玉，這情切切的良宵花解語原來竟充滿妒心，正如第二十回脂批所云：「然後知寶釵襲人等行爲，並非一味蠢拙古板，以女夫子自居。當繡幕燈前，綠窗月下，亦頗有或調或妬，輕俏艷麗等說。」而這忽嗔忽喜、忽起忽落、忽剛忽柔的勸諫過程，眞是「無一貶詞，而情僞畢露。」㉑

襲人善用「術」廣結善緣，第五十四回她因母喪而自願看屋，讓別人去歡快鬧元宵；第六十二回香菱因鬪草而污濕了石榴紅裙，她慷慨送上全新的給香菱換上，此類施恩惠、博人好感的諸多善舉爲她帶來賢良的名聲，第七十七回她說：「我原是久已出了名的賢人，連這一點子好名兒還不會買來不成！」名聲居然是可以「買」來的，一語道破自己心中的功利原則。而襲人這等高明的人際關係經營術，一般人很難察覺，所以當李嬤嬤當眾罵她一心只想狐媚哄寶玉時，多數人會爲她抱屈，但姚燮〈紅樓夢綱領〉卻說：

王（按：應作李）嬤嬤妖狐之罵，直誅花姑娘之心，蟠哥哥金玉之言，能揭寶妹妹之隱，讀此兩節，當滿浮三大白。㉒

解盦居士〈石頭臆說〉亦稱：「書中快文，焦大醉罵而外，如李嬤嬤之罵襲人，薛蟠之罵寶釵，較陳琳討曹操檄、駱賓王討武氏檄，尤爲雋快，讀之當浮一大白。」㉓若僅用「術」博取賢良美名倒也無可厚非，然而有一些紅學家指出襲人之命名與其陰險行爲有關，所謂「偃旗息鼓，攻人於不意曰襲。」㉔第三十一回端陽佳節，晴雯失手將扇子跌折了，與寶玉發生口角，襲人立即過來勸阻，話中不慎露出與寶玉的私情，提了一句「原是我們的不是」，晴雯一聽「我們」，自然指的是襲人和寶玉，不覺又添醋意，冷笑幾聲道：「我倒不知道你們是誰，別教我替你們害臊了！便是你們鬼鬼祟祟幹的那事兒，也瞞不過我去，那裏就稱起『我們』來了。明公正道，連個姑娘還沒掙上去

---

⑳ 第二十六回賈芸稱襲人長相是「細挑身材，容長臉面」，戚本作「龍長臉」；第七十七回襲人認爲自己是「粗粗笨笨的」，第七十四回王夫人說「襲人麝月這兩個笨笨的倒好。」

㉑ 魯迅《中國小說史略》頁一六〇，北京：東方出版社，一九九六年。

㉒ 見一粟編《紅樓夢資料彙編》頁一七〇。

㉓ 同上註頁一九三。

㉔ 見王昆侖《紅樓夢人物論》頁四，北京出版社，二〇〇四年。

呢，也不過和我似的，那裏就稱上『我們』了！」如此夾槍帶棒地諷刺一番，襲人被戳得臉紫脹起來，寶玉氣黃了臉，定要回王夫人打發晴雯出去，最後襲人帶著眾丫鬟跪下央求，這才攔住。表面看來，襲人寬宏大量，不計較晴雯的攻訐甚至還為她求情。但晴雯所言屬實，襲人阻止事態擴大，主要還是怕王夫人「犯疑」，有礙自己的聲譽。從後來晴雯被誣陷的結局來看，襲人的種種隱忍並非內心毫不在意，反而因為暗中積累的怨氣，傷害力更大。㉕襲人積久隱忍、攻人不意的襲擊，豈是「使力不使心」的單純晴雯與讀者所能逆料？而這也正是告密事件出現爭議之根本原因。

(二)告密事件之爭議

襲人的賢淑容忍與行為動機造成她人格的兩面性，作為一個性格複雜、包蘊豐厚的人物藝術形象，歷代紅學研究者對她的評價褒貶不一。褒之者肯定她賢良、伶俐多智（脂評），認為「晴雯之死和襲人毫無關係」㉖；貶之者，則分析：「蘇老泉辨王安石姦，全在不近人情。嗟乎，奸而不近人情，此不難辨也，所難辨者近人情耳。襲人者，姦之近人情者也。以近人情者制人，人忘其制；以近人情者讒人，人忘其讒。約計平生，死黛玉，死晴雯，逐芳官、蕙香，間秋紋、麝月，其虐肆矣。」㉗為何同一人物卻出現兩極化之評騭？究其根源，在於作者對襲人的描寫運用了「春秋筆法」。戚蓼生〈石頭記序〉中明白揭示此一深婉曲折的敘事手法：

吾聞絳樹兩歌，一聲在喉，一聲在鼻；黃華二牘，左腕能楷，右腕能草。神乎技也，

> 吾未之見也。……第觀其蘊於心而抒於手也，注彼而寫此，目送而手揮，似譎而正，似則而淫，如《春秋》之有微詞、史家之多曲筆。㉘

左丘明在《左傳》中對春秋筆法做了精要的詮釋：「《春秋》之稱，微而顯，志而晦，婉而成章，盡而不汙，懲惡而勸善。」㉙即實錄事迹而不誇飾，文詞簡約（一字以爲褒貶），含義隱晦，用筆委婉而達勸懲目的。孔子作《春秋》之所以亂臣賊子懼，原因在於這筆法深藏的微言大義具有「榮於華袞，誅深斧鉞」的效果。而《春秋》也有溫柔敦厚的諱書筆法，「爲尊者諱，爲親者諱，爲賢者諱。」曹雪芹寫襲人也採這諱筆，因爲襲人在現實生活中是有原型的，她在作者身邊如影隨形地生活多年，且照料他無微不至有如母姊，這份深情厚愛好似小說中寶玉身陷花氣襲人的溫柔網中而難掙脫，脂硯齋在下批語時常出現情緒眞切之語，如「口氣像極」、「文是好文，唐突我襲卿，吾不忍也」、「妙絕矣！好襲人，眞好，『石頭』記得眞，眞好」……可見脂硯齋對她也極爲熟悉，

㉕ 參郭玉雯《紅樓夢人物研究》第七章「賢襲人與勇晴雯」頁三五九，台北：里仁書局，一九九八年。

㉖ 周思源《周思源看紅樓》，北京：中華書局，二〇〇五年。

㉗ 涂瀛〈紅樓夢論贊〉，一粟編《紅樓夢資料彙編》頁一三八～一三九。

㉘ 朱一玄《紅樓夢資料匯編》頁五六一，天津：南開大學出版社，二〇〇一年。

㉙ 左丘明《春秋左傳》卷第二十七成公十四年，《十三經注疏》第六冊頁四六五，台北：藝文印書館，一九七三年。

且批語褒多於貶。曹雪芹出於「爲親者諱」的感恩複雜心態，總是正面描寫襲人溫柔賢淑、容忍克制、含蓄的傳統美德，對襲人的心機、向王夫人進"讒言"等等則採用了「削筆」，省略了賢淑裡面包藏禍心的細節。㉚

關於襲人是否告密，一直以來是紅學研究者爭議的焦點。襲人帶給人的總體感覺是溫柔嫻靜、平靜和順，處理事情柔中帶剛，既顧全大局又有容人之量，寶釵讚她「倒有些識見」，黛玉進一步說：「你說你是丫頭，我只拿你當嫂子待。」因爲有了削筆，小說行文顯得雲遮霧掩，唯有留心細微之褒貶用字，才能體察出作者含蓄蘊藉、曲折幽深的弦外之音。如第六十三回「壽怡紅群芳開夜宴」寶玉生日眾人狂歡鬧到深夜，「襲人見芳官醉的很，恐鬧他唾酒，只得輕輕起來，就將芳官扶在寶玉之側，由他睡了，自己卻在對面榻上倒下。大家黑甜一覺……」爲何襲人將很可能吐酒的芳官扶到寶玉身邊讓他倆同榻，自己卻若無其事地躺到另一張床上，天明又當眾笑芳官「不害羞！你吃醉了，怎麼也不揀地方兒亂挺下了？」襲人做事一向周全認眞，怎會如此疏忽？看似閒筆的一個「卻」字透露著襲人的心機，第七十七回芳官被攆，寶玉尋思原因對襲人說：「芳官尚小，過於伶俐些，未免倚強壓倒了人，惹人厭。」是的，那夜芳官唱曲、吃酒，「兩腮胭脂一般，眉梢眼角添了許多丰韻」，怎不惹人厭！

第三十二回寶玉因爲心迷，錯將襲人當作黛玉傾訴衷腸，襲人大驚：「自思方才之言，一定是因黛玉而起，如此看來，將來難免不才之事，令人可驚可畏。想到此間，也不覺怔怔的滴下淚來，心下暗度如何處治方免此醜禍。」襲人聽到寶玉的眞心話，知道寶玉眞心喜歡的是黛玉，她大感驚畏，把二玉的愛情看作「不才之事」，暗想免此「醜禍」，足見她對黛玉的顧忌。第三十三回終因金釧與蔣玉菡之事，演出「不肖種種大承笞撻」一幕大戲，第三十四回她對王夫人說寶玉確實該嚴格管教，王夫人激動得連聲喊她「我的兒」，她趁勢主張寶玉應遷出大觀園，避免再在女孩隊裡鬧，影響聲名品行，還特別點出「林姑娘寶姑娘」來談男女大防。王夫人自然瞭解寶釵的爲人，因此這番話簡直是中傷黛玉、出賣寶玉，目的在撲殺二玉愛情。可嘆王夫人聽了這話，「心內越發感愛襲人不盡」，竟對襲人說：「我就把他（寶玉）交給你了。」接著下文寶玉好像心有靈犀似地，

「因心下記掛著黛玉，滿心裡要打發人去，只是怕襲人，便設一法，先使襲人往寶釵那裡去借書。」等襲人去後，再命晴雯到瀟湘館探視，自此晴雯成了二玉傳情的橋樑。文中寶玉爲何怕襲人？——自然與她的進言告密有關。

晴雯之死，襲人雖無直接性的責任，但也不能完全脫卸關係。第七十四回「惑奸讒抄檢大觀園」，王善保家的單挑晴雯向王夫人進讒言，說她模樣標緻，天天作西施打扮，妖妖趫趫不成體統，王夫人「聽了這話，猛然觸動往事」，這「往事」指甚麼？顯然是寶玉受笞撻後，襲人向她進的「肺腑之言」，連結起她曾見過的水蛇腰、削肩膀、眉眼像黛玉的輕狂丫鬟，於是叫出晴雯，果然有春睡捧心之態，「形容面貌恰是上月的那人」，便冷笑道：「好個美人！眞像個病西施了……」晴雯一聽，心內大異，「便知有人暗算了他」，第七十七回晴雯終於被架走攆出去了，作者說：「原來王夫人自那日著惱之後，王善保家的去趁勢告倒了晴雯，本處有人和園中不睦的，也

㉚ 參魏穎、梅先亞〈春秋筆法與花襲人的形象塑造〉，《中國文學研究》二〇一三年第一期。

就隨機趁便下了些話。王夫人皆記在心中。因節間有事，故忍了兩日，今日特來親自閱人。」寫王善保家的是明筆，是俏丫鬟抱屈夭風流的導火線；至於略過襲人則是作者有意爲之的削筆、暗筆，而這浸潤之譖的滲透暗襲力更不容小覷，因爲連芳官、四兒也被逐出，寶玉細想原因說「四兒是我誤了他，還是那年我和你拌嘴的那日起，叫上來作些細活，未免奪占了地位，故有今日。」加上說自己與寶玉「同生日就是夫妻」的話柄，讓寶玉事發後詰問襲人：

「咱們私自頑話怎麼也知道了？又沒外人走風的，這可奇怪。」襲人道：「你有甚忌諱的，一時高興了，你就不管有人無人了。我也曾使過眼色，也曾遞過暗號，倒被那別人已知道了，你反不覺。」寶玉道：「怎麼人人的不是太太都知道，單不挑出你和麝月秋紋來？」襲人聽了這話，心內一動，低頭半日，無可回答。

作者用語極其細緻，襲人聽了寶玉的盤問反應是「心內一動，低頭半日，無可回答。」因寶玉說中了她的軟肋，她無語半日後，又努力以自己也將被發放出去來搪塞，寶玉笑道：「你是頭一個出了名的至善至賢之人，他兩個又是你陶冶教育的，焉得還有孟浪該罰之處！」檢討了芳官、四兒被攆原因後，寶玉索性哭道：「我究竟不知晴雯犯了何等滔天大罪！……雖然他生得比人強，也沒甚妨礙去處。就是他的性情爽利，口角鋒芒些，究竟也不曾得罪你們。想是他過於生得好了，反被這好所誤。」說畢，復又哭起來。作者寫：「襲人細揣此話，好似寶玉有疑他之意，竟不好再勸。」正因爲寶玉的懷疑是有根據的，襲人才沒法再勸，當時王夫人「所責之事皆係平日之語，一字不爽」，她進門時就挑明說：「可知道我身子雖不大來，我的心耳神意時時都在這裡。」若沒時時進讒討好的「哈巴狗」（晴雯譏襲人語）當耳報神焉能至此。晴雯臨死之時，與寶玉換穿貼身綾襖，剪下二寸蔥管給寶玉說：「既擔了虛名，越性如此，也不過這樣了。」此處脂評：「晴雯此舉勝襲人多矣，眞一字一哭也，又何必魚水相得而後爲情哉！」脂硯齋總算說了公道話，晴雯實較襲人高潔。

㈢掣花籤與嫁優之曲筆

《紅樓夢》作者善用古人詩詞作象徵隱喻，摛華鋪藻，斐亹有致。第六十三回寶玉生日，群芳開夜宴時所掣之花籤，正暗示著人物之性格與命運，這種預示手法在小說中的點戲情節更是普遍運用，如同太虛幻境的判詞令人悚然驚嘆。那日，襲人是八人中最後掣花籤的，她抽的是一枝桃花，題著「武陵別景」四字，下面一句舊詩：「桃紅又是一年春」。桃花古來意象頗爲複雜，唐代崔護「人面桃花」詩，形容女子貌美，或喻景色依舊人事已非，而杜甫〈絕句漫興〉詩名句：「顚狂柳絮隨風舞，輕薄桃花逐水流」後借喻人不自重。李白〈古風〉詩亦云：「豈無佳人色，但恐花不實。」劉禹錫〈玄都觀桃花〉詩：「紫陌紅塵拂面來，無人不道看花回。玄都觀裏桃千樹，盡是劉郎去後栽。」則桃花又可比爲奔走權貴的汲營小人。這些意象都略與襲人性格有關，而作者明顯點出的那句是南宋謝枋得所作〈慶全庵桃花〉詩，全詩是：「尋得桃源好避秦，桃紅又是一年春。花飛莫遣隨流水，怕有漁郎來問津。」謝枋得以陶淵明〈桃花源記〉表達自己國破避難，與新朝決絕的凜然風骨。曹雪芹表面上用的是此詩次句，實則意在首句，暗指襲人在賈府落敗時，選擇逃避，另嫁他人轉侍新主。這筆法有如香菱抽到並蒂花，題著「聯春繞瑞」四字，一句詩是「連理枝頭花正開」，表面上看來夫妻和諧美滿，程高本續書即因此而誤添夏金桂暴斃情節，讓香菱得以扶正過幸福日子。事實上，作者用南宋朱淑眞的〈落花〉詩：「連理枝頭花正開，妒花風雨便相催。願教青帝常爲主，莫遣紛紛點翠苔。」表面列出第一句，而實際上取的是次句，因爲香菱的判詞是「自從兩地生孤木，致使香魂返故鄉。」她一遇到夏金”桂“必死無疑，而這也是曹雪芹善用的奇譎筆法。

第七十七回晴雯重病被攆出，寶玉頓感不祥，說：「今年春天已有兆頭的。這階下好好的一株海棠花，竟無故死了半邊，我就知有異事，果然應在他身上。」接著發表了一番知己論，公然把晴雯當成自己的知己。襲人馬上顯露本心暴發醋意：「那晴雯是個什麼東西，就費這樣心思，比出這些正經人來！還有一說，他縱好，也滅不過我的次序去。」這話說得實在直白而冷酷，她心底想著晴雯再好，終究被攆，再也無法和自己爭勝了。

第五回襲人的判詞是「枉自溫柔和順，空云似桂如蘭。堪羨優伶有福，誰知公子無緣。」溫柔和順、似桂如蘭都是褒詞，卻用「枉自」、「空云」來否定，意謂襲人忙得嘔心瀝血，終究是白忙一場，這是作者最擅長的明褒暗貶筆法。末兩句顯示她在寶玉出家前就嫁給蔣玉菡，續書寫她在寶玉出家後不得已才嫁，與作者原意不合。但續書以微諷的筆調寫她出嫁時的心理周折頗爲精彩，賈府窮落下來，她想若死在賈府，就把王夫人的好心弄壞了，若死在家裡，豈不害了哥哥，嫁了蔣玉菡，才知丈夫對她好，自然也不該辜負他，結果就這樣過活下去。這心思仿如舞台上丑角之作態口白——顯然給這位賢淑圓通的姑娘以難堪的諷刺，這筆法王昆侖認為實非曹雪芹原著所及（《紅樓夢人物論》），這自然是雪芹「為親者諱」不忍多所非薄所致。續書末回以春秋筆法對襲人作評：

看官聽說：雖然事有前定，無可奈何。但孽子孤臣，義夫節婦，這「不得已」三字也不是一概推委得的。此襲人所以在又副冊也。正是前人過那桃花廟的詩上說道：「千古艱難惟一死，傷心豈獨息夫人！」不言襲人從此又是一番天地。……

將襲人比作春秋時代息國君主之夫人息嬀，「息」與「襲」皆入聲，而息夫人又稱桃花夫人，桃花廟即息夫人廟，與第六十三回襲人所掣桃花籤遙相呼應；「襲人從此又是一番天地」亦與「桃紅又是一年春」寓意相契，藉以諷刺襲人一女事二夫的變節心態。第二十回脂評：「襲人正文標目曰：花襲人有始有終。」第二十八回回前總評：「茜香羅紅麝串寫于一回，蓋琪官雖係優人，後回與襲人供奉玉兄寶卿得同終始者，非泛泛之文也。」據此推想寶玉與寶釵婚後，生活無繼，居然要靠襲人、琪官夫婦供奉幫襯，這等有始有終，寶玉心下豈不難堪！最後他懸崖撒手決然出家，既有襲人照顧寶釵，他也就飄然遠去而無礙了。

值得一提的是，襲人最後的歸宿是嫁給伶優琪官，這在當時是極大的貶義。因為直到清代，參加科舉考試者必須開列三代腳色，若有「倡、優、隸、卒」四種履歷之一，則屬身家不清白而不准應試，自宋代以來甚至近代，樂戶伶優皆屬賤民而難脫籍。李漁小說即稱之為「天下最賤的人」[31]，對應第五回襲人的圖畫是：一簇鮮花，一床破席。蓋喻花以媚人，席以薦人。襲人姓花，頗諳柔媚承順的妾婦之道，至於席而曰「破」，或指她另嫁伶優，未能從一而終，人格有瑕疵而言，總之絕非褒語。

三、近現代紅樓戲中襲人形象之遷變

上述清代紅樓戲大都淪爲案頭之作，很難搬上舞台。仲振奎《紅樓夢傳奇》洋洋灑灑五十六齣是當時唯一全本上演的紅樓戲，因排場勝而搬演多、流傳廣、影響最大。此外，嚴保庸（一七九六～一八五四）的《紅樓夢新曲》，又稱《夢中緣》、《紅樓夢中緣》，作於道光三至四年（一八二三～一八二四）間，全劇八折已然佚失，而當時「付梨園歌之，傾動一時」，「竟累人爲舉國狂」，雖有誇張之辭，但至少在文人雅士間曾造成觀演風潮。因嚴氏善製楹聯極富盛名，梁章鉅《楹聯叢話》計有十二處載其撰聯事蹟，其中一則提及此劇〈巾緣〉一折襲人嫁琪官時之舞台美術：

余所製紅樓雜劇中，有〈巾緣〉一折，敘花襲人嫁蔣玉菡事。詰旦，將登場矣，曲師來請云，場上鋪設新房，尚少一匾對，乞書之。余即書玉軟花嬌四字爲額。對語屢思不屬，正躊躇間，忽見雛伶二人，翩然而至者，則其徒也。一名天壽，字眉生；一名仙壽，字月生，即同習此劇者。意有所觸，即成一聯云：好兒女天仙雙壽，小團圞眉月三生。㉜

當時的場上佈置，不僅鋪設新房，嚴保庸還當場題寫匾額及對聯供場佈懸掛，傳爲韻事美談，只可惜不知嚴氏撰此折戲之立意是否暗寓譏諷。

㈠梅蘭芳、荀慧生京劇中之襲人

民國之後，「四大名旦」之首的梅蘭芳在《黛玉葬花》艷驚梨園，古裝扮相的「新紅樓戲」風靡南北之後，《千金一笑》、《俊襲人》類此而引起轟動，使古裝戲盛極一時。

《俊襲人》（又名《解語花》）之衣飾扮相固佳，但內容與舞美則頗爲可議。此劇取材於《紅樓夢》第二十一回「賢襲人嬌嗔箴寶玉」，寫襲人見寶玉不喜讀書而喜廝混於閨閣之中，遂加勸阻，寶玉賭氣不聽，襲人假裝生氣試探，寶玉乃暫時妥協。此劇劇本全本已佚，今僅存襲人唱詞、唸白部分，就殘本來看，襲人自始至終都在進行說教，長篇累牘，令人生厭，整場戲板滯而沉

㉛ 李漁小說《連城璧》係就《無聲戲》改編而成，其卷一〈譚楚玉戲裡傳情　劉藐姑曲終死節〉云：「天下最賤的人，是倡、優、隸、卒四種，做女旦的，爲娼不足，又且爲優，是以一身兼二賤了。」

㉜ 轉引自陸萼庭《清代戲曲家叢考》頁二二一，上海：學林出版社，一九九五年。

悶，梅派名票齊崧回憶首演情形：「場子冷得可以，始終找不到一個高潮……眞能活活把人冰凍在台下。」㉝

小說原著中襲人的形象豐滿複雜而多面，既善良、忠誠，更有圓滑狡詐的一面，而《俊襲人》僅表現其思想之符合「正統」而已。但在《千金一笑》裡，襲人則被塑造成陰險小人，晴雯一上場說：「只有那襲人，性格陰柔，居心險詐，我總有些瞧她不起，便是招人怨恨，我也不能理會她的。」襲人上場也針鋒相對地說：「一身專寵愛，姊妹盡低頭。奴家襲人，上蒙太太抬舉，下有寶玉愛憐，在怡紅院中，一向稱尊，只有晴雯她總是負氣，不肯相下，好在她性情暴躁，口角尖酸，得罪的人不少，我且讓她一步，待她自己得了不是，那時便不能再與我慪氣了。」㉞晴、襲二人因過於類型化、臉譜化而盡顯尖酸刻薄相，使人物塑造顯得過於簡單而膚淺。此外，荀慧生所演之《晴雯》，劇中襲人向王夫人進讒言：

> 夫人，晴雯是老太太房裡撥來的。人前總是能說會道，和寶二爺也是打打鬧鬧，她勸二爺不要讀書，不要做官，二爺就聽她的話。夫人，今天二爺叫她拿扇子，一不留神，掉在地上，二爺說了她幾句，她不但不認錯，反而哭鬧著要走。二爺沒法子，又賠禮又說好話。夫人您瞧，她拿著扇子撒氣，好好的東西讓她都撕成這個樣兒了。㉟

劇中對襲人的醜化較諸清代紅樓戲更甚。而京劇《黛玉焚稿》中，襲人聽聞賈母等人決定娶寶釵爲媳時，便「（襲人急上合掌向天介白）啊呀天啊，我襲人盼望幾年，到今日才得稱心如願。」㊱如此將襲人心機「說破」，亦是戲曲搬演將人物臉譜化所致。

就舞台美術而言，《俊襲人》是一齣九十分鐘之獨幕劇，借鑑西洋話劇，不用檢場，文武場退居幕後，而採用實景道具，舞台上分出臥室和堂屋的實際空間，還立起一面實在的門，道具除桌椅之外，花瓶、古玩、臥榻、書桌、書架，乃至掛屏、宮燈、紗燈、古書、文具等一應俱全。據說梅蘭芳在北京演這戲時，把自家的紅木傢具、多寶格與各式文玩全都搬上舞台。到上海演，只好找滬上友人商借因而出了意外。㊲由於舞台空間被大型道具填滿，演員許多程式化動作與實景相衝突而無法發揮，傳統寫意表演與話劇實景舞美發生齟齬，最終這戲也只能經歷短暫的轟動以後被束之高閣。而主角襲人之形象，原本不像晴雯富有戲劇性，晴雯性格剛烈鮮明，撕扇、補裘、被攆、玉殞、癡誄……情節豐富而跌宕生姿；反觀襲人心機較深，性格具有兩面性，演員表演時之分寸較難拿捏，亦不易出彩，因而以晴雯為主角之紅樓戲頗多，而襲人則僅此一齣。

㉝ 齊崧《談梅蘭芳》頁二二二，寶文堂書店，一九八八年。
㉞《晴雯撕扇》，載《戲考》第三十一冊，中華圖書館，一九一二年。
㉟ 吳天編《紅樓夢戲劇》，上海永祥印書館，一九四六年。
㊱ 王大錯述考《戲考：顧曲指南》頁四四〇三，台北：里仁書局，一九八〇年。
㊲ 一九二九年梅蘭芳到上海演《俊襲人》時，為追求布景道具效果，曾向大亨黃金榮借花盆一對，價值數百金，萬沒想到，檢場人在搬挪砌末時，混淆了眞器物與假布景，一時失手毀掉花盆，引發黃金榮的不滿。見《申報》一九二九年一月二十三日第十九版。

㈡越劇中襲人形象之弱化

兩百多年來，據《紅樓夢》小說原著而改編的戲高達數百部，清代紅樓戲大都較原著遜色，大陸十年文革動亂前後所編的「反封建」鬥爭戲，在政治風潮過後已然消歇於舞台。現當代的紅樓戲由於演員凋零等種種因素而瞬成歷史；部分地方戲雖迭獲好評，但囿於地域色彩過重，與《紅樓夢》人物語言習俗產生差距，而未造成全國性影響。就中公認紅樓戲史上影響最大、改編最爲成功的經典之作是一九五八年徐進編劇的越劇《紅樓夢》，由徐玉蘭、王文娟主演，迄今依然是紅樓戲演出史上的一座豐碑。

小說《紅樓夢》女性人物眾多，對「情」之描寫極其細膩，源自江南清柔婉麗的越劇，審美意趣與《紅樓夢》深相契合。尤其自清代紅樓戲乃至近現代諸多劇種，皆被視爲改編《紅樓夢》的最大難題「腳色制」，在越劇中已然不是難題。越劇係較爲年輕的劇種，在四〇年代戲曲改革後，便打破嚴格的行當界限，只保持基本的行當體制，即使全團女角於搬演《紅樓夢》亦無任何壓力。從一九五八年的演員表來看，即使劇本裡已安排眾多女性人物，仍有多人飾一角之情形出現，如襲人一角即由陳月娥、包翠玉兩人分別扮飾。

小說《紅樓夢》事多人眾有如亂麻，而「頭緒繁多，傳奇之大病也。」重構紅樓戲就得「減頭緒」（李漁語），越劇《紅樓》從千頭萬緒中理出一條主線，以寶黛愛情悲劇爲中心，對小說情節先後順序作調整或捏合，選取原著中黛玉進府、識金鎖、讀《西廂》、不肖種種、笞寶玉、葬花、試玉、王熙鳳獻策、傻丫頭洩密、黛玉焚稿、金玉良緣、哭靈、出走等重要情節作爲關目，符合傳統戲曲線性敘事的舞台常規終於成功。可惜的是，劇中的襲人雖在「不肖種種」一場中，特意安排她與寶釵共同規勸寶玉，襯出寶玉引黛玉為知己，但全劇襲人並無告密，亦無嫁琪官等情節，既不美化也無任何醜化，缺乏舞台所需的戲劇衝突，也彰顯不出小說原著褒中寓貶的高妙手法，僅僅屬一點綴性配角而已。

總而言之，《紅樓夢》為小說第一異書，它面世時即海內爭傳，紙貴京都，宛如四百多年前的《牡丹亭》「甫就本，而識者已口貴其紙，人人騰沸。」時至今日，《紅樓夢》這部經典使紅學研究已然成為學術界的一塊熱土。然而，彷彿正因為它是經典，而越少出現真正能解構甚至重構它的人。

由於文體本質上的差異，小說為純文字的平面文學，戲曲則是包納劇本、音樂、表演的立體綜合藝術，宜於案頭清玩的小說，未必能改編成適合場上搬演的好戲。《紅樓夢》事多人眾、奧衍閎深，在重構上有其難度，尤其「腳色制」是中西戲劇的差異所在，西方戲劇不存在腳色觀念，中國古典戲曲則無論劇本結構或場上技藝皆以「腳色綜合制」為中心，即劇作家撰寫劇本時係按腳色分類而塑造出類型、氣質各自不同之劇中人物，演員學藝應按腳色分工而作培訓，各行當之唱唸身段亦皆各有其「程式」要求，因而形成與西方戲劇截然不同的表演體系。至於《紅樓夢》中女性人物過多，傳統戲曲中的旦行不敷支應，於是清代紅樓戲中不僅出現之前崑劇未曾有過的腳色名稱，如雜旦、花旦、副老旦等，更將年方青春的李紈、警幻仙姑、尤三姐、史湘雲皆派作老旦，其中最懂搬演排場的仲振奎《紅樓夢傳奇》只能將襲人設為「丑」，賈母派為「淨」，王熙鳳則作「副淨」，除了旦角一門已無法再容納過多女性人物之外，襲人等被仲氏摒在旦門之外，其實另有戲曲腳色特有之褒貶寓意存在。

清代紅樓戲將溫柔和順、似桂如蘭之襲人以「丑」應工且多有貶詞，這究竟僅屬當時某些劇作家個人之偏頗觀點，抑或另寓小說原作者深心之褒貶？本篇嘗試就命名寓意、較具爭議之告密事件與掣花籤、嫁琪官數端，藉小說原著、脂硯齋批語與程高本續書等春秋筆法，綜合作實地辨析，從而發現《紅樓夢》寶玉的成長自始至終都有一個女子如影隨形，正如脂硯齋所說的：「襲人在玉兒一身無時不照察到」㊳，這份照料無微不至得有如母姊，因而雖深知她有心機、工算計，如脂硯齋所言「襲人是好勝所誤」㊴，但出於「爲親者諱」的感恩複雜心態，這隱晦曲折的春秋筆法細微到讓人不易察覺，以致引發諸多爭議，而它觸及的正是豐厚而複雜的世態人情。至於近現代京劇、越劇重構紅樓戲之侷限，與襲人由醜化而弱化之遷變，皆能爲未來重構經典紅樓戲帶來借鑒。

㊳《紅樓夢》第十八回脂批，見朱一玄《紅樓夢資料匯編》頁二八六，天津：南開大學出版社，二〇〇一年。

㊴《紅樓夢》第二十二回脂批，同上註頁三五七。好勝而才貌不足，只得陰使嫉讒之術，俞平伯亦認爲「襲人本質上是非常忌刻的」、「她的性格最突出的一點是得新忘舊，甚而至於負心薄倖。」見《俞平伯論紅樓夢》頁一〇〇一、一〇〇二，上海古籍出版社、香港三聯書店聯合出版，一九八八年。

尤三姐形象之爭議
——兼談二尤於紅樓戲中的重構問題

紅樓二尤既非四大家族閨秀，又非重要丫鬟，而《紅樓夢》作者特以伏脈千里的草蛇灰線筆法①，直至賈敬死金丹時，賈珍、賈蓉等因國喪隨駕未及奔回，尤氏需獨自面對喪儀焜耀、賓客如雲的場面照看不及，才讓二尤正式登場。自第六十三回至六十九回，作者連用七回濃墨重彩鋪寫其豔異瓌姿又溘然玉殞的奇絕一生。

就版本而言，脂評本與程高本優劣得失的爭議，向來被認爲是紅學論戰焦點之所在，而程、脂本中尤三姐形象孰高孰低之評騭，歷來存有爭議。高鶚爲何改塑三姐形象？其深心運筆有無破綻？而清代紅樓戲中，二尤之塑型曾否另添別樣色彩？乃至近現代紅樓戲曲中二尤形象之遷變，其間除了時代因素之外，小說與戲曲文體本質差異所引發之重構問題亦彌足深思。

一、小說原著尤三姐形象之爭議

《紅樓夢》中尤三姐究竟是淫奔女、癡情貞烈女子或是亦正亦邪之多面美人？相應而生有關脂評本、程高本之優劣，或各臻其妙而莫可軒輊等種種論辯，迄今仍聚訟不休。當王昆侖於一九四〇年代據程高本熱情稱頌尤三姐是「一朵怒放在野瀆閑塘的『出污泥而不染』『可遠觀而不可褻玩』的紅荷花」②時，他應尚未發現，較早的脂評本中紅樓二尤最初都是「淫奔女」，而這在今日已是《紅樓》版本史上的不刊之論。一九五六年，著名文學史家劉大杰提出「《紅樓夢》裡有兩個尤三姐」的命題，並盛讚高鶚將尤三姐精心改造成爲一個「光輝形象」，「肉體、靈魂有如冰清玉潔一般的乾淨與純真」③由於這觀點表述頗具代表性，故影響面大，迄今仍有不少擁戴者④，然辨析箇中原委，將脂、程兩版之尤三姐形象擇要比較，就可探究高鶚改塑之緣由與破綻所在，這在「揚高抑曹」之紅學浪潮中，於尤三姐之塑型造詣可作一較爲客觀之藝術評比。

(一)由淫奔女、情小妹到貞烈女——脂評本與程高本之比較

在《紅樓夢》兩大版本系統中，脂評本係手抄本，出現時間早，較接近曹雪芹創作原貌⑤，可

---

① 《紅樓夢》第十三回寫秦可卿之喪，僅簡單提了一句「尤氏的幾個眷屬尤氏姊妹也都來了。」此處脂批云：「伏後文。」

② 見王昆侖《紅樓夢人物論》頁一〇二，北京：北京出版社，二〇〇四年。

③ 見劉大杰〈兩個尤三姐〉，一九五六年《文匯報》，收入《劉大杰古典文學論文選集》頁二五四，長沙：湖南人民出版社，一九八四年。

④ 如白先勇認爲程本優於脂本（庚辰本），重要理由之一在於程本之尤三姐形象較佳，見《白先勇細說紅樓夢》第六十五、六十六回，桂林：廣西師範大學出版社，二〇一七年；《白先勇的文藝復興》頁一七二～一七三，台北：聯合文學出版社，二〇二〇年。白盾、張全宇、趙慶元等爲文亦多持此觀點，茲不贅及。

⑤ 周汝昌認爲：「《石頭記》是從一開始傳鈔行世時就帶有脂硯齋的多次評點，而不是後世讀者所

惜只存前八十回；程高本系統係排印本，時間晚於脂評本，共一百二十回，其中後四十回一般認爲係高鶚據前八十回所補續，並在補續之時又對前八十回也作了一些改動。由於一般讀者皆知後四十回乃高鶚手筆，與曹雪芹了無干涉，閱讀時較爲警醒，或索性丟開不看也就罷了，而對前八十回曾經高鶚改篡一事，則多未詳知。版本內容之不同，來自於原作者與補續者人生經歷、審美觀點之根本差異，所呈現的尤三姐形象於是出現本質上的區別。

首先，《紅樓夢》有關二尤之描寫，作者奮掃如椽筆，集中於第六十三至六十九回極意揮灑，可惜目前較爲完整而可信的脂本——北京大學所藏《脂硯齋重評石頭記》（庚辰本）卻丟失第六十四、六十七兩回，該本重印時，這兩回文字乃用早期脂評本系統中保留祖本原文較多的《蒙古王府本石頭記》（簡稱蒙府本）補入[6]。尤三姐的形象，經查驗比勘，脂本系統如蒙府本、《脂硯齋重評石頭記》戚蓼生序本（簡稱戚序本）、《乾隆抄本百二十回紅樓夢稿》（簡稱夢稿本）乃至介於脂本與程本之間的甲辰本（一七八四年，夢覺主人序）皆是始淫亂而終貞烈，與程高甲、乙本之全然貞潔截然不同。究竟何者較符合原著之創作意圖與藝術風格？值得細思。事實上，在回目用語方面，曹雪芹係幾經斟酌，如第六十五回，較早的戚序本與蒙府本皆作「膏粱子懼內偷娶妾，淫奔女改行自擇夫」，之後己卯本、庚辰本與甲辰本皆改作「賈二舍偷娶尤二姨，尤三姐思嫁柳二郎」[7]。而第十三回初稿回目原作「秦可卿淫喪天香樓」，庚辰本則改作「秦可卿死封龍禁尉」[8]而這類「淨化」過的回目自然也爲程高本所保留。至於內文方面，高鶚刪削、改篡處不下兩萬字，有關尤三姐部分，脂本約五千字，高鶚著意尤甚，增刪字數幾達原文一半[9]。茲爲節篇幅，僅擇其重要而明顯部分比對釐述如次。

紅樓二尤生、養父相繼過世，孤苦伶仃，與母親三人相依為生，家計艱難，母親改嫁尤氏之父後，多年全靠賈珍夫婦周濟，二尤與賈珍之妻尤氏屬異父異母關係。出身微賤，幼年失教，使得美貌多情的二尤早年受賈珍父子誘騙而有了首尾，經濟依附導致人身依附與人格屈辱。在脂評本中，如實呈現這等不倫關係，而程高本則完全改去尤三姐的種種「淫行」（只寫二姐與賈珍父子有此老關係）。當賈敬暴死，尤氏理喪，因缺人手而特將二尤與尤老娘接進寧府幫忙看家，從二尤首次

加。……這是大大不同於明清其他小說評點本的最重要標誌。雪芹、脂硯獨創的這個新體例，為中國小說史增添了異樣色彩光輝。」見氏著《周汝昌校訂批點評本石頭記》頁二，南京：譯林出版社，二〇一一年。

⑥ 庚辰本一九七六年首次影印出版時，所缺第六十四、六十七兩回係據己卯本補入，然己卯本此二回亦後人據程高系統本抄配而成。

⑦ 據考證，戚序、蒙府本應出自庚辰原本的某傳抄本，而庚辰底本（或祖本）則是作者生前的最後、最完整之定稿本。參朱淡文《紅樓夢論源》頁三〇四～三三〇，南京：江蘇古籍出版社，一九九二年。

⑧ 《紅樓夢》第十三回靖藏本回前批語云：「『秦可卿淫喪天香樓』，作者用史筆也。老朽因有魂託鳳姐賈家後事二件，豈是安富尊榮坐享人能想得到者？其言其意，令人悲切感服，姑赦之，因命芹溪刪去『遺簪』、『更衣』諸文……」。

⑨ 參伍隼〈再論尤三姐形象的改塑〉頁一〇八，《紅樓夢學刊》一九九一年第一輯；楊光漢〈曹雪芹原著中的尤三姐〉頁一九四，《紅樓夢學刊》一九八〇年第二輯。

登場開始，程高本即竭力將三姐「淨化」，第六十三回賈蓉熱孝在身，當著眾丫環的面，對著二尤做出極露骨無恥的調戲。脂評本寫賈蓉一到，對著尤二姐笑說：「二姨娘，你又來了，我們父親正想你呢！」二姐紅了臉用熨斗摟打賈蓉，接下來三人一邊笑罵，一邊拉扯，撕嘴、吐砂仁（蒙府本作「檳榔」）渣子、擠眼、追打，親暱而輕佻。程高本保留了賈蓉與二姐種種不堪情狀的描繪，但很謹慎地把尤三姐劃分開來，她不參與調笑，態度格外莊重，當賈蓉抱著頭滾到二姐懷裡告饒時，「尤三姐便轉過臉去」，賈蓉越鬧越甚，「三姐兒沉了臉，早下炕進裡間屋裡，叫醒尤老娘」來制止這謔浪場面（脂本中老娘是自己醒來的），最後，尤三姐還訓斥臨走的賈蓉：「別只管嘴裡這麼不清不渾的！」竟是莊重自持一派凜然。

第六十五回賈璉偷娶尤二姐後，有一夜，賈珍打聽得賈璉不在花枝巷，於是悄然來到新房鬼混，與二尤、尤母一處吃酒。脂評本⑩云：

> 尤二姐知局，便邀她母親說：「我怪怕的，媽同我到那邊走走來。」尤老也會意，便眞箇同她出來，只剩下小丫頭們。賈珍便和三姐挨肩擦臉，百般輕薄起來。小丫頭子們看不過，也都躲了出去，憑他兩個自在取樂，不知作些什麼勾當。

程高本改作：

二姐兒此時恐怕賈璉一時走來，彼此不雅，吃了兩鍾酒便推故往那邊去了。賈珍此時也無可奈何，只得看著二姐兒自去。剩下尤老娘和三姐相陪。那三姐兒雖向來也和賈珍偶有戲言，但不似他姐姐那樣隨和兒，所以賈珍雖有垂涎之意，卻也不肯造次了，致討沒趣。況且尤老娘在旁邊陪著，賈珍也不好意思太露輕薄。

按脂評本文意，此時賈珍與尤三姐確實有曖昧關係，戚序本此回回後總評點明：「房內兄弟聚麀，棚內兩馬相鬧；小廝與家母飲酒，小姨與姐夫同床。可見有是主必有是奴，有是兄必有是弟，有是姐必有是妹，有是人必有是馬。」聚麀、同床都是對三姐淫行的昭然指控。而高鶚在程本中下足功夫修改，使得賈珍到新房只為了與二姐敘舊而非與三姐捏合，因而當二姐推故走開時，他也無可奈何。又在場增加尤老娘，免去三姐與賈珍單獨相處致生曖昧之嫌疑，三姐清白矜重，與姐夫賈珍只偶有戲言，並無越軌行為，賈珍也面薄知禮，兩人皆不露任何輕薄行止。高鶚此處著意刪修，目的在表明三姐與賈珍並無任何曖昧關係，而這也正是兩版中尤三姐形象的最大區別。

由於賈珍跨馬突來夜訪，致棚內二馬不容蹶踢起來，尤二姐聽見馬鬧，心下不安，慮及三姐終

⑩ 本文所引脂評本據曹雪芹等著，徐少知注《紅樓夢新注》，台北：里仁書局，二〇二一年；程甲本《紅樓夢》刻本據北京：中國書店，二〇一四年一月版；程乙本則據曹雪芹著，啓功、唐敏注《紅樓夢》，台北：時報文化出版社，二〇一六年。不另註。

身，賈璉笑道：「你且放心，我不是拈酸吃醋之輩，前事我已盡知，你也不必驚慌。你因妹夫是作兄的，自然不好意思，不如我去破了這例。」說著走了，便至西院中來，只見窗內燈燭輝煌，二人正吃酒取樂，賈璉便推門進去……。」程高本此處雖擴增一倍文字，但文意未增，重點是在「前事我已盡知」前面添一「你」字，改成「你前頭的事，我也知道，你倒不用含糊著。」並且將賈璉往西院時見窗內「二人正吃酒取樂」這句刪掉，目的仍是顯豁標示與賈珍有曖昧的僅二姐一人，與三姐無涉。

接下來尤三姐演了一場至今觀之依然驚世駭俗的「鬧筵」好戲。爲何如此破臉大鬧？因她心底清楚賈珍賈蓉依財仗勢，先是藉周濟親戚而誘騙勾引二尤，父子聚麀；繼則見二姐心癡意軟，拐作賈璉二房，由賈珍姘頭變成賈璉暗妾；如今又想故技重施，哄騙三姐走二姐的老路成爲賈珍二房。她不甘受辱，道出眞相：「你別油蒙了心，打量我們不知道你府上的事。這會子花了幾個臭錢，你們哥兒倆拿著我們姐兒兩個權當粉頭來取樂兒，你們就打錯了算盤了。」她深知自己已被逼得若不下深水，就得另尋出路，於是恨、怒、哭、歌交織而成的鬧筵豪舉就此展開，當然高鶚也忙不迭地把三姐的淫情浪態逐一作了「修正」。

脂評本：

> （三姐）自己綽起壺來斟了一杯，自己先喝了半杯，摟過賈璉的脖子來就灌，說：「我和你哥哥已經吃過了，咱們來親香親香。」唬的賈璉的酒都醒了，賈珍也不承望尤三姐這等

無恥老辣。

程高本：

自己拿起壺來斟了一盃，自己先喝了半盞，揪過賈璉來就灌，說：「我倒沒有和你哥哥喝過，今兒倒要和你喝一喝，咱們也親近親近。」嚇的賈璉酒都醒了。賈珍也不承望三姐兒這等拉得下臉來。

高鶚把「綽起壺來」改爲「拿」，「摟過賈璉」改作「揪」，「親香」改爲「親近」，雖只改一字，但卻削減了三姐的潑勁浪態，而鮮活的「無恥老辣」四字，也被改成「拉得下臉來」等中性字眼。席間，尤三姐穿戴、賣風情的輕狂態也被高鶚芟翦塗飾得減色不少。如：

脂評本：

這尤三姐……底下綠褲紅鞋，一對金蓮或翹或並，沒半刻斯文。……本是一雙秋水眼，再吃了酒，又添了餳澀淫浪。

程高本：

這尤三姐……底下綠褲紅鞋，鮮艷奪目；忽起忽坐，忽喜忽嗔，沒半刻斯文。……本是一雙秋水眼，再吃了幾杯酒，越發橫波入鬢，轉盼流光。

脂評本：

（珍璉）二人已酥麻如醉，不禁去招他一招，他那淫態風情，反將二人禁住。那尤三姐放出手眼來略試了一試，他弟兄兩個竟全然無一點別識別見，連口中一句響亮話都沒了，不過是酒色二字而已。……竟眞是他嫖了男人，並非男人淫了他。

程高本：

眞把那珍璉（程甲本作「賈珍」）二人弄得欲近不敢，欲遠不捨，迷離恍惚，落魄垂涎。再加方才一席話，直將二人禁住。弟兄兩個竟全然無一點兒能爲，別說調情鬥口齒，竟連一句響亮話都沒了。三姐自己高談闊論，任意揮霍，村俗流言，灑落一陣，由著性兒，拿他弟兄二人嘲笑取樂。

脂評本：

誰知這尤三姐天生脾氣不堪，仗著自己風流標緻，偏要打扮的出色，另式作出許多萬人不及的淫情浪態來，哄的男子們垂涎落魄，欲近不能，欲遠不捨，迷離顛倒，他以爲樂。

程高本：

這尤三姐天生脾氣，和人異樣詭僻。只因他的模樣兒風流標緻，他又偏愛打扮得出色，另式另樣，做出許多萬人不及的風情體態來。那些男子們，別說賈珍賈璉這樣風流公子，便是一班老到人，鐵石心腸，看見了這般光景，也要動心的。及至到他跟前，他那一種輕狂豪爽、目中無人的光景，早又把人的一團高興逼住，不敢動手動腳。所以賈珍向來和二姐兒無所不至，漸漸的俗了，卻一心注定在三姐兒身上，便把二姐兒樂得讓給賈璉，自己卻和三姐兒捏合。偏那三姐一般和他玩笑，別有一種令人不敢招惹的光景。

經此比對，凡有金蓮翹並、淫浪情態、嫖了男人……等字眼必遭高鶚改刪。第六十六回尤三姐心下已擇定柳湘蓮，尤二姐對即將赴平安州的賈璉說：「你只管放心前去，這裡一應不用你記掛。三妹子他從不會朝更暮改的。他已說了改悔，必是改悔的。他已擇定了人，你只要依他就是了。」程高本作：「你只管放心前去，這裡一應不用你惦記。三妹子他從不會朝更暮改的。他已擇定了人，你只要依他就是了。」足見高鶚悄然把三姐誓將「改悔」的兩句刪了，也把三姐多次提及自己「如今改過守分」的話全都抹除。及至尤三姐自刎，柳湘蓮在極度悲慟恍惚中看見尤三姐來向他泣別：

「來自情天，去由情地。前生誤被情惑，今既恥情而覺，與君兩無干涉。」這幾句呼應本回回目「情小妹恥情歸地府」的重要話語，也被高鶚一刀砍斷，僅留下被虛空的「恥情」二字在回目中。第六十九回，二姐夢見三姐手捧鴛鴦劍前來說：「……此亦係理數應然，你我生前淫奔不才，使人家喪倫敗行，故有此報。」高鶚又將「你我生前淫奔不才」改爲「只因你前生淫奔不才」，雖是把尤三姐自己承認的「淫奔」污行給豁免掉，但對姊妹情深的二尤來講，三姐託夢的口氣不免有傷溫厚。[11]

綜上所述，在小說原著中，尤三姐嬌豔無比的刺玫瑰是知過能改的淫奔女，在程本中一變而成出淤泥而不染的白蓮花，是冰清玉潔的貞烈女。這樣的修改，對《紅樓夢》而言，是幸抑或不幸？洵足令人深思。

(二)高鶚改塑之原因與破綻

《紅樓夢》用筆縝密，著色繁麗，作者才情爛漫陸離，脂硯齋等評點雪藤丹筆，洞中肯綮。唯原著僅存鈔本八十回，之後舊稿佚失，遂使續作蠭出，面貌各異，爲標新異而競出手眼，致坊間狗尾滿目。就中百二十回之程高本最爲通行，平步青《小棲霞說稗・石頭記》云：「高蘭墅侍讀（鶚）續之，大加刪易。……世人喜觀高本，原本遂湮。」[12]甫塘逸士《續閱微草堂筆記》亦云：「《紅樓夢》一書膾炙人口，吾輩尤喜閱之。然自百回以後，脫枝失節，終非一人手筆。」[13]由於版本的不同，《紅樓夢》原作者與補續者其人生閱歷、思想價值觀與藝術審美品格各異，因而引發紅學界多年來難以平息之論爭。其中尤三姐形象之論辯頗具代表性，而她也正是高鶚花費最多筆墨改篡之人物，箇中原因值得探討。

改塑原因管窺

若將脂評本與程高本自第六十三回至六十九回逐句校覈，粗略統計，有尤三姐在的場面，脂本約九千字，被高鶚刪去約一千五百字，重寫補入約一千七百字；若將這些場面中描寫其他人事的部分除去，單計算直接描寫尤三姐者，脂本約五千字，高鶚刪一千一百字，另外補入一千三百字，兩項相加，幾達原文二分之一。⑭足見高鶚改篡前八十回，所費心力莫此為甚。至於他為何殫精竭慮、不厭其煩地增刪改易，應當與其道德理念、審美取向密然有關。高鶚於〈紅樓夢序〉中云：「予聞《紅樓夢》膾炙人口者，幾廿餘年，然無全璧，無定本。」而頗以為憾，因而當程偉元於藏書家、故紙堆中、鼓擔上重價購得之全書向他出示並說：「此僕數年銖積寸累之苦心，將付剞劂，公同好。子閒且憊矣，盍分任之？」高鶚為何會答應，理由是：「予以是書雖稗官野史之流，然尚

⑪ 第六十九回戚序回後評：「看三姐夢中相敘一段，眞有孝子悌弟、義士忠臣之概，我不禁淚流一斗，濕地三尺。」見朱一玄編《紅樓夢資料匯編》頁四九八，天津：南開大學出版社，二〇〇一年。

⑫ 見朱一玄編《紅樓夢資料匯編》頁八三六。

⑬ 同上註頁八三七。

⑭ 見楊光漢〈曹雪芹原著中的尤三姐〉頁一九四。

不謬於名教，欣然拜諾，正以波斯奴見寶爲幸，遂襄其役。」而在版本整理、修訂原則方面，程偉元與高鶚宣稱：「書中前八十回抄本，各家戶異；今廣集核勘，準情酌理，補遺訂訛。其間或有增損數字處，亦在便於披閱，非敢爭勝前人也」。⑮小說在傳統仕宦者眼中原屬稗官之流，未登大雅，雖說高鶚受程偉元之託釐訂《紅樓夢》時（一七九一），正處「閒且憊」仕途尚未得意之際，而四年後（一七九五）他中進士，歷官內閣中書、漢軍中書、內閣侍讀、江南道監察御史等職，官運亨通，一路評價皆是「操守謹，政事勤，才具長，年力壯。」⑯操守嚴謹而勤於政事之人，倫理名教觀念通常較爲保守，《紅樓夢》雖大旨談情，而高鶚認爲這部紙貴京都的曠世鉅著，於名教尚無乖謬，亦不悖於道德教化。對於尤三姐這朵美艷的刺玫瑰，鬧筵的種種風情烈勁，他尚能欣賞接受，但若要將她與賈珍的不倫淫行公諸於世，心底覺得畢竟有傷風化，所以他不憚煩勞費數千字筆墨予以修潤彌縫，定然要把尤三姐從淫奔女改塑成貞烈女。

此外，從高鶚的仕宦生涯，亦不難窺知他重視功名的人生理念。第七十八回寶玉別開生面爲晴雯撰就一篇風流奇異的〈芙蓉女兒誄〉，高鶚雖沒將晴雯改寫成另一形象，但卻刪掉寶玉撰誄心態的一段長文近四百字，其中「誄文輓詞也須另出己見，自放手眼，亦不可蹈襲前人的套頭，塡寫幾字搪塞耳目之文；亦必須灑淚泣血，一字一咽，一句一啼……奈今人全惑於功名二字，故尚古之風一洗皆盡，恐不合時宜，於功名有礙之故也。我又不希罕那功名，不爲世人觀閱稱贊，何必不遠師楚人之《大言》、《招魂》、《離騷》……寶玉本是個不讀書之人，再心中有了這篇歪意，怎得有好詩好文作出來。他自己卻任意纂著，並不爲人知慕，所以大肆妄誕，竟杜撰成一篇長文。」⑰一般認爲高鶚之所以刪汰這段文字，可能嫌其累贅，實則高鶚改寫尤三姐形象的文字有時更顯繁冗，至於寶玉認爲誄文宜自放手眼，灑淚泣血，不可蹈襲前人的套頭，蓋與曹雪芹的文學主張有關。從被刪內容來看，不難發現文中強調「今人全惑於功名二字、恐於功名有礙、我又不希罕那功名、寶玉本是個不讀書之人」這類字眼，原是蔑視祿蠹、鄙薄功名的寶玉（作者折影）底人生價值觀，而這與尊崇功名的仕宦中人高鶚徹底違迕，焉能不被芟除。至於寶玉祭奠時備好的四樣晴雯素喜之物——群花之蕊，冰鮫之縠，沁芳之泉，楓露之茗，清逸浪漫而具風致，正與晴雯氣質相吻合，竟也被改成「晴雯素喜的四樣吃食」，失卻原著之意趣神色，只能說是高鶚比較世俗化了。

也由於重視功名，高鶚有時會將自己的「頌聖」思想塗飾到小說人物身上，如元妃歸省時，眾姊妹奉諭題詠，前此有人研究表示，女主角黛玉所賦〈世外桃源〉一詩首句「宸遊增悅豫」即體現

---

⑮ 見一粟編《紅樓夢資料彙編》頁三一～三二，北京：中華書局，一九六四年。

⑯ 見朱一玄編《紅樓夢資料匯編》頁三九～四一。

⑰ 寶玉這段撰誄心態的四百字長文，經筆者比勘，蒙府本與夢稿本皆全文保留，程本則全刪。甲辰本僅保留脂本百餘字，並增「寶玉想了一想『彼此相投之愜』，若俗之奠禮，斷然不可，竟也還『別當有一派的情場』，方不負我二人之爲人。」數句，爲脂、程本所無，而下文所改「晴雯素喜的四樣吃食」，則爲程高本所繼承，體現出甲辰本係「從脂評系統走到程本系統的一個橋梁，又是保存著脂本某些原始面貌」（馮其庸《甲辰本紅樓夢・序》語）底特質。

出曹雪芹諂君頌聖思維。殊不知此句係高鶚之改篡手筆，按脂評本原詩起句乃「名園築何處」寫來平淡⑱，瀟湘妃子畢竟不似蘅蕪君〈凝暉鍾瑞〉一詩「文風已著宸遊夕，孝化應隆歸省時」等充滿諛聖的討好話語。

高鶚基於個人道德風教理念與審美思維，苦心孤詣地改造尤三姐形象，善則善矣卻有些失眞，因爲是外加塗飾的，不免殘存破綻而出現前後矛盾現象。如第六十四回「浪蕩子情遺九龍珮」寫賈璉勾搭二姐的一段心思：

> 卻說賈璉素日既聞尤氏姊妹之名，恨無緣得見。近因賈敬停靈在家，每日與二姐三姐相認已熟，不禁動了垂涎之意。況知與賈珍賈蓉素日有聚麀之誚，因而乘機百般撩撥，眉目傳情。那三姐卻只是淡淡相對，只有二姐也十分有意。

脂評本這段敘述，高鶚竟全部照錄到程本上，可說是刪改未淨露了馬腳。或許高鶚看中的是三姐「淡淡相對」的貞靜態度，但三姐淡然以對的是賈璉，而與賈珍父子素有「聚麀之誚」的可是包括二姐與三姐，如此明白的譏諷，可說是高鶚改塑三姐形象的一處失誤。再如脂評本第六十三回，賈蓉「聽見兩個姨娘來了，便和賈珍一笑」，這是對賈珍父子聚麀醜行的深刻揭露，高鶚在程本中謹愼地改成賈蓉聽見他的「兩個姨娘來了，喜得笑容滿面」，完全剔除賈珍名字，以抹卻聚麀之譏。但在第六十四回開頭卻又將脂本的文句，「賈珍賈蓉此時爲禮法所拘，不免在靈旁藉草枕塊，恨苦居喪。人散後，仍乘空尋他小姨子們廝混。」改作「在內親女眷中廝混」，既是「內親女眷」，自然包括三姐，如此照應不周又將刪改未淨的馬腳給露了出來。

而高鶚自己添加的文字也出現前後矛盾，如第六十五回尤三姐鬧筵之後，脂本說她天生脾氣不堪，常仗著風流作出萬人不及的淫情浪態。高鶚在努力刪抹之餘，卻又添了幾句：「賈珍向來和二姐兒無所不至，漸漸的俗了，卻一心注定在三姐兒身上，便把二姐兒樂得讓給賈璉，自己卻和三姐兒捏合。偏那三姐一般和他玩笑，別有一種令人不敢招惹的光景。」兩人既是「捏合」又「玩笑」，則與此回鬧筵前高鶚所改添的文句：三姐與賈珍「偶有戲言，但不似他姐姐那樣隨和兒，所以賈珍雖有垂涎之意，卻也不肯造次了，致討沒趣。況且尤老娘在旁邊陪著，賈珍也不好意思太露輕薄。」相互矛盾。

此外，就情理而言，脂本中的三姐起先失足，自擇定柳湘蓮後，便吃齋唸佛，折簪爲誓，「眞個竟非禮不動，非禮不言起來……果見小妹竟又換了一個人。」（第六十六回）而程本中的三姐已經被高鶚改爲貞烈女了，她言行的「非禮不動，非禮不言」原是意料中事，而高鶚卻仍用「竟像又換了一個人似的」來形容，措辭矛盾，明顯露出斧鑿痕跡。再者，柳湘蓮與三姐一劍定情之後，心中有些疑惑，忙向寶玉探問究竟，寶玉明知三姐過往的言行，但爲顧及三姐顏面，不便

---

⑱ 脂評本如庚辰本、蒙府本、夢稿本乃至甲辰本等皆作「名園築何處」，迨程甲、乙本乃作「宸遊增悅豫」。

明言；爲了忠於知己湘蓮，又不宜隱諱，他只得含糊地閃爍其詞笑道：「你既深知，又來問我作甚麼？連我也未必乾淨了！」程高本既精心刪除有關三姐失足的描寫，卻又幾乎原封不動地保留脂本中寶玉與湘蓮議論三姐品行的對話，著實不合情理。因三姐若如高鶚所改塑是個貞烈女子，則寶玉說「你既深知，連我也未必乾淨了！」顯得文意不通（既是貞烈，怎不乾淨？），而他聽聞湘蓮話時，非但毋須臉紅，還會駁回湘蓮的道聽塗說。且以寶玉素日體貼女兒的氣性，若三姐冰清，他怎可能誣陷她，對她落井下石？由此可見高鶚改塑三姐形象，原本立意雖佳，但由於對原著殘存之「穢筆」刪汰未盡，自己所增添之飾詞又出現若干矛盾，因與革之間情理未洽，種種失誤使得他所改塑的三姐形象引發不少爭議。

(三)《紅樓夢》正邪兩賦之審美典型

關於脂評本與程高本所塑造的「兩個尤三姐」形象之審美評比，紅學界一直爭論未休，「揚曹抑高」與「揚高抑曹」兩派歷有論辯，或有主張兩種審美形態各擅千秋，毋須強分軒輊。面對紛然殽亂之學術論爭，質實而論，藝術創作雖有客觀甚至超乎時代之評騭標準，然而作品中之人物塑型原與作者之時代背景、道德理念與審美取向密不可分，若將這些根源因素架空，則所得結論不免失之浮泛空疏。

程高本所改塑的尤三姐玉潔冰清、出汙泥而不染，不失爲一種典型。無論賈府如何淫亂污濁，她堅守節操，涅而不緇，白璧無瑕得有如一尊閃耀著純美光彩的女神，她守身如玉地赴死有如忠臣義士、孤臣孽子等悲劇英雄，贏得眾多讀者的悲憤與同情。「以死明志」的事例歷代皆有，尤三姐的自刎明貞，結局合乎情理，而以最決絕的方式締造寧為玉碎、不為瓦全的慘烈之美，這種美自有其令人動容的審美效果。然而，除了上述高鶚基於個人道德風教與貞節觀念改塑三姐形象，並因照應不周而出現破綻與前後矛盾等疏失，改塑過的三姐形象較趨美好，卻乏可信度，甚且有人為淨化、有意拔高之嫌⑲。此外，脂評本中「自主擇夫」是三姐言行舉止判若兩人的重要分界線，是「醍醐灌頂，大翻身大解悟法」，足可「一洗孽障」⑳。當她向二姐提出自擇配偶時滴淚嚴肅聲稱：「終身大事，一生至一死，非同兒戲。我如今改過守分，只要我揀一個素日可心如意的人方跟他去。若憑你們揀擇，雖是富比石崇，才過子建，貌比潘安的，我心裡進不去，也白過了一世。」她提出「可心如意」的愛情作為擇配的條件，超越一般錢勢才貌等門當戶對的傳統觀點，程高本不僅淡化這超時代的擇偶理念（改成：有錢有勢的），也把尤三姐淨化得無「過」可改。如此改篡，免去聚麀之誚，三姐的感情好似變得專一而純正了，但她滴淚泣訴、幡

⑲ 周汝昌《紅樓夢新證》（增訂本）頁八三七云：「蓋寫尤三姐為完人，實僅〞程本〝為然，脂本有大段文字，寫三姐與珍、璉、二姐等聚麀之事，蓋始淫亂而終貞烈者，故寶玉於湘蓮前不贊一詞也。」北京：中華書局，二〇一六年。

⑳ 己卯、庚辰、靖藏諸本皆有脂批：「全用醍醐貫（灌）頂，全是大翻身大解悟法」、「全用如是等語，一洗孽障。」見朱一玄編《紅樓夢資料匯編》頁四九四。

然改悔的重要轉折作用也變得不突出了。至於程本的改篡，三姐雖變得無瑕至美，但多情的寶玉卻說出無情的冷話，而柳湘蓮「原是個精細的人」，卻因主觀臆測產生誤解，而成了配不上三姐的「大草包」㉑，他們竟都間接或直接將三姐推向死亡的深淵——如此改塑，不僅寶玉與柳湘蓮形象受損，對《紅樓夢》而言，也是一種誤讀。

何謂「正邪兩賦」之美學觀

事實上，《紅樓夢》原著第二回作者即揭櫫其特有的審美典型——正邪兩賦，而這奇僻的美學觀體現在整部小說主要人物的塑造上，作者強調係其「半世親睹親聞」、「追踪攝跡，不敢稍加穿鑿」所成，首回作者自云：「忽念及當日所有女子，一一細考較去……閨閣中本自歷歷有人。」強調書中人物來自眞實的生活。何謂正邪兩賦？作者藉賈雨村道出天地生人，各秉不同之「氣」而生，大仁者所秉爲「清明靈秀，天地之正氣」；大惡者所秉乃「殘忍乖僻，天地之邪氣」。除大仁大惡兩種，世上另有一類人，秉正邪兩氣而生，而這兩種氣「正不容邪，邪復妒正，兩不相下」的結果，使這類男女「上則不能成仁人君子，下亦不能爲大凶大惡。置之於萬萬人之中，其聰俊靈秀之氣，則在萬萬人之上；其乖僻邪謬不近人情之態，又在萬萬人之下。」如此清逸怪誕之人每不容於主流社會，唯作者獨具青眼，寫來飽含深情。又因其託生之地不同而品類互異，「若生於公侯富貴之家，則爲情癡情種」，如寶玉、黛玉；「若生於詩書清貧之族，則爲逸士高人」，如柳湘蓮；「縱再偶生於薄祚寒門，斷不能爲走卒健僕，甘遭庸人驅制駕馭，必爲奇優名倡。」如芳官、晴雯、尤三姐等。

由於尤三姐正是作者精心塑造「正邪兩賦」的典型人物，所以她淫浪／貞烈、聰慧／頑癡、美艷／醜態、放蕩／守分、墮落／超拔、綽約風流／潑辣任性……正邪相反的氣性并集一身，靈魂深處隱然存著一股叛逆。如此妍媸互見、瑕瑜並舉的書寫手法，應是作者深刻體察人事，在雕繢物情、描摹世態上乃有獨到之體會。脂硯齋於庚辰本第四十三回夾批云：

尤氏亦可謂有才矣。論有德比阿鳳高十倍，惜乎不能諫夫治家，所謂「人各有當」也。此方是至理至情，最恨近之野史中，惡則無往不惡，美則無一不美，何不近情理之如是耶？

尤氏性格雖不顯眼，而此時她幫鳳姐攢金慶壽，人情事理妥貼周全，脂批誇她有才德，卻未能諫夫治家，說明「人各有當」，現實生活中原是人無全人，藉以批評一般小說寫人物美則極美、惡則極惡技法之庸劣。而《紅樓夢》中正邪兩賦之手法，使人物塑型複雜多面，呈現鮮活而立體的眞實美特質。魯迅強調：「至於說到《紅樓夢》的價値，可是在中國底小說中實在是不可多得的。其要點

㉑ 王昆侖據程乙本評價尤三姐時曾云：「尤三姐憑著敏慧的眼光和英勇的戰鬬，自以爲把命運押在勝注上了；卻不想被那號稱多情的寶玉說了兩句無情的冷話，就把她推下萬丈深淵！……柳湘蓮哪能匹配得上？等到眼見尤三姐拔劍自刎而死，才說『並不知是這等剛烈的人，眞眞可敬！』平時也被一般讀者重視的柳湘蓮原來竟是這樣一個大草包！」見氏著《紅樓夢人物論》頁一〇六。

在敢於如實描寫，並無諱飾，和從前的小說敘好人完全是好，壞人完全是壞的，大不相同，所以其中所敘的人物，都是眞的人物。總之自有《紅樓夢》出來以後，傳統的思想和寫法都打破了。——它那文章的旖旎和纏綿，倒是還在其次的事。」㉒尤三姐的描繪也「正因寫實，轉成新鮮」，若如程高本改塑得理想化潔淨化，雖可滿足部分讀者的美好期待，卻可能大幅縮小其反映現實的深刻意義。

二尤於秦可卿之喪時至賈府，正是青春妙齡情竇初開，受市井淫靡風氣影響，情、淫不分，難禁誘惑，因而失足。㉓作者並不洗白其淫奔歷史，尤其寫三姐從「誤被情惑」到「恥情而覺」的人格覺醒歷程，讓讀者深思二尤悲劇之肇因，清代護花主人（王希廉）嘗評云：「尤二姐、尤三姐之死於非命，禍胎皆種於珍璉二人。寧府淫惡，造孽無窮。」㉔並不片面責備「冷面冷心」的柳湘蓮。三姐矢志改過，卻不被社會所理解，讓失足者直面世態之涼薄；柳湘蓮婚前無緣得識三姐的傳統習俗與貞節觀，匯成輿論殺人的狂潮，誠如周汝昌所言：「（二尤）她們的悲劇是：那社會逼她們喪失貞操，而那同一社會又因她們喪失貞操而百般賤視，使她們不恥於人類，除死之一途別無出處。」㉕

曹雪芹在第六十六回回目「情小妹恥情歸地府」，以「情小妹」稱尤三姐，在「大旨談情」的《紅樓夢》中具有褒讚意味，因爲全本小說回目冠以「情」字的人物，除賈寶玉（第三十九回「情哥哥」）與黛玉（第二十九回「癡情女」）外，尤三姐是唯一獲此殊榮者，第六十五回興兒說「黛玉面龐身段和三姨不差甚麼」，可見作者筆下已不再用「淫奔女改行自擇夫」，而改用「情」的視角重新作詮釋。尤其三姐提出擇配的條件是超乎世俗富、才、貌的「至情」，有趣的是，說出這驚心動魄的愛情宣言之人，既非愛博心勞的寶玉，亦非善感情癡的黛玉，而是出自薄祚寒門、曾經失身的三姐，因而第六十六回戚序總評云：

> 尤三姐失身時，濃妝豔抹，凌辱群凶；擇夫後，念佛吃齋，敬奉老母。能辨寶玉，能識湘蓮，活是紅拂、文君一流人物。

她是《紅樓夢》裡唯一自主擇夫者，而這種思想在當時是極爲前衛而超時代的，第六十六回賈璉赴平安州路上遇柳湘蓮而提及將發嫁小姨一事，「只不說尤三姐自擇之語」，顯然在賈璉等一般人觀念裡，女子自擇並非好事，後來湘蓮之所以心裡不踏實去向寶玉詢問三姐品行，主要在於「路上工夫忙忙的就那樣再三要來定，難道女家反趕著男家不成。」三姐的過於主動讓他起了疑惑，而後悔

㉒ 魯迅〈中國小說的歷史的變遷〉，《魯迅全集》第九卷頁三三八，北京：人民文學出版社，一九八一年。
㉓ 段江麗《紅樓人物家庭角色論》頁一八二～一八七、二一七～二二〇，瀋陽：遼寧人民出版社，二〇一九年。
㉔ 見朱一玄《紅樓夢資料匯編》頁六二九。
㉕ 周汝昌《紅樓小講》頁七〇，北京：北京出版社，二〇〇三年。

不該留下鴛鴦劍作爲定禮。面對傳統保守的擇婚觀，作者集中描寫二尤的七回書裡，夾寫黛玉「悲題五美吟」，其中虞姬、綠珠皆殉情而亡，最末一首〈紅拂〉則是稱頌巨眼擇夫的女丈夫，搭配脂批，不難看出作者藉黛玉吟詠寄寓對尤三姐另一種方式的肯定。

綜上所述，曹雪芹別開生面地運用「正邪兩賦」手法，塑造出尤三姐特殊審美典型，但典型化並非一味理想化。將她塑造如嬌豔的刺玫瑰、能憎能愛的少女，僅僅因爲失過足，從此爲天地不容，即便她勇於改過，社會卻依然從根本上剝奪了她愛人與被愛的權利。「她是在一種無可告語的情況下用自己的手熄滅生命之燈的。」「曹雪芹將尤三姐這樣一個改了行的淫奔女送上絕路」，抗議傳統社會陳腐的貞操觀，使作品「具有一種獨到的深度。在《紅樓夢》以前的作品裡，似乎還沒有一位作家塑造過這樣的典型。」㉖而這等文學史上的新典型恰如脂硯齋多次稱揚曹雪芹的藝術特色：「《石頭記》立誓一筆不寫一家文字」、「一枝筆作千百枝用」。㉗

二、清代紅樓戲中尤、柳形象之重構問題

在鍾靈毓秀的眾多紅樓女兒中，尤三姐雖非絕塵國色，而其「鐵中錚錚，庸中佼佼」的形象，卻讓她在紅樓畫廊裡成爲一道瑰麗奇譎的色彩。只是小說原著中這位「絕無僅有之人」㉘到了清代《紅樓夢》戲曲中似乎減色不少，也沾染了宗教氣息，箇中原因值得探討。而與她相應的柳湘

蓮、尤二姐其形象、結局是否與《紅樓夢》有所差異？對後世戲曲舞台之塑型有何影響，此類重構問題皆可細究。

㈠補恨續筆成贅筆

清代紅樓戲曲中以二尤、柳湘蓮爲題材者著實不多。就阿英所編《紅樓夢戲曲集》，十部紅樓戲中僅萬榮恩《瀟湘怨傳奇》（一八〇〇）、吳鎬《紅樓夢散套》（一八一五或稍前）與陳鍾麟《紅樓夢傳奇》（一八三五）有單齣折子戲敷演二尤與柳湘蓮故事；其中唯一以尤三姐、柳湘蓮爲主角的僅徐子冀所作《鴛鴦劍》傳奇（一八三〇）一種而已。

由平面文學的小說改編成立體藝術的戲曲，由於文體不同，小說讀者可數日乃至數月自由閱

㉖ 參伍隼〈再論尤三姐形象的改塑〉頁一一四。

㉗ 見脂硯齋甲戌本第七、八回眉批。又周汝昌認爲「與程偉元伙同作僞的高鶚，其人的思想意識，已有研究加以論述。程、高一流人，其思想狀況與精神世界，可說與曹雪芹是迴不相侔，他們不可能對這部小說和這位作家有什麼比較正確深刻的理解，因而也就不可能續出比較符合原書精神的”後半部“。」《紅樓夢新證》（增訂本）頁六八三。

㉘ 吳克岐《懺玉樓叢書提要》引汪孔祥〈紅樓夢謚法表〉云：「閨閣之首尤三姐也爲何？以其鐵中錚錚，庸中佼佼，爲書絕無僅有之人也。」見一粟編《紅樓夢資料彙編》頁二四三。

讀；而戲曲是一種當下性的表演藝術，觀眾受限於現實的時空環境表演因素，至多數小時需觀賞完畢，因而無法承載如長篇小說一般的敘事容量，尤其《紅樓夢》小說篇帙浩繁，事多人眾，撰劇者既不能悉載其事，又無法遍及其人，僅能先「立主腦」拈出主線，再刪減繁雜頭緒，以備觀演要求。否則枝節蕪蔓，難以掌握觀眾注意力，誠如李漁所言：「事多則關目亦多，令觀場者如入山陰道中，人人應接不暇。」因而他主張傳奇「止爲一人一事而設」㉙。紅樓劇作者自清迄今幾乎皆以寶黛愛情悲劇作爲主線，而紅樓二尤故事常被列爲刪剔之情節，原因在於這段故事牽涉到寧國府，而一般紅樓戲爲減頭緒，多不刻意強調榮寧二府，而僅似以賈母爲尊統攝一府而已。其次，在小說原著人事細密交織而成的網狀結構中，二尤故事與《紅樓夢》之主寫大觀園部分並無緊密之關聯，且故事所涉人物如賈珍、賈蓉、賈璉、柳湘蓮等似屬旁支，與小說主角寶黛並無直接干係，若略而不談，亦不影響全劇體局與動線。至於尤二姐之死雖與王熙鳳行事作風相關，而在紅樓戲中王熙鳳主要扮演功能性的角色——即對寶黛愛情之破壞，因而刪二姐事件亦不致影響其狠辣性格之展現。於是，紅樓二尤宛如紅樓夢戲中的一片飛來石。唯其戲中筆墨雖有限，仍透顯出紅樓劇作家重構時之種種問題。

首先，就清代紅樓戲作者背景而論，多屬名宦世家、知名文士，偶爾仕途失意，孤悶無聊，乃撰劇以排愁蠲悶，曲文摛華掞藻，筆致幽雅穠麗。其人生際遇與侘傺偃蹇的曹雪芹迥異，劇中反叛色彩未有如小說般突出，而多軌於正道，所謂仙界證緣，亦說明其人生抉擇在於正統的回歸。小說《紅樓夢》中充滿缺憾遺恨，對於無可扭轉命運的無奈蕭瑟感，紅樓劇作家竭力改編成圓滿無憾。然而曲終人散時的憬悟：戲裡圓夢人世仍未圓，以補恨抒懷爲目的的紅樓劇作家原祇是徒勞一場而已。㉚且其補恨續筆自娛色彩濃厚，忽略觀眾感受，未諳音律、排場藝術，致冷場過多而不利搬演。

如萬榮恩的《瀟湘怨傳奇》凡三十七齣，僅〈幻悟〉一齣略及尤三姐而已，至於尤二姐、柳湘蓮則全劇未見。〈幻悟〉主要敘寶玉夢中悟仙緣，而短暫出現的尤三姐只唱了一支曲牌【南點絳脣】，用的是程高本第一百一十六回的情節，她攔住寶玉是想一劍斬斷他的塵緣，而開頭太虛幻境宮門匾上所寫「引覺情癡」，使此齣缺乏懸念。吳鎬的《紅樓夢散套》共十六齣，敘及尤三姐僅兩齣，最末齣〈覺夢〉，秦可卿魂引寶玉夢中再登太虛幻境以悟仙緣，尤三姐依然只是配角，且無唱唸，只藉寶玉口中形容她「是個望夫山上小鍾情，閉繡苑，守心盟。恨湘蓮錯把浮言聽，累嬌娃鴛劍捐生。」舞台上的她無任何身段可言。而原本精彩可期的〈劍會〉，本該敷演小說第六十六回「情小妹恥情歸地府」的強烈戲劇衝突，吳鎬卻讓尤三姐一出場時即已身死，「道裝背劍上」，其魂細訴殉情緣由，而「霎時裡一腔頸血向劍光噴」的激烈場面也變成回憶中的靜態唱詞而已，她在柳湘蓮夢中出現時已不再癡情，僅叮囑：「柳郎已不須悲悼了。人世情緣只如水泡易滅，你早修覺

㉙ 見李漁《閒情偶寄・詞曲部・結構第一》「立主腦」、「減頭緒」，中國戲曲研究院編《中國古典戲曲論著集成》（七）頁一四、一八，北京：中國戲劇出版社，一九五九年。

㉚ 清・祝慶泰《紅樓夢傳奇・題辭》：「死去生來事有無，卻勞補恨費工夫。人間大抵都歸夢，何必傷心爲絳珠？」見阿英編《紅樓夢戲曲集》頁一一五，北京：中華書局，一九七八年。

路，得上慈航，便可久常相見了。」自刎的高潮點被冷處理，人鬼相會的激情也被理性化，缺乏戲劇性的編撰，使得補恨的續筆缺乏亮點。

再如陳鍾麟的《紅樓夢傳奇》全劇八十齣，篇幅最長，敘二尤、柳湘蓮情事亦最多齣，〈醋騙〉與〈呑金〉兩齣，大抵就小說原著第六十八、六十九回敷演尤二姐被鳳姐騙入大觀園，而後呑生金自逝等重要情節，結構、筆致穩妥。唯尤三姐、柳湘蓮之重構則出現問題，全劇首齣〈仙引〉中，兩人已改名爲尤倩姬、柳俠卿，並以劍仙形象現身，因而不僅全無半點愛情牽纏，更將三姐自刎之高潮點刪卻，兩人在劇中的作用僅剩「將一切癡男呆女隨時調護」而已。於是不僅寶玉頑性難馴、黛玉一生周折迷奚皆仰賴他倆護持，〈寶鑑〉中賈瑞照風月寶鑑而亡，〈魔病〉中寶玉、鳳姐遭魔魘，〈塵劫〉中妙玉遭強盜用悶香擄去，〈離魂〉、〈幻圓〉中寶黛塵限將盡以及十二位花神之仙界相會，全仗柳、尤兩劍仙指點引渡乃能修成正果。而陳鍾麟在小說原著內容之外增加的〈塵影〉一齣，使尤倩姬夢中指點黛玉，補足黛玉與仙界關係，藉以達到補恨作用。由於全劇敘事手法過於雷同，缺乏懸念與戲劇衝突，使得爲求補恨所添之續筆顯得拖沓而不出彩。

徐子冀的《鴛鴦劍》

以尤三姐、柳湘蓮爲主角的《鴛鴦劍》，道光間布鼓軒稿本，原爲鄭振鐸收藏，現藏於中國國家圖書館，作者署名夢道人，據考證乃浙江海鹽徐子冀，字綉山，一字夢舲仙客。《鴛鴦劍》共十六齣，前七齣〈郊締〉、〈春園〉、〈巧遇〉、〈劍聘〉、〈亭宴〉、〈打辭〉、〈劍劫〉，大抵就小說第四十七回〈呆霸王調情遭苦打　冷郎君懼禍走他鄉〉與第六十六回〈情小妹恥情歸地

府　冷二郎一冷入空門〉而敷演，後九齣〈離魂〉、〈花戰〉、〈壇祭〉、〈歸魂〉、〈煉丹〉、〈天台〉、〈贈丹〉、〈返魂〉、〈鳳鸞〉則爲作者所獨創之續筆，敘尤三姐死後魂魄遊蕩，五通神偵知而欲劫奪，眾花神戰退，鐵檻庵老尼設壇超渡尤三姐。而三姐本是花城玉女，柳湘蓮原爲太虛幻境中丹室金童，兩人因迷失本性而結下塵緣。警幻欲了此案。後湘蓮於天台遇劉晨、阮肇二仙爲說因果，並贈警幻所授金丹。湘蓮持金丹並藉寶玉之助而使三姐返魂回生，柳、尤白日飛升，共赴仙境。㉛

徐子冀秉性重意氣，感湘蓮之俠、三姐之烈，竟至飲劍亡身、遁入空門的悲慘結局，於是添筆續作，使二人最終結爲神仙伴侶。㉜爲補恨而增添之續筆，略有可議之處，如小說中柳湘蓮「原係世家子弟，讀書不成，父母早喪，素性爽俠，不拘細事，酷好耍槍舞劍，賭博吃酒，以至眠花宿柳，吹笛彈箏，無所不爲」又因他長相俊美，喜愛串戲，尤擅長生旦風月戲文，常被誤認作優伶一類。（第四十七回）而徐子冀於首齣〈郊締〉介紹其出身時云：「俺柳湘蓮，閥閱清華，門庭中

㉛ 參鄭志良〈清代「紅樓戲」《鴛鴦劍》考述〉，《紅樓夢學刊》二〇一一年第二輯，頁一七〇～一七一。

㉜ 《鴛鴦劍》書末作者自跋云：「夢道人……生平重意氣，忠人謀，中年爲友事幾陷不測。」該劇亦道人序言云：「尤女之許婚湘蓮，重其人也，飲劍亡身，憤其遇也。故曰柳之俠、尤之烈也。……夢道人……別開生面，獨出己裁……」。

落。猶幸文擬歐、蘇，武方頗、牧。一管筆，鳳吐春華；一枝劍，龍吟秋水。輕視的富貴功名，看重的良朋益友。遨遊寰宇，有孔融任俠之風；旅寄京都，無阮籍窮途之嘆。」將原本近於游俠而少文人氣的柳湘蓮改塑爲有俠氣的士子形象，並刪掉他最喜串戲的特點，實爲欠妥，因薛蟠即曾誤認他是「風月子弟」而遭痛打，尤三姐也因迷上湘蓮演戲之丰采而戀慕五年。而將三姐另塑成勤勞、至情且「白圭豈容寸玷」的貞烈女，則是受程高本影響所致。

此外，《鴛鴦劍》寫尤三姐死後的離魂、歸魂與返魂明顯受湯顯祖《牡丹亭》影響，〈返魂〉折云：「這魂夢返還，直合證杜麗娘回生案」，而薛蟠調戲柳湘蓮時也唱《牡丹亭．驚夢》【山桃紅】：「（低吟《牡丹亭》曲）我愛你如花美眷，似水流年，恨不得肉兒般團成片也。」妙的是此處眉批云：「未想被打成肉片。」科諢亦極謔成趣。徐子冀〈鴛鴦劍初稿甫脫，偶吟四絕解嘲〉詩有云：「有人獨借臨川筆，寫出輕清嶺上雲。」其他紅樓劇作家對湯臨川亦頗多嚮慕，如萬榮恩云：「幼閱臨川先生四夢，心甚樂之。竊歎浮生一度，不過夢境中耳。」聽濤居士誇《紅樓夢散套》係由湯顯祖四夢打勘出來，吳鎬自云：「愧少臨川筆」，豔羨之餘不免仿作，然其藝術造詣究竟如何？吳曉鈴評《鴛鴦劍》云：「這種設想固然可以體現劇作者對於柳湘蓮和尤三姐悲慘遭遇的無限同情，以至於不惜採用無可奈何的『補恨』手法，但是不能起到作者所期望的效果，因爲，它既沒有能夠發揮曹雪芹原著的思想內容，同時也無法和《牡丹亭》中杜麗娘還魂及民間傳說裡梁山伯與祝英台化蝶的深刻意義相比。尾大不掉，贅筆自然也成了敗筆。」[33]執此以觀清代紅樓劇作家原爲補恨抒懷而爲尤柳另添續筆，然因未諳排場藝術，戲劇張力不足，繁冗拖沓，手法庸陋，致使續筆衍成續貂之贅筆、敗筆，殊無足觀。

㈡宗教色彩濃厚

小說《紅樓夢》首回提及「此回中凡用『夢』用『幻』等字，是提醒閱者眼目，亦是此書立意本旨。」而此書之所以易名爲《情僧錄》，係因空空道人「因空見色，由色生情，傳情入色，自色悟空。」作者的夢幻、色空意旨兼含道家思想與佛學概念，而小說中作爲引渡的「一僧一道」，係抽象哲學概念之統稱，共同指引人們超脫塵世的執迷嗔癡，而非單獨的宗教指引者，引導世人做具體的宗教性修行，因此被僧道點悟的甄士隱、柳湘蓮、尤三姐等皆離世無跡，蹤影難覓。另方面，由於明清社會宗教弊端叢生㉞，小說原著對塵世中的僧道並非一味稱揚，反而多寫其居心叵測惑亂世風，如靜虛老尼貪財勢利，被周瑞家的譏爲「禿歪剌」，其徒智能兒與秦鐘偷情，馬道婆收了趙姨娘五百兩而作法讓寶玉、鳳姐遭魔魘，而智通、圓心也「巴不得又拐兩個女孩子去作活使喚」……

然而到了程高本續書後四十回開始出現宗教化現象，前八十回原本超然的哲學思想居然落實爲宗教行爲，如第八十九回黛玉閒坐「寫經」，第八十八回惜春認爲抄《金剛經》、《心

㉝《吳曉鈴集》第五卷頁二七一，石家莊：河北教育出版社，二〇〇六年。

㉞自明代以來，寺僧氾濫不堪，滋生諸多淫穢之事，參周育德〈明清曲論中的言情說〉，收入徐朔方、孫秋克編《南戲與傳奇研究》頁三三四～三三五，武漢：湖北教育出版社，二〇〇三年。

經》「是有功德的！」與其孤介性情實有扞格。此外，因果報應色彩在續書中尤其濃厚，如第一百一十二、一百一十三回寫趙姨娘因先前「使了毒心害人被陰司裡拷打死了」；鳳姐病危時「邪魔悉至」，用手空抓，有如被索命而亡。後四十回鬼影幢幢、陰氣逼人，與前八十回金紫熠耀、富麗閒雅判若兩個世界。第五回太虛幻境對聯透顯著有無、眞假、情癡等哲理意涵，而第一百一十六回寶玉失玉復得時，魂魄出竅再遊幻境：

轉過牌坊，便是一座宮門。門上橫書四個大字道：「福善禍淫」。又有一副對子，大書云：「過去未來，莫謂智賢能打破；前因後果，須知親近不相逢。」寶玉看了，心下想道：「原來如此。我倒要問問因果來去的事了。」

對聯與人物思路變成較爲落實的道禍福、說因果等民間宗教信仰觀念。清代紅樓戲即承繼程高本之世俗化、宗教化傾向並再度加強，導致劇作中的宗教色彩越發濃厚。紅樓劇作家爲補恨而撰劇，基於同情悲憫情懷，冀望能彌補小說中千紅一窟（哭）、萬豔同杯（悲）的坎坷命運，然而人力畢竟有限，對於無力扭轉、無可奈何的悲劇，唯有仰賴宗教仙佛方能救贖引渡，於是若干劇作中出現諸多「仙圓」結局，以仙界的團圓來補償、撫慰現實人生之缺憾。如萬榮恩之〈離恨歌〉即以「愁絲一縷緣何悟，稽首維摩群普渡。孽債還完總散場，紅樓喚醒歸仙路。」作結，而李葂亦以「喚醒紅樓多少夢，恰是慈航普渡，也省卻死生情苦」與之相呼應。㉟ 陳鍾麟《紅樓夢傳奇．凡例》云：「《紅樓》曲本，時以佛法提醒世人，一歸懲勸之意云。」認爲佛法是醒夢之依據，而藉助宗教化民可裨補世道。

由於劇作家宗教化的思維傾向，使得清代紅樓戲中僅僅環繞尤柳二人故事就出現不少「悟仙緣」、「奉仙命」的情節，萬著之〈幻悟〉，吳著之〈劍會〉、〈覺夢〉，陳著尤多「仙」事，而演尤二姐的〈吞金〉一齣，竟在尤二姐吞下生金痛苦不堪時，也讓劍仙尤倩姬上場說：「姐姐，你不要苦楚，我領你回去。」於是「將黑紗蒙頭下」作爲結束。而徐著《鴛鴦劍》，前七齣大致按小說敷演而不涉仙筆，後面九齣則爲作者虛構之續筆，每齣皆有宗教仙事。而過度宗教化的結果，使得小說中俊逸奇譎的柳湘蓮、尤三姐到了清代紅樓戲形象丕變，原本天人永隔的淒美悵恨，在《鴛鴦劍》中三姐餌金丹復活，與湘蓮結成神仙眷侶；在《紅樓夢傳奇》中變作崑崙劍客與蓬島仙姑，遨遊仙界成爲一同引渡世人的夥伴。此等補恨之作雖似圓滿，然「戲不夠，神仙湊」的手法，藝術造詣著實有限。

(三)腳色設置之商榷

「腳色制」是中西戲劇的差異所在。西方戲劇不存在腳色觀念，劇作家只需按劇情需要設計不同的劇中人物，演員直接化身爲劇中人物表演即可，而中國戲曲所有的劇中人物皆以生旦淨丑之腳

㉟ 萬榮恩〈離恨歌〉與李菼〈題詞〉皆就萬著《瀟湘怨傳奇》而作，見阿英編《紅樓夢戲曲集》頁二二七。

色面目出現。由此可見腳色制係傳統戲曲之關鍵，然而清代紅樓劇作家對劇中人物之腳色安排卻出現諸多有待商榷之處。

首先，徐子冀的《鴛鴦劍》並未設置任何腳色，這在戲曲體製上頗爲可議，因爲自宋代以降，無論南戲、雜劇或傳奇，劇中人物一出場，觀眾即知其腳色行當，劇作家也必然會在劇本上標出「生扮某某上」，或直接作「旦上」等。《鴛鴦劍》全劇皆未分配腳色，所有上場人物只標姓名，有如近現代受西方戲劇影響而產生的文明戲或話劇。雖然讀者觀眾了解該劇男女主角生、旦分別是柳湘蓮、尤三姐，但其他人物如寶玉、薛蟠、警幻仙姑、老尼……該以何種行當擔綱？劇本全付闕如，祇能說徐子冀於戲曲創作一道頗不在行。而這問題也出現在陳鍾麟身上，其《紅樓夢傳奇》全劇八十齣，一半以上皆未標出腳色名稱。除了劇作家不諳排場，無法精準設置並調劑劇中人物的上下場次序，有時也可能因爲小說《紅樓夢》的女性人物實在太多（原著人物數逾四百，且女性提及名字者約一百八十九人），劇作家索性復古式地標注王貼、平貼、黛旦、襲旦、林旦、眾姬……或直書人物名字鵑、雁、黛等㊱，以免讀者弄混。

小說《紅樓夢》的女性人物過多，對尤三姐腳色之設置也造成影響。清代楊恩壽《詞餘叢話》曾對陳鍾麟《紅樓夢傳奇》中柳湘蓮、尤三姐之腳色安排不甚贊同，他認爲「以柳湘蓮爲紅淨，尤三姐爲小丑，未免唐突；後成男女劍仙，更嫌蛇足。」㊲事實上，此處應是楊氏誤植，因爲尤三姐在清代紅樓戲中從未被安排爲「小丑」腳色，而這也說明在一般人心目中尤三姐仍屬正面形象㊳，尤其清紅樓戲三姐形象大抵據程高本敷演。萬榮恩的〈幻悟〉，尤三姐的腳色是「貼」，吳鎬的〈劍會〉亦作「貼」，而在〈覺夢〉中，她僅捧劍繞場隨即下場，屬次要腳色，故改作「雜旦」。在陳鍾麟《紅樓夢傳奇》中，除去〈塵劫〉、〈幻圓〉未標腳色名稱之外，全劇皆以劍仙之「正旦」形象出現，展現其凜然正氣之英姿，唯獨〈塵影〉一齣於黛玉夢中持寶鏡點化時，卻改用「老旦」擔綱。如此設置，有以爲係與其不涉紅塵之寧靜性格有關。㊴

事實上，清代紅樓劇作家中最懂搬演排場的仲振奎，因爲旦角過多的問題，他所撰《紅樓夢傳奇》即將史湘雲派作老旦，劇中的湘雲孀居性情恬淡，從不縈心於花月，但在〈花壽〉一齣，她艷姿嬌慵，醉眠芍藥裀，腳色卻是老旦，則頗不相稱，因而仲氏於該劇〈凡例〉中說明「老旦扮史湘雲，與作旦粧扮同。」而同樣身在紅塵之外的警幻仙姑，在仲著中作「貼」，在陳鍾麟劇中則作「老旦」。重要的是，仲振奎所安排的人物，其腳色自始至終皆未改變，然而陳鍾麟更換腳色的劇中人物卻有寶玉、鳳姐、襲人、香菱、平兒、賈薔、秦鐘、尤三姐等八個以上。按一般改換腳色通常基於戲份改變或演員調度發生困難之時，陳著中扮演正旦的人物有：王夫人、薛姨媽、邢夫人、尤氏四人，扮老旦的僅賈母與警幻仙姑二人而已，而檢視〈塵影〉一齣，其前之〈喬勸〉演襲人良

㊱ 如吳蘭徵作於一八○五年之《絳蘅秋》、朱鳳森作於一八○二年之《十二釵傳奇》。

㊲ 見《中國古典戲曲論著集成》（九）頁二七一。

㊳ 雪雁於萬榮恩《瀟湘怨傳奇》、吳蘭徵《絳蘅秋》劇中作「丑」；襲人於仲振奎《紅樓夢傳奇》、朱鳳森《十二釵傳奇》中腳色亦被派作「丑」，皆非屬科諢人物，係具負面意涵。

㊴ 趙青《清代《紅樓夢》戲曲探析》頁三七提及警幻仙姑和尤三姐以老旦扮，或許亦取其身在紅塵之外的寧靜性格而言。上海：華東師大碩士學位論文，二○○六年。

宵花解語，其後之〈鏡笑〉則演寶玉幫麝月篦頭事，此相蓮三齣除尤倩姬之外，皆無其他正旦、老旦上場，由此看來，既無戲份差異與演員調度問題，只能說陳鍾麟將〈塵影〉中的尤三姐（倩姬）從原本的正旦改換成老旦，係未諳排場藝術所造成的失誤。

至於小說中風度翩然的柳湘蓮，俊逸瀟灑、爽俠豪宕又淡泊高蹈，氣質近乎崑曲小生行當中之「雉尾生」，而到了陳鍾麟劇作裡，倏爾變成劍仙，與尤三姐之間再無奇情異戀等婉轉纏綿，兩人變成奉警幻仙姑之命，一路擔任點化、降妖、調護引渡之功能性角色而已。陳鍾麟將其腳色安排作「紅臉背葫蘆」的大花臉，理由是「柳湘蓮、尤三姐俱有俠氣，與各人旖旎者不同，難以安頓，且淨腳頗少，今借柳尤二人，以代一僧一道，不特避熟，而淨腳亦可登場。」[40]因爲一般紅樓戲中旦角過多，而淨腳偏少（陳著中淨行僅賈雨村一人飾淨，薛蟠一人飾副淨而已），爲調配各門腳色之不平均現象，而將柳湘蓮設爲「紅淨」，按「均演員之勞逸，新觀眾之耳目」之排場原則，實亦無可厚非，只是爲符陳著要求，柳湘蓮已然變成聲若洪鐘、身軀偉武的「紅大」，而與小說原著中丰神俊逸的形象漸行漸遠罷了。

三、近現代紅樓戲中二尤形象之遷變

紅樓戲一直是戲曲舞台上爨演不衰的題材，從乾隆時小說印本刊行次年至今兩百餘年，不同劇種與說唱之改編不知凡幾。僅京劇即有八十餘種㊶，自光緒間「遙吟俯唱」社票友陳子芳肇始，迨至戲曲改革先行者歐陽予倩、四大名旦梅蘭芳、荀慧生與諸名角之多種舞台搬演，締造民國時期京劇紅樓戲改編近二十年榮景，若說南歐北梅是京劇紅樓戲的開創者，則荀慧生堪稱集大成者。在諸多紅樓戲中，絕大多數都曇花一現，而荀派的「紅樓二尤」歷經近百年的考驗，流傳至今已成經典名作。這部壓箱底的荀派代表作之所以活躍至今，當初改編時對小說原著情節如何取捨？二尤的形象經過戲曲臉譜化的改塑，有何成功或缺憾？一般文本經典未必能重構成舞台經典，而從改編得失中，或可折射出古典戲曲的根本傳統與特點，為日後紅樓戲之編創與研究提供借鑑。

㈠荀派《紅樓二尤》情節之重構特色

在諸多紅樓戲杳然逸出戲曲舞台的今日，荀派的《紅樓二尤》常演不衰、一枝獨秀，所謂「十旦九荀」，除了荀慧生天生清麗、齦笑多姿，善作嫵媚，嗓音嬌亮、甜而帶沙的旦角絕佳稟賦之外，他對《紅樓夢》特別偏愛，是個道地的紅迷，曾說：「《紅樓夢》這部書，把大觀園裡各類女性的心理描寫得多麼細膩動人，那眞是演旦角兒的一部必讀的書。……在我以往的藝術活裡，從《紅樓夢》這部書裡所得的好處最大。」㊷據其弟子宋長榮回憶，荀先生「為演好紅樓戲，他把

㊵ 陳鍾麟《紅樓夢傳奇・凡例》，阿英編《紅樓夢戲曲集》頁八〇四。
㊶ 參饒道慶、裘寧寧〈京劇「紅樓戲」敘錄〉，《紅樓夢學刊》二〇一〇年第二輯。
㊷ 荀慧生《荀慧生演劇散論》頁一一四，上海：上海文藝出版社，一九八〇年。

《紅樓夢》的原著用毛筆工工整整地抄了三遍，其中很多詩詞都背得滾瓜爛熟，對書中各個女性形象都研究得爐火純青」㊸如此細讀深悟，演來自與一般俗優不同。

此外，編劇上更是幾經周折煞費苦心。自一九一六年起，梅蘭芳的《黛玉葬花》、《千金一笑》、《俊襲人》與歐陽予倩以黛玉、晴雯、寶蟾、智能、王熙鳳、尤三姐爲主角的九部以上紅樓戲，在北京、上海、天津競相排演，極一時之盛。㊹荀慧生則思索如何另闢蹊徑，編排具有個人獨特風格的劇目，他與舊學根柢深厚，孌演資歷豐富，能兼顧案頭場上的陳墨香合作，陳墨香將程豔秋（按：一九三二年改名程硯秋）所給的戲本，與輔仁大學英文系學生丁士修所編《鴛鴦劍》進行羼合，刪繁補漏，這部爲荀慧生量體裁衣而成的《紅樓二尤》，在一九三二年三月十一日於北京哈爾飛劇院首演時即造成轟動，全部戲票三天前即已售罄。㊺一九六三年七月十四日荀慧生於政協禮堂的絕唱曲目，也正是此劇。荀派二、三代成名弟子如童芷苓、趙燕俠、李玉茹、厲慧敏、孫毓敏、劉長瑜、宋長榮……皆演過此劇，足見《紅樓二尤》已然成爲荀派壓箱底兒的經典劇目。

就題材而言，雖說好書好畫，儘管片幅殘卷皆有可觀，《紅樓夢》這部經典，擷取片段自可賞之不盡，但若要改編成戲曲，則不免發現整部小說故事性不強，缺乏鏈形的情節結構，而人物與故事結局在小說開始或敘述中即已展現，因而沒有懸念難以編戲。但二尤故事卻有些例外，「它似乎是某個懸念小說或情節小說的一部分，像是《紅樓夢》中的一塊飛來石。」㊻這塊飛來石獨立於紅樓主線之外，自爲起訖，情節相對集中而完整。且二尤形象迥異於眾釵之內斂含蓄，言語舉止極具動感，適合舞台表現，兩人性格相反而同淪悲劇，頗具戲劇效果，單是選材就已奠定此劇成功的基礎。

在情節處理方面，不僅立主腦、減頭緒、密針線，還得調劑排場之冷熱。全劇共分九場，以小說第六十四至六十九回內容爲主線，前六場以尤三姐爲主，後三場以尤二姐爲主。劇本在長期演出過程中屢經修改，但主要情節關目大致仍沿襲原作。

第一場〈赴壽〉、第二場〈串戲〉：係陳墨香新創的兩齣戲。榮國府大管家賴大之子賴尚榮壽宴，邀請柳湘蓮串戲，賈珍、賈蓉父子，賈璉、薛蟠赴宴祝壽。柳湘蓮串演〈雅觀樓〉㊼，尤三姐觀戲一見傾心。

小說中二尤的出場在第六十三回，尤氏忙於料理賈敬喪事，特地接繼母尤老娘并二尤來幫忙看家，一出場就是尤二姐與賈蓉的一段打情罵俏，顯然不適合戲曲開場。而三姐對柳湘蓮的戀情，小

㊸ 宋長榮口述、馬西銘執筆〈細說紅樓苦尤娘——《紅樓二尤》表演初探〉，《中國京劇》二〇一九年一月，頁六。

㊹ 見同註㊶。

㊺ 有關荀慧生與陳墨香合作編創《紅樓二尤》之始末，參周茜〈一枝獨秀的京劇"紅樓戲"—陳墨香、荀慧生編創《紅樓二尤》平議〉，《紅樓夢學刊》二〇二〇年第一輯。

㊻ 見羅書華《正說〈紅樓夢〉》頁一五六，北京：團結出版社，二〇〇七年。

㊼ 一九六三年童芷苓主演電影《尤三姐》中，柳湘蓮所串演之戲改作《寶劍記》，鈕驃認爲影片中林沖「應戴黑軟羅帽，才是老扮相。」而不該戴民國後楊小樓所創之「倒纓盔」。見鈕驃〈京劇「紅樓戲」摭遺——致吳小如先生的公開信〉，《紅樓夢學刊》一九八一年第三輯，頁三四五。

說採倒敘手法，在三姐鬧筵之後意欲改過，才道出五年前於外祖母壽宴，對串戲的柳湘蓮一見鍾情之事。如此草蛇灰線的鋪排搬上舞台，觀眾必感頭緒紛繁，不明所以，於是編劇者改採戲曲常用的順敘式線性結構，巧妙地將小說第四十五回賴嬤嬤為孫子賴尚榮當官擺酒一事，改編為賴尚榮壽宴作為開場，在薛蟠自報家門中，賈、尤兩家的人物關係也作了簡扼的交代。至於柳湘蓮的變演丰姿撩亂三姐春心，按順敘法濃縮時空，將主角情緣迅速聚焦，小說中只虛筆帶過並未具體寫明的串戲內容，編者運用戲中戲的創新表演也帶來亮點。

第三場〈謀姨〉是過場戲。賈蓉看穿賈璉垂涎尤二姐，主動提出為叔叔牽線代媒。

第四場〈思嫁〉是重頭戲，內容豐富。包括賈璉私贈二姐九龍珮；賈蓉提親做媒；二姐出嫁居花枝巷；賈珍探二尤、三姐鬧筵痛斥珍璉；三姐思嫁湘蓮、賈璉允諾玉成等。本場情節緊湊，高潮迭起，重點在突顯三姐之見識與剛烈。

本場考量戲劇衝突性高能加深人物之刻畫，於是編者大刀闊斧地對小說情節增刪並濃縮時空。小說中三姐並未反對二姐婚事，只在鬧筵時對已被偷娶的二姐有「偷的鑼兒敲不得」的深層顧慮。而編者這場增加賈璉贈珮時，三姐即識破其意圖，勸二姐別胡思亂想，並對賈蓉的提親堅決反對。增加這唱段目的在表現三姐的非凡見識。鬧筵一段戲，刪去了小說中故作淫情浪態的挑逗與如急風暴雨的大段斥罵。荀慧生覺得此段雖精彩卻過於冗長而不適合表演，於是縮短唸白，並增加潑酒的身段以顯三姐之憤怒。

小說在鬧筵之後的一連串瑣細敘事，如三姐不甘受辱而報復性的挑揀穿吃，二姐的擔憂、規勸三姐並與賈璉籌畫，小廝興兒戲謔品評賈府人事，三姐對寶玉的獨鑒，之後才借二姐道出三姐五年前即鍾情湘蓮。而這一連串瑣事小說寫來細膩有味，若照樣搬上舞台，則頭緒多、枝節旁出而乏戲劇張力，於是在戲曲中這類情節一概刪除。只在此場末尾增加數語，三姐怨恨賈璉說：「姐姐，我是個女兒家，難道我在他這裡住一輩子不成？」二姐問：「三妹，聽你之言，莫非想尋一個才郎了結終身麼？」由此巧妙地引出三姐懷藏已久的暗戀心曲，以銜接下一場賈璉的踐諾取聘。

第五場〈**授聘**〉，過場戲。賈璉赴平安州而途遇薛蟠、湘蓮，他替三姐提親。湘蓮允婚並以祖傳鴛鴦劍爲聘，後誤信薛蟠頑笑戲言，疑三姐不貞，乃急往賈府索劍悔婚。

小說中柳湘蓮悔婚係因寶玉言詞含混閃爍，讓他加深懷疑，而改編劇中用移花接木法將無意間壞人姻緣的粗率行爲轉移到薛蟠身上，與薛蟠一貫的魯莽個性相符，並能免去寶玉以次要角色出場又負面尷尬之形象，頗具巧思。

第六場〈**明貞**〉，是上半場悲劇結局的高潮戲。三姐禱佛嚮往美滿姻緣，賈璉攜回鴛鴦劍，三姐驚喜。不意柳湘蓮急上索劍退婚，三姐爲表貞潔，以鴛鴦劍自刎。湘蓮懊悔，瘋癲下場。

劇中三姐禱佛係新增情節，藉以強化其清白純良形象，與湘蓮之質疑形成反差。小說中三姐之自刎略顯突兀，改編者增加一大段唱腔讓三姐先表明白璧無瑕，再以死明志，戲劇效果悲壯而決絕。

第七場〈**洩機**〉，王熙鳳得知賈璉偷娶二姐之事，拷問賈蓉而知二姐有孕。賈赦賜秋桐予賈璉爲妾，熙鳳隱忍怒火，假意拉攏秋桐以借劍殺人。

第八場〈**賺府**〉，鳳姐到花枝巷佯裝賢良大度騙二姐入賈府，同時挑唆秋桐對付二姐。

這兩場戲與小說原著有較大差異，如鳳姐勾結衙門，唆使二姐原許配的張華狀告賈府，又裝作受害者大鬧寧國府，撒潑洩憤訛詐銀兩，這些枝節較為繁細，劇中為減頭緒皆刪卻不提。而小說中鳳姐騙二姐入府後，乃有秋桐被賞予賈璉之事，編劇特將時間倒置。且秋桐與賈璉原有舊情，二人烈火乾柴，致使賈璉對二姐之心漸淡；秋桐又抓乖賣俏，向賈母、王夫人進讒，使眾人跟著踐踏二姐，這類細節在劇中亦未遑交代，只將二姐的悲劇簡單歸咎於反派人物鳳姐之「惡」。

第九場〈摧芳〉，尤二姐臨盆，鳳姐自請接生，命秋桐用開水燙死男嬰，並強灌二姐喝下含金戒指的湯藥，二姐在悔恨中慘死，全劇在鳳姐「準備乾柴燒死人哪」的厲聲中結束。

小說中二姐胎兒尚未生下便已被「胡」太醫誤診墮掉，她歷百般折磨是自己決定吞金了結的。與改編劇關目全異，雖說搬上舞台戲劇效果遽增，但過度脫離原著，人物塑造流於浮誇而淺俗，導致結局殊乏餘味。

(二)臉譜化人物之爭議

一部改編的好戲，除情節處理須「立主腦」拎出主線，「減頭緒」刪汰旁出枝節，「密針線」照應前後關目之外，由於戲曲是一種表演藝術，它涉及觀眾接受學，所謂「塡詞之設，專為登場」，若付諸氍毹搬演時，未獲觀眾青睞，則這戲就得被迫束諸高閣成為案頭清供了。紅樓二尤在小說中即有脂評本與程高本兩種不同形象，哪種較貼合原著？而體現原作意趣者是否較為觀眾所接受？箇中原委實與傳統戲曲之審美理念及教化觀息息相關，而著重唱唸做打等表演內容的古典戲曲，常因程式性要求使得人物塑造落入臉譜化的窠臼，以致引來爭議，其中辯證關係值得省思。

二尤形象之淨化與簡化

《紅樓夢》小說中尤三姐的形象，作者在回目用語上曾幾經斟酌，如前所述，由較早版本第六十五回的「淫奔女改行自擇夫」到略晚的「尤三姐思嫁柳二郎」，另在第六十六回特標「情小妹恥情歸地府」，從淫奔女、情小妹到恥情而覺，是作者破除「惡則無一不惡，美則無一不美」的小說舊套，精心塑造出「正邪兩賦」的典型人物。她美豔綽約、淫浪風騷又守分貞烈，有如嬌豔無比的刺玫瑰，是賈珍等濫淫紈袴「欲近不能，欲遠不捨」的尤物。脂評本中的尤三姐形象複雜、多面而立體，她的放浪不羈、無恥老辣只是外在的一層保護色，背後則隱藏著痛苦不堪的靈魂，如此形象是《紅樓夢》，更是一般古典小說中「絕無僅有之人」，其藝術魅力與張力不言可喻。

「花爲腸肚雪作肌膚」的尤二姐，實際上在小說中的筆墨多過尤三姐。二尤出身際遇與容貌皆類似，但個性膽識殊異。二姐溫和善良，虛榮心強，早年父母將她與張華指腹爲婚，後因張家敗落而退婚，委身賈璉係功利之選擇。婚前淫蕩水性，打情罵俏，善於偷情⑱，婚後改邪歸正，判若兩人，展現母性，以爲終身有靠，一心做賢良溫順的主婦。無奈秉性懦弱糊塗，心癡意軟，幻想鳳姐早亡而得扶正。詎料嘴甜心苦、兩面三刀的鳳姐一出手，在「聞秘訊家童、計賺苦尤娘、大鬧寧國

⑱清・王希廉《紅樓夢》第六十四回評曰：「寫尤二姐善於偷情是暗補聚麀情事。」見朱一玄編《紅樓夢資料匯編》頁六二九。

府、用借劍殺人」一連串招術下，二姐節節敗退，忍氣吞聲，至死未能識鳳姐眞面目，令人哀其不幸，怒其不爭。曹公筆下的二姐亦複雜多面，觸處生波而引人喟嘆低迴。

如此繁複多姿、曲折多面而寄寓豐富意涵的二尤形象，原以爲到了舞台上將鋪排出怪麗而鮮活的奇特場面。然而清代紅樓戲中二尤率非主角且著墨不多。前所述四種傳奇，尤三姐均採自程高本之已然「淨化」，將刺玫瑰改成出淤泥而不染的白蓮花，更有甚者，另外披上宗教色彩，使湘蓮與三姐一出場即已悟仙緣修成劍仙，在陳鍾麟的《紅樓夢傳奇》中，他倆僅成爲引渡、降妖與救贖的功能性角色而已，並無任何情愛之牽纏。徐子冀的《鴛鴦劍》雖以尤、柳爲主角，後半段三姐自刎後，宗教色彩過於濃厚固無足論，前半段之三姐亦採高鶚改塑之貞烈女形象，思想意趣皆不如小說原著。而尤二姐則僅出現於陳鍾麟劇作中，〈醋騙〉、〈吞金〉兩齣僅就小說第六十八、六十九回二姐被騙入大觀園而後吞金之情節敷演而已，至於婚前之水性淫行則一概刪削。如此淨化、簡化又宗教化之清代紅樓戲，其最終淪爲案頭劇亦可窺知，然而近現代膾炙人口的荀派《紅樓二尤》㊾，雖無任何宗教色彩，二尤形象亦全然淨化，三姐貞烈二姐柔順，而無任何淫行穢跡，爲何至今舞台依然爨演不衰？小說與戲曲之創作思維當有其根本性之差異。

戲曲審美思維與教化觀

小說是平面的文字藝術，戲曲則是立體的表演藝術，須兼顧劇本文學與舞台表演。就觀戲者角度來看，李漁指出：「戲文做與讀書人與不讀書人同看，又與不讀書之婦人小兒同看，故貴淺不貴深。」㊿傳統戲曲的觀眾極爲廣泛，一般並無一邊看戲一邊做邏輯分析的習慣。觀眾要求的是善惡分明、愛憎判然，這與戲曲自古以來的傳統教化觀有關，元代夏庭芝〈青樓集誌〉提及雜劇可以「厚人倫，美風化」[51]，而「詞曲之祖」高明的《琵琶記》在劇首【水調歌頭】即強調傳奇「不關風化體，縱好也徒然」的教化理念[52]。戲曲既具有道德教化、懲惡勸善的功能，在人物造型方面，因爲表演的即時性，觀眾的體驗稍縱即逝，因此往往突出劇中人物的某方面特徵，達到個性鮮明、類型純然的效果，使觀眾刻骨銘心，而不要求豐滿複雜，淨角（花臉）的美惡忠奸臉譜，更是用顏色作簡單標示，特意作直觀化、類型化、標籤化，讓觀眾能快速入戲，盡情欣賞「以歌舞演故事」的戲曲表演。

既是「曲以載道」的教化觀思維，與戲曲是當下藝術的時間考量，二尤之形象塑造也就趨向

㊾ 包括一九六三年童芷苓主演之《尤三姐》電影及現代氍毹搬演，如國光劇團二〇二三年七月初於臺灣戲曲中心公演之《尤三姐》，二尤形象皆已「淨化」，而《王熙鳳大鬧寧國府》亦按陳西汀劇本將尤二姐婚前與賈珍父子之聚麀淫行刪略不演。

㊿ 李漁《閒情偶寄》〈詞曲部・詞采第二・忌填塞〉《中國古典戲曲論著集成》（七）頁二八。

(51) 見《中國古典戲曲論著集成》（二）頁七。

(52) 另如湯顯祖雖高標「世總爲情」之至情思想，其〈宜黃縣戲神清源師廟記〉即揭櫫「以人情之大竇，爲名教之至樂」之教化觀；王驥德《曲律・雜論》亦云：「奏之場上，令觀者藉爲勸懲興起，甚或扼腕裂眦，涕泗交下而不能已，此方爲有關世教文字。」歷來曲論多有述及，而近現代數百種戲曲之搬演，亦皆體現戲曲傳統以來除娛樂外之教化功能。

於淨化、美化與單一化，而這樣的處理也如預期般獲致成功。當然歌舞表演藝術更是戲曲成敗的關鍵。荀派《紅樓二尤》唱詞淺顯通俗，耳聞即詳，〈思嫁〉一場，尤三姐鬧筵時所唱快板：「大罵賈璉與賈珍，你家鳳姐心腸狠……要飲酒來我就同你們飲。」堪稱迸珠暴栗，字字入耳，清晰異常，配合潑酒的身段，伴奏大鑼也恰到好處地烘托演員的情緒變化。最後一場〈摧芳〉，尤二姐慘死前，因嬰孩已死，萬念俱灰，鳳姐一聲虎吼：「自從進了門，攪得我們家宅不安哪！」二姐神情呆滯，兩眼直視，掃過鳳姐、平兒、秋桐，心底感到「無人能理解自己、救自己出這深淵」，這有苦難言的掙扎，荀慧生爲此內心戲創發「灰心袖」的表演——身子向前一傾，猛一下將一雙水袖頹然垂地，雙肩跟著鬆弛下來。[53] 他更爲尤三姐設計出嬌小斜髻，即荀派特色的「留香頭」，或稱「墜馬髻」。

「紅樓二尤」這齣精心打磨的戲有個特殊的亮點，即腳色之設置打破京劇舊有行當的侷限，創造出「一趕二」的絕妙配搭：荀慧生本人前以花旦應工尤三姐，後以青衣應工尤二姐，表演程式不同且性格迴異，跨行當的表演洵非功力不足者所能駕馭。令人稱道的是劇中「一趕二」的不僅僅是荀慧生，萬能配角趙桐珊（芙蓉草）前以青衣應工尤二姐，後以花旦應工王熙鳳；名丑馬富祿則前飾薛蟠，後以彩旦應工秋桐，體現了演員「兩門抱」的演藝才華，爲此劇生色不少。其他配角金仲仁飾小生柳湘蓮，張春彥飾老生賈璉，功力亦不弱，紅花綠葉相得益彰。之後，有部分專家認爲在有限的時間裡，表演兩個人物悲劇，容量太大，人物刻畫與主題表達皆受到侷限，是一大不足，於是阿英建議將二尤故事一分爲二以利搬演，童芷苓就曾先後主演過《尤三姐》與《大鬧寧國府》，也頗獲好評。但就戲劇效果而言，二尤姐妹本身就是絕好的對比形象：柔順／剛強，沉淪／奮起，狐疑無主/明察果斷，心懷幻想/以死明志，戲劇性十足。尤其若將《紅樓二尤》拆成兩劇，就觀眾而言，則失去欣賞「兩門抱」獨特劇藝的絕佳機會。

臉譜化人物之爭議

此外，戲曲爲求人物形象突出鮮明，在腳色類型化的原則下，舞台表演有時不惜極端化處理，以達到強烈的戲劇效果。如小說中秋桐爲十七歲少女容貌並非醜陋，而《紅樓二尤》以「丑婆子」即彩旦應工，男性演員所飾之彩旦本身就充滿笑料，極好調劑了觀眾心理，使過於壓抑的氛圍稍得舒緩，如劇中秋桐明明貌醜卻自比美人、爭穿尤二姐衣衫、搶奪安胎藥酒喝、動輒對二姐拳腳相加，若由花旦來演，在表演動作上達不到丑扮的淋漓盡致，笑點隨之遜色，但彩旦若過度誇張、醜化，則又顯得過於攪戲，氣味俗惡而格調不高。再如劇中的王熙鳳露骨地指使秋桐用開水燙死二姐的新生男嬰，又強灌含金戒指的湯藥，疾言厲色指使殺人，手法實在拙劣！因爲小說原著中的鳳姐貌美風騷又才幹超群，毒設相思局、弄權鐵檻寺、鮑二家的上吊等一樁樁人命案件，陰險狠毒的她從來不是明晃晃直接殺人，她計殺尤二姐更是運籌帷幄，一系列的舉動——訊家童之威、誘二姐之僞、鬧寧府之潑、稟賈母之黠、借善姐與秋桐之劍……彷彿一場場表演，把殺人藝術玩得游刃有餘。由此以觀《紅樓二尤》中之鳳姐型塑，誠有待商榷。

---

53 參荀慧生《荀慧生演劇散論》頁一五七、一五三，上海：上海文藝出版社，一九八〇年。

有鑑於此，素有「紅樓老作手」美譽的陳西汀，一九六三年爲童芷苓量身訂製《王熙鳳大鬧寧國府》，劇中的王熙鳳潑辣霸氣又陰險狡猾，嘴甜心苦，八面玲瓏，她哄騙二姐入榮府，包攬詞訟讓張華狀告賈璉、賈珍，再大鬧寧府，邀寵賈母。又趁無人時，對剛墜胎的二姐說：「妹妹最近的名聲很不好……他們說你與賈珍勾搭，當女孩時就不乾淨，老祖宗說把這破爛貨給休了吧！」二姐聞言「一場夢醒。敗聲名，面對他人不能一語相爭」，此時她對賈璉仍存一絲眷戀，卻聽到門外原要來侍病的賈璉被秋桐勾引而去，於是死意乃決，吞下金環而逝。此劇主題深刻，戲劇衝突性高，能較好體現小說原著精神，故相繼被多個劇種移植搬演。只是小說中原是小廝們請太醫胡君榮來爲二姐診脈，不料竟至墜胎，而該劇坐實爲鳳姐「與太醫定巧計鬼神難曉，果然是靈丹妙藥勝鋼刀。」使王熙鳳之「惡」更趨類型化。如此搬演，人物對白多、節奏較緊湊，頗符合現代審美價值，但卻顯得話劇意味太濃，與傳統戲曲之抒情程式美學出現距離。

結語

著色繁麗、才情爛漫陸離的《紅樓夢》已然成爲小說經典，然而一部經典的文本藝術未必能成就經典的舞台藝術。由於文體不同，小說可隨興揀擇時日自由閱讀，戲曲則受限於現實時空須當下完成搬演，尤其《紅樓夢》卷帙浩繁，事多人眾，且整部小說故事性不強，缺乏鏈形的情節結構，敘事方式率無懸念，因而很難改編成戲。但二尤故事卻有些例外，它獨立於紅樓主線之外，自爲起訖又充滿傳奇性，有如《紅樓夢》中的一塊飛來石。

小說作者連用七回濃墨重彩鋪寫二尤奇絕的一生，其中尤三姐形象因小說版本不同而迭有爭議。脂評本出現時間較早，而較接近曹雪芹創作原貌，在回目用語上曹公幾經斟酌，從淫奔女、情小妹到恥情而覺，是作者精心塑造的「正邪兩賦」典型人物，她美豔風騷，先淫亂後剛烈，矢志改過卻不爲世所容，形象複雜、多面而立體，深刻揭露舊社會中污濁而涼薄的世態所釀成輿論（貞操觀等）殺人之不幸。到了程高本中，高鶚基於倫理名教觀念與個人審美思維，而不憚煩勞地費數千字筆墨予以修潤抹去尤三姐諸多淫情浪態及與賈珍不倫等聚麀之誚，使她成爲自始至終清白貞潔之完人，刺玫瑰一變而爲白蓮花，只因柳湘蓮的誤會才造成她的不幸。程高本的改篡，原本立意雖佳，但因刪之未淨而留下不少破綻，且添筆情理未洽以致前後矛盾，不僅使寶玉與柳湘蓮的形象受損，更大幅縮小作者筆下尤三姐悲劇之意義，對《紅樓夢》原著而言，無疑成了一種誤讀。

清代紅樓戲中以二尤爲題材者雖不多，仍可發現戲曲重構之若干問題。如劇作家多屬名宦文士，爲蠲愁排悶而撰劇，其補恨之續作雖詞致雅麗，然冷場過多而不利搬演，且思想境界不如小說原著遠甚。又因劇作家深於禪理，悟仙緣、奉仙命之關目頗多，劇作宗教氣息濃厚，使續貂之作盡成贅筆。尤其小說中尤三姐自刎後，芳靈捧著那把龍吞夔護的鴛鴦寶劍向柳湘蓮泣訴：「妾癡情待君五年矣。不期君果冷心冷面，妾以死報此痴情。」當湘蓮不捨，忙欲上來拉住問時，她說：「來自情天，去由情地。前生誤被情惑，今既恥情而覺，與君兩無干涉。」既是「與君兩無干涉」，則三姐所殉的並非對湘蓮的愛情，而是她自己渴望自主擇配的「癡情」。[54] 原本天人永隔的淒美悵恨，到了清代紅樓戲中，以仙界的團圓來彌補現實人生之缺憾，讓尤柳二人結作仙侶，成爲引渡、救贖世人的功能性角色，劇作思想驟趨庸俗。而將柳湘蓮以「紅淨」扮飾，則與小說中丰神俊逸之形象出現距離。

近現代紅樓戲中至今纍演不衰之荀派《紅樓二尤》，另出機杼且新人耳目，情節之增刪，既「減頭緒」又能「密針線」，結構妥貼。而二尤形象與清代紅樓戲同採「淨化」之處理，尤三姐由刺玫瑰變作白蓮花，二姐婚前之水性淫行亦一概抹去，體現傳統戲曲自古以來的教化觀。在「有聲皆歌，無動不舞」的表演中，荀慧生特創「一趕二」的絕妙配搭更爲此劇締造出最大亮點與賣點。而秋桐以「丑婆子」應工的突梯表演，笑點雖多亦宜略加節制，以免攪戲過多而流於俗惡。至於王熙鳳過於臉譜化的誇張作惡行徑，與小說八面玲瓏、手段陰毒的形象大不相符，頗可爭議。而陳西汀所改編之紅樓戲，使二尤與鳳姐形象較貼合小說原著，然亦未能免於類型化與話劇化之扞格。碻知一齣戲的成功，在於不斷的舞台實踐，精品是千錘百鍊打磨出來的。從紅樓二尤形象兩個多世紀的增飾羼改歷程，其間關涉由小說到戲曲的重構問題，箇中得失優劣，誠可爲日後紅樓戲之編創與研究提供另一種思路。

---

[54] 參陶建基〈試論尤三姐〉，《紅樓夢學刊》一九八二年第四輯，頁二三一～二三二。

紅樓札記

國家圖書館出版品預行編目(CIP)資料

紅樓夢與戲曲／蔡孟珍著. -- 初版. --
臺北市：五南圖書出版股份有限公司,
2024.07
面； 公分
ISBN 978-626-393-509-9(平裝)

1.CST：紅學 2.CST：研究考訂
3.CST：戲曲

857.49 113009296

1XNL

紅樓夢與戲曲

作　　者— 蔡孟珍（375.1）
企劃主編— 黃文瓊
責任編輯— 吳雨潔
封面設計— 姚孝慈
封面題字— 楊振良

出 版 者— 五南圖書出版股份有限公司
發 行 人— 楊榮川
總 經 理— 楊士清
總 編 輯— 楊秀麗
地　　址：106台北市大安區和平東路二段339號4樓
電　　話：(02)2705-5066　傳　　真：(02)2706-6100
網　　址：https://www.wunan.com.tw
電子郵件：wunan@wunan.com.tw
劃撥帳號：01068953
戶　　名：五南圖書出版股份有限公司
法律顧問　林勝安律師
出版日期　2024年7月初版一刷
定　　價　新臺幣400元